只不过，
我有一个秘密，好想告诉你。
颜茴. 我喜欢你。

桥上小菩

QiaoShang
——XiaoPu——

著

四川文艺出版社

第一章
那时年少　001

第二章
冰糖葫芦　019

第三章
重逢有日　043

第四章
蝴蝶效应　067

第五章
太阳坠落　089

第六章
命定之人　117

第七章
生日愿望　143

第八章
晚风拥云　161

第九章
一步之遥　185

第十章
七夕节会　211

第十一章
恶毒女配　233

第十二章
浮云遮眼　259

第十三章
系统法则　287

第十四章
燕子回时　305

番外
青梅白头　323

第一章

那时年少

江南祝塘，顾山乌水。

在这一树梧桐、两里秋风中，我静静地站在桥下，看着桥上相拥的两道身影。

梧桐叶吹拂而去，繁花早已坠落地面，而那穿着鹅黄色卫衣的少年，就如竹如玉地站在桥上，背对着我，紧紧地拥抱着娇小脆弱的少女。

我自然知道那少女是谁——

清冷而脆弱的转学生，这本系统文的女主，云霓。

在这本小说中，带着系统而来的女主云霓，以转学生的身份成功攻略了本文的男主崔致，和他一同考入顶级学府并走向完美结局。

清冷脆弱的少女，天才艳绝的少年，多么般配的结局。

但中途也必定会有曲折，这些无非来自学校、朋友、亲人……其中可以称得上恶毒女配的，便是男主崔致的青梅竹马，颜茴。

她表面上笑意盈盈，却在暗中无数次使计离间男女主，其间多少曲折波澜，均出自颜茴之手。

而我，就是颜茴。

在我来到这个世界,睁开眼时,第一个看到的不是自己的父母,而是这篇文的男主——崔致。

一岁多的他睁着琥珀色的眼睛,微微垂着睫毛看我。

安静的、如白玉般的脸颊,在我睁开眼时,蓦然露出一抹深深的笑来,那唇角处鲜明地漾起一个梨涡。

他就这样静静地盯着我,而后伸出手指来。

我并没有反应过来。而那手指,却只轻轻地戳在了我的脸颊上。

温热的,软乎乎的。

在我发愣的时候,随着一道声音的响起,那手指又缓缓地收了回去。

是道温柔的女声——

"阿致,碰妹妹只能轻轻的哦。"

这个有着琥珀眼眸的男孩子漾着一个梨涡,奶声奶气地说道:"我没有。"

我眨了眨眼,和低下头的男孩对上眼——你明明碰我了。

男孩很无辜地转过头去。

"阿致喜欢妹妹吗?"那道女声温柔地笑了。

在我的视线中,这一岁的男孩微微笑着,指着不远处的碟子,奶声奶气地说:"这个。"

"什么?"女人愣了愣,"那是茴香豆哦。"

男孩点一点头,梨涡深深,牙牙学语似的,念着。

"茴、香、豆。"他笑得眉眼弯弯,"妹妹,小茴香豆。"

第一章　那时年少

虽然我叫"颜茴"未必与崔致的这句话有关，但他此后却只用"小茴香豆"叫我。

当我知道这小男孩的名字时，我便明白了自己的处境。

在这本主角是云霓与崔致的系统文中，我，颜茴，就是他们爱情故事中的恶毒女配。

当我意识到这点之后，我便极力地避免与崔致相熟，但等到能够说话的时候，我便知道这种避让的行为不过是徒劳。

因为崔、颜两家世代交好，房子都是挨着的，所以一天之中，除了我的父母，我见到次数最多的人，便是崔致。

正如小说中描述的那般，崔致模样虽小，却眉眼精致，如同瓷娃娃一般，惹人喜爱，再兼之他嘴巴甜，父亲母亲便更是喜爱，我就是想躲他，也不知躲到哪里去。

"小茴香豆，你是不是在躲着我？"

崔致睁着大大的眼睛看我，眼里有笑意。

我辩解："没有。"

"那你最近放学为什么不和我一起回来？"这样的冬天里，小小的崔致穿得厚厚的，比外面的雪人不知道要好看多少倍。

雪白的面容，殷红的唇瓣，漂亮的小男孩说起甜甜的话，我一时不忍，心软地找了个借口："因为……因为学校最近要值日。"

听到这话，小男孩便突然凑上前来，长长的睫毛几乎要扑闪在我的脸颊上。

我对上他琥珀色的眼睛，费力地睁大眼睛。

见我这般模样，他便笑了，弯下腰笑着："小茴香豆，你骗我！

你们一年级的都不需要值日，你以为我不知道？"

被崔致发现了。

我非常镇定地说道："那我可能是记错了。"

我话还没说完，就瞧见身前那笑弯了腰的男孩缓缓直起身子来，眼睛瞧着我，一眨不眨的。

我被他瞧得有些心慌，于是轻轻咳嗽了一声，想要说话，但还没等我开口，崔致便忽然伸出手指来戳了戳我的脸颊。

"小茴香豆，你怎么老气横秋的呀？"他的声音拖得长长的，趁我反应过来之前，便慢悠悠地收了手去。

我怒目相视，我又不是真的单纯只是一个一年级小学生，能不"老气横秋"吗！

但我必须反驳："你才老气横秋呢，只有老气横秋的人才会用'老气横秋'这个成语！"

听到这话，长相漂亮得宛如玉人的男孩愣了愣，半晌才反应过来我说了什么。

他那长长的睫毛微微颤了颤，然后抿开一抹笑，唇瓣旁那一朵小小的梨涡轻轻显露出来。

"小茴香豆，你生气了吗？"

男孩的声音软软的，在经历青春期的变声之前，崔致若是这样压低声音说话，便温软得如同云朵。

而我也当然不会同小学二年级的崔致计较。

他似乎是在打量着我的神情，又像是想起了什么一般，从校服的口袋中掏出一样东西来——

那白净的手掌中，静静地躺着一个红色丝绒的小盒子。

有点眼熟。我眨了眨眼睛，看着那小盒子。

"小茴香豆，这个给你，你别生气了。"崔致的语气中难免显露出几分骄傲和神气，仿佛这小盒子里装的是什么绝顶的好东西。

我没忍住，伸手过去，打开一看——

我在崔致骄傲的视线中沉默片刻，而后缓缓道："阿致，这是崔妈妈的结婚戒指，对不对？"

其实我本不想叫他"阿致"，但无奈崔致总因此缠着我，若不叫"阿致"，那便只能叫"崔哥哥"……

于是我选择叫"阿致"。

他随着我的视线一同看下去，定在那闪亮的大钻戒上，而后弯了弯唇，笑："不是，这是她的订婚戒指。"

我："……"

事情以崔叔叔的到来结束。

崔致倒是没有被打，他仗着模样精致漂亮，独得邻里街坊的喜爱，崔叔叔只能退而求其次，罚他背书。

他坐在自家的院子里，坐了半天，便又抓着书爬上两家之间的墙头。

"小茴香豆！"

我指了指他手上的古诗词："阿致，你背到哪儿了？"

崔致苦恼地叹一口气："背到《山村咏怀》。"

坐在墙头的小少年，别扭地念着诗句，向着树下的我抱怨道："什么一二三四五的？一去二三里，八……"

"不对,是'烟村四五家'。"我摇摇头,纠正他。

小少年沉默了一会儿,睁着漂亮的琥珀色眼睛,认认真真地说:"不对,是'八九十枝花'。"

我回以沉默。

那小少年便轻轻咳嗽一声:"小茴香豆,你不相信阿致哥哥吗?"

"是'阿致',不是'阿致哥哥'。"我才不上他的当,"'亭台六七座'后面,才是'八九十枝花'。"

浅浅的梨涡突然盛开在他白嫩的脸颊上。

"你好笨,小茴香豆!"他的笑声在院子中回响,"我要是给你送花,绝不走那么多个村子,也不看那么多亭子。我一定是,一去二三里,八九十枝花。"

我心里想着,这首诗不是送花的意思啊,但我只是无奈地静静地看着他笑。

在那有着爬墙虎的墙上,阳光明媚,小小的唇红齿白的男孩,生得如琉璃一般,此刻高高扬着手上的书,趴在矮矮的墙上,含着笑望向我。

在这耀眼的阳光下,在这男孩子的注视下,我知道我远离男主的计划,已经彻底失败了。

上小学的时候,崔致非让我和他一起去学乐器。

母亲觉得很是陶冶情操,父亲同意自家夫人的话,于是一家三个人,二比一胜出。

于我而言,我学什么都无所谓,崔致就替我选了小提琴。

崔致说他要学钢琴的时候,温柔的崔妈妈笑着打趣:"阿致,你选了钢琴,是要给小茴伴奏吗?"

崔致想了想:"妈妈,你和爸爸一起演奏的时候也是伴奏吗?"

崔妈妈是很有名气的钢琴家,而崔叔叔则是当年的小提琴首席。

"有的时候是,但有的时候不是。"崔妈妈认真地告诉他,"不过妈妈很愿意给爸爸当伴奏哦。"

于是小少年点一点头,突然握住站在旁边的我的手,一字一句地说:"那我也要当小茴香豆的伴奏!"他说着,转过头来,"小茴香豆,你也只能当我的伴奏。"

我听出来他多加了一个"只"字。

旁边的崔妈妈自然也听出来了,她乐不可支:"那你也能只当小茴的伴奏吗?"

崔致点一点头,认真地说:"既然这样,那我也只当小茴香豆的伴奏。本来,一个钢琴家只能有一个小提琴手当伴奏。"

他这话可没什么依据。

我反驳他:"阿致,或许每次的伴奏都是不一样的人。"

"崔致告诉小茴香豆,一个钢琴家只能有一个小提琴手,一个小提琴手也只能有一个钢琴家。"他完全当作没听见,非常固执地扭过头去。

我微微一笑,附在他的耳边,小声道:"每次伴奏的都是不一样的人。"

虽然我觉得自己的行为有些幼稚,但还是乐此不疲。

只是有些时候并不太好用。比如现在。

见崔致低着头，半天没扭过来，我侧过头看了看。

果然，他正委屈地含着眼泪，一声不吭的。

"阿致。"我无奈地喊他一声。

崔致不理我。

"我觉得你说的很对，我只会给你当伴奏，所以你也只能给我当伴奏，好不好？"我凑到他的身前，轻声问道。

面前的人终于有了点反应。

他缓缓抬起头来，睫毛扑闪扑闪的，好像下一刻，眼里含着的泪珠就要掉落下来一样。

"真的吗？"

"真的，所以你愿不愿意？"

他点头，眼泪也一起掉下来："愿意。"

这就哄好了。

我从他的口袋里拿出手帕，叠好了给他擦眼泪。

崔妈妈哭笑不得："阿致，你可比小茴还大一岁啊。"

崔致哭得脸蛋红通通的，但还是很肯定地带着哭腔说："那当然了，我是小茴香豆的哥哥。"

在这座名为祝塘的江南小城中，我和崔致学习乐器的地方在老城区。

一开始，司机载我和崔致去，后来，我和崔致熟悉了路，便自己走路去。

学乐器的地方是一个曾经荒废的教堂，教堂门口开满了大片大片的山茶花。也有人在山茶花后面种了枇杷。本来是很矮的一株，后来越长越高，繁盛的枝叶都快伸进教堂二楼的窗中了。等到夏天的时候，山茶花已经全部凋谢，明黄的枇杷便缀上了教堂雪白的高墙。

而在去往教堂的路上，有一座弯弯的小桥。小桥的左右两边是矮矮的山，在江南地带，最高的山也过不了云端，隔桥两顾，于是祝塘人都称呼为"顾山"。

穿过小桥的蜿蜒河流，是横穿祝塘的乌水，有不少老妇人洗衣择菜都会选择来这里。泊在河上的小船晃晃悠悠，支着桨的熟人望见我和崔致，遥遥地打一声招呼。

"颜家的小丫头，又来学琴了？"

我背着小提琴，向他们点点头："爷爷奶奶好。"

走在身侧的崔致探出头来，甜甜地笑："爷爷奶奶，你们好。"

船上的人笑着挥一挥手。

"爷爷奶奶，去年的菱角很好吃！"他想到了什么，跑过去支在桥栏杆上，探着脑袋往下看。

我在旁边提醒他："阿致，小心点。"

"今年中秋的时候，会再给崔老、颜老家送点儿去的，到时候也给你们捎上点儿？"一位爷爷笑呵呵的。

崔致笑得眉眼弯弯，立时答应："谢谢爷爷！"

他走在石桥上面，步子飞快。

我看着他走到尽头，又停下，转身看我。

"小茴香豆，你好慢啊。"

我无奈："是你走得太快了。"

"那我再等等你。"

他便又迈着步子上了台阶，奔到我的身边，和我并着肩走。

石桥明明很窄很小，但或许因为我还是孩子的身体，所以觉得这一路都很长很长。

我与崔致其实并不在一起学琴，我在一楼，而崔致在二楼。

当然，这也是有前因的。

同我一起学琴的时候，崔致在钢琴前坐不住，总喜欢凑在我身边听我唱谱。我若是唱错一处，他便悄悄在旁边笑。一来二去，我便把崔致赶到了二楼去。

只是虽然如此，崔致学琴却是极快的。我在楼下听着他的琴声渐渐消失，又听见他的声音在教堂外响起。

"小茴香豆，你出来看看！"

我本想假装没听见，但奈何他喊了一声，我不应，他便继续再喊我的名字。

老师也深知崔致的脾气，揉揉太阳穴，只温声让我出去看看。

崔致明明在二楼，声音怎么会从外面响起？

我无奈地走出去，环顾一圈，倒是没看见他。

崔致的笑声便突然在我上方响起："小茴香豆，你怎么这么笨？"

我顺着声音抬起头，阳光太好，猛地有些刺眼，我不自觉眯了眯眼睛，望见男孩笑弯的眼眸。

"抬头看看，我不就在这里？"

第一章　那时年少

　　他俯着脸瞧我，因为背对着阳光，此刻倒像是从光中走出一般。偶有枝丫伸在窗边，就抵在他的脸颊边上。

　　我愣了愣。

　　哦，原来不是抵在他的脸颊边，而是崔致将那枝丫握着。

　　我这才发现，他握着的这根枇杷树枝丫，绿叶间藏了颗黄灿灿的枇杷。因为枇杷树生得繁茂，距离教堂又近，我一时竟没有察觉。

　　"阿致，老师每年都会领着我们一起摘枇杷，你站在二楼摘多危险。"

　　他轻轻晃了晃手中的枝丫："高处的才甜。"

　　我不解，下一秒，那道黄灿灿的影子便划破空气，忽而被扔了下来。

　　"接着。"

　　我下意识地接住那颗枇杷。刚刚还在晒太阳的枇杷暖洋洋的，颜色鲜橙，亮得惊人。

　　与此同时，崔致笑着喊我："小茴香豆，我把太阳送给你。"

　　太阳？我看了看手掌心中小小的枇杷，又抬头看他。

　　小少年笑得极其骄傲，就像这枇杷是他亲手栽种的，又好像这小小的枇杷，当真是太阳。

　　大多时候，崔致的脾气都是很好的。只是他现在毕竟还是一个孩子，学琴的时候，走神、调皮便都是常事。有时被老师轻轻训了，崔致微微垂着睫毛，只将眼泪含着，明明是崔致犯的错，不安的倒变成老师了。

　　今日崔致便因为弹琴弹得太快，连着被老师训了几次，以至于他从二楼下来的时候,将木质楼梯踩得生响。

他"噔噔噔"地跑下来,沉着脸,看来是生了气,握住我的手便往外走。我无奈地和老师挥了挥手,几乎是被他拽着往门外去的。

崔致的声音都气鼓鼓的:"我不来学了。"

我尝试顺毛:"你下次弹慢些,老师也不会说什么了。"

他嘟嘟囔囔的:"弹慢了一点也不有趣。总之,我不想来学了。"说着,他转头看我,"小茴香豆,你也不要来学。"

"我觉得老师教得很有趣啊。"

听到这话,崔致一副"你竟然背叛我"的模样,他低头看着握着我的手,又抬起眼来。

"小茴香豆,你是和我好,还是和老师好?"

或许是因为生气,崔致的声音软乎乎的,他越是装作不在意的模样,声音却越透露出紧张。

我想了想,问他:"我不能两个都好吗?"

一时间,崔致没反应过来,他睁着琥珀色的眼眸,怔怔地看了我半晌。

我伸出手,在他面前晃了晃。

崔致一下子带了哭腔,琥珀的眼眸里,亮晶晶的:"小茴香豆,你,你怎么能三心二意呢?!"

"……阿致,下次我妈妈看电视剧的时候,你不许再看了。"

他却生了气,几乎是甩了我的手,大步往前面走去。

我还没来得及喊他,就见走在前面、生气过头的崔致脚底一滑,摔在了夏日雨后的泥地上。

第一章　那时年少

这一跤来得突然，我没忍住轻轻笑了一声。

摔在泥上的崔致脸一下子变得通红，他忙扭过头去。

"阿致，别生气了。"我走上前，伸出手，想要拉起他。

小少年低着头在泥地里挣扎了一下，没起来，一时间脸上红扑扑的，汗珠挂在颊边，像是他平日里哭着掉下的泪珠一般。

虽然我和崔致还小，力气不大，但也不应该拉不起来。

我看向他的脚："阿致，脚痛吗？"

崔致委屈地点点头，既不说话，也不好意思看我。

"那我去找人，你在这里等我。"我直起身。

但就在我要离开的时候，一只手突然抓住了我的衣角。本来白嫩的手指此刻却沾了泥，看上去脏兮兮的。

"怎么了？"我轻声问这小少年。

他仍旧不说话，只是抓着我衣角的手更紧了。僵持了许久，我轻轻叹一口气，而后背对着崔致蹲下。

"那我背着你，好不好？"

往日的崔致会拒绝，但今天的崔阿致也不知怎的，倒是轻轻趴在了我的背上，微烫的呼吸便轻缓地扑在我的脖颈上。

在这个世界醒来之前，我背过那时的表弟许多次。调皮的小孩子紧紧抓着我的头发，力气虽不大，可从茫然无措到适应自如，却仍然会觉得酸涩难言。

那段父母双亡寄人篱下的时光，如今想来，我竟然已经快要忘却了。

和那个顽皮的孩子不一样，崔致只是趴在我的背上，将柔软的脸颊轻轻贴着我。不用回头，我都能想到小少年委屈别扭的模样。

幸好，比起我，崔致有些挑食，这不吃那不吃，体重倒是比我还轻。

我背着安静的小少年，幽幽地想着。

这段时间，总觉得阿致变得任性了许多，是进入了叛逆期吗？不过，小学生进入叛逆期，也实在有些提前了。

而我也没有想过，在我身边的崔阿致，本就比在别人面前要表现得任性得多。

但其实我也并没有背太久，到小桥时，便有人发现了我和崔致。

只是崔致这气生得着实有些久，一直到家门口，他都静静的，没有说话。

"阿致，你要不还是生老师的气，不要生我的气了。"我苦恼地向他提出建议。

但小少年自然不明白，他扭头就往隔壁院子里走。

因为脚痛，他只能单脚跳着。虽然场景的确有些好笑，但这下子，我倒是也有点生气了，便也转身进了自家院子。

等到晚上的时候，我下楼吃晚饭，母亲笑眯眯地问我："小茵，你是不是和阿致生气了？"

我好奇地看着她。

崔阿致难道竟还恶人先告状了吗？

母亲笑着摸我的头，伸手指了指窗外。

"今天傍晚，我说谁一直凑在窗前探头呢，一看，原来是阿致。"

"他没进来吗？"

"估计是怕你生气呢。"母亲好奇地低下头,"小茴,你真是难得和阿致生气。"

小学生之间吵架,那多好明白?

只是我终究不是小学生,所以我自然也不会真的和崔致生气……

但是我这无意识表现出来的小脾气,还是让我自己有些发愣。

回到楼上之后,我拉开窗帘。

颜家与崔家的房子是紧紧挨着的,而我的窗子对面,便是崔致的房间。此时拉开窗帘,却看见崔致的房间黑漆漆的。

现在是晚上七点多,崔致虽然睡得早,但七点多……

我缓缓收回视线,正瞧见床头的座机屏幕微微闪烁着光。

其实现在已经不怎么用座机了,颜家楼下的座机也早就拔了线,只留下我房间里的这一台。

崔家亦是如此。

崔家剩下的最后一台座机,也只在崔致的房间。因此,我房间的这台座机,其实只有一个联系人。

那么……

我回头看了眼窗外漆黑的崔致房间,转身拿起了床头的电话。

座机长长地"嘀"了一声,继而响起一通电话留言——

"小茴香豆,对不起,你可以不生我的气了吗?我以后不会乱发脾气了。"

声音轻飘飘的,软软的,像是风,像是云朵。

我知道这是崔致。

不需要"喂",不需要"你好",不需要"你是谁"。

长久以来，不知道是谁先开始的一个小小的电话游戏，竟然成了我与崔致的心照不宣。

　　座机屏幕闪烁着光芒，就在它将要息屏的时候，我回拨了过去。

　　短暂的"滴"声后，我听到那头轻缓的呼吸声。

　　于是我无奈地浅浅含着笑说："原谅你啦。"

第二章

冰糖葫芦

小学五年级的时候,我从崔致的口中第一次听到了一个陌生的名字:舒云。

他托着腮,软乎乎的脸蛋上是满满的不爽。

"小茴香豆,我觉得舒云就是想和我抢第一。"

这是一个他最近经常提起的名字。

我仔细回想了一下小说剧情。

由于原小说中男女主是在高三时认识的,有许多人物小说中都并没有出现,就像这个"舒云"。所以我也并没有想到什么相关的剧情人物。

事实上,伴随着我对这本小说剧情的渐渐淡忘,这个世界给我的感觉好像陌生又熟悉起来。

陌生的是,这个世界有着与我看过的那本小说里不同的情感、人物。

熟悉的是,这个世界的父母,这个世界的崔致,这个世界的我自己,都好像渐渐取代了之前的世界里的。

我已经很少想起从前的事情了,这使得我有时下意识地去回忆小说情节。

但当我握着笔想要把记住的小说情节写下来时，却发现，那些本来还存在于记忆中的情节，在将要落笔在纸上时，竟然变得模糊一片。

或许，这是我知道这个世界的真相所需要付出的代价。

许是看到我在发呆，崔致在我面前晃了晃手，喊我："小茴香豆。"

我回过神来："阿致，第一不第一有什么要紧的呢？"

崔致犹豫地摇一摇头："也没什么要紧不要紧的。"

还是小学生的男主，很快就把这件事抛在脑后，他开始有意无意地提及学校门口的零食。

冬天的祝塘是不怎么下雪的，但总是寒冷得令人难受。

学校外的小贩走了一拨，又来了新的一拨。这段时间，最受欢迎的也许便是卖冰糖葫芦的叔叔。

崔致就是受其蛊惑的孩子之一。

"你知不知道学校门口的冰糖葫芦？"

我点一点头。

"一定很甜。"他看看我，又移开视线，想装作毫不在意的模样。

我拆穿他："阿致，我记得你的零花钱被崔叔叔没收了。"

崔致眨了眨眼睛，无辜地拉长了声音："小茴香豆——"

"你之前吃的甜食太多了。"

"可是我很久不吃糖了呀。"

他不满地嘟囔，微微鼓着的脸蛋，梨涡浅浅的，又低下头掰手指："已经好多天了。"

我想了想，好像也是。

第二章　冰糖葫芦

"小茴香豆，我可以不吃冰糖葫芦。"突然，崔致像是下定决心道。

我好奇地看向他，听见他又软着声音说道："我可以只吃冰糖橘子！"

实在拗不过崔致，这些天他又确实缠了我很久说想吃，我只得答应明天放学之后给他买一串冰糖橘子。

因为崔致比我大一级，所以放学也要比我晚一些。但尽管如此，放学的时候多是崔致来找我一起回去。

可今天我等到下课铃声响了好一会儿，崔致也没有过来。

难道今天被老师留下来了吗？

我收拾好书包，准备去他们教室看一看。

刚走到崔致教室的后门口，我就听见他的声音从里面传了出来。

"舒云，看来你的数学不怎么样，才考了 90 分。"崔致软软的声音此刻得意扬扬的。

"崔致，你的语文怎么才 94 分？"另一个小男孩不甘示弱地回击。

"你数学差我 6 分，我语文才差你 2 分！"

"你就是语文比我低！"

"你数学还比我低呢！"

两个小学生在吵架。

我探着头看了一眼。

在和崔致吵架的小男孩背对着我，身材有些瘦小。看见这个背影的时候，我的脑海里闪过了一个想法——这个小男孩，不会就是舒云吧？

正想着他们还要吵多久，站在教室里的崔致先看见了我。

那张漂亮的脸蛋本来还气鼓鼓的，见到我的时候，眉眼却下意识地弯了。

"小茴香豆。"

我朝他挥挥手。

崔致对着小男孩丢下一句："我要回家了，我才不和你争。"他明明已经这么说了，却偏偏又添上一句，"你的数学竟然比我低 6 分！"

那小男孩气得转过身来。

这下子我看清了他的脸，是个很清秀的男孩子。

和崔致精致漂亮的五官不同，小男孩的五官更加英气，而他生气的时候也与崔致不同……

明明是个六年级的小学生，他虽然也紧紧拧着眉，但给人的感觉，却像是在强力克制。

这一刹那，我觉得这个男孩很熟悉。

我微微愣了愣。在他的身上，我就好像看到了曾经的我，隐忍、沉默。

不过，这或许只是我的错觉。

这时候，崔致已走到我的身边，小男孩的视线随即停在我的身上。

"舒云，你没有人来接你吗？"崔致想起什么，转过头，炫耀似的，"我可是有妹妹来接我的。"

说着，他还牵着我的手，故意在小男孩的面前晃了晃。

这个小男孩果然是舒云。

我无奈地扯了扯他，却听见舒云已经开口道："那又怎么样？我又不是不认识回家的路。不像你——幼稚!"

听到这里,我没忍住笑出了声。

崔致立时问道:"你家在哪里?"

舒云回了一串地址。

这个地址很耳熟,好像就在我和崔致家隔壁巷子里。

崔致皱了皱鼻子:"你家怎么在这里呀?和我家好近。那,舒云,你和我们一起回去吧。"

他一副大人有大量的语气。

出乎我意料,舒云沉默了一会儿,倒是没有拒绝。

也是,就算表现得再成熟,这个年纪也还是小孩子呀。

今天气温骤降,崔致和我都穿着厚厚的袄子。

从小到大,崔致都喜欢鲜亮的颜色,他今天穿的是橙色棉袄,围了条浅绿色围巾,雪天里亮眼极了。

那条围巾还是崔妈妈亲手织的。崔妈妈有一段时间沉迷织衣服,前前后后给崔致和我织了不少。我今日围着的鲜橙色围巾,也是崔妈妈的成果。

再看舒云,他穿得很是单薄,里面穿的不知是什么,外面只有一件薄薄的针织衫,仿佛整个人下一秒就会被风吹走一般。

崔致仍然在有一搭没一搭地和舒云说话:"京市里有什么好吃的吗?"

舒云想了想,摇摇头,说:"我不知道。"

"你不是从京市来的?怎么会不知道有什么好吃的?"崔致吸了吸鼻子,"今天天气好冷,舒云,你穿这么少,都不怕冷吗?"

"我们那里有暖气。"舒云没说自己冷不冷。

原来是这样。

刚从北方转到江南来的舒云,应该还没有适应祝塘的天气吧。

三个人缓缓地走着。

我扯了扯崔致的衣角。他低下头看我,尽管整个人都埋在了衣服里,崔致的鼻子还是被冻得红通通的。

"我今天穿得有点多,热。"

崔致愣了愣:"今天这么冷。"

我面不改色地说道:"热水喝了很多,所以不冷。"

作为一个六年级的小朋友,崔致很快就相信了。

"可不可以帮我拿一下围巾?"我看着背上背着自己的书包,手上还抱着我的书包的崔致,有些于心不忍。

每次一起放学,崔致基本都会帮我拿书包,他说,这是一个哥哥应该做的。

崔致有些为难:"可是我手上拿不下了,小茴香豆,你先围着好不好?"

"可是我觉得热。"我摇头,表示拒绝。

崔致犹豫片刻,又往旁边看看,看见手上空空的舒云。

"舒云,你帮小茴香豆拿一下围巾吧。"

舒云一早听见了我和崔致说的话,他看着同样手上空空的我,眼神有些困惑:"可是……"

我忙走到他身边,将手上的围巾轻轻围在了他的脖子上。

"麻烦你,帮我拿一下吧。"

第二章　冰糖葫芦

我收回手，重新走到崔致的身边。

舒云明显愣住了，他低头看看垂在身前的围巾，又看看我。

这么小的孩子，应该……不会发现吧？我心虚地移开视线。

等到走出校门的时候，门口已经没什么人了，卖冰糖葫芦的小贩倒是还在原来的地方。

"小茴香豆，我真的不能吃两串吗？"崔致恋恋不舍地从冰糖葫芦上收回视线。

我坚决拒绝他："当然不行。"我侧过头，发现一旁的舒云也在静静地看着卖冰糖葫芦的地方。

舒云好像挣扎着想要移开视线，注意到我正在看他，他回过神来，低下头去。

他的脖子上还围着我的鲜橙色的围巾，衬得那张有些惨白的小脸都有了几分的血色。

见此，我在心底不由轻轻叹了声气。

从书包里取出自己的零花钱后，我犹豫了一下，还是问道："舒同学，你要吃冰糖葫芦吗？"

听到我的声音，本来低着头的舒云抬起头来。

小男孩的神色有着一瞬间的茫然，他似乎是有些困惑地看着我。

半晌，他摇头："不用了。"

最后，我买了两串，一串冰糖葫芦，一串冰糖橘子。让崔致把我的书包给了我，我将冰糖橘子递给他。

不管下不下雪，冬天似乎都是冷色调的。赤红的山楂，鲜亮的橘子。亮晶晶的糖衣包裹在这些水果上，冬天好像都显得甜津津了起来。

崔致吃着冰糖橘子，倒也不贪心另一串冰糖葫芦："小茴香豆，你今天怎么也想着吃冰糖葫芦了？"

"我想尝尝。"我告诉他。

他倒想得不多，只垂着头，认真地吃着橘子的糖衣，酸甜得眉毛都微微蜷了起来。

学校距离我和崔致家并不远。崔致吃东西比较细致，便显得慢，我将冰糖葫芦捏在手里，一路上也没吃。

就在我和崔致说话的时候，已经要到舒云家了，舒云的脚步渐渐变得慢了起来，而我也随之放缓了脚步。

注意到我的动作，舒云侧过头来看着我，又伸出手将脖子上的围巾拿了下来。

身旁的崔致认真地吃着冰糖橘子走在前面，我放缓脚步，将手中的冰糖葫芦递给了舒云。

事实上，与其说是递，不如说是塞。幸好温度低，冰糖葫芦的糖衣仍旧晶莹剔透的，看上去很是诱人。

手中突然被塞进了一串冰糖葫芦，舒云呆怔在原地，他那张苍白的脸蛋突然升上红晕。

"你……"

没等舒云说话，我已经开口道："天气太冷了，冰糖葫芦好冷。"

只是演戏并不是我擅长做的事情，我的脸颊难免有些微微泛红。说完这句话后，我便匆匆地追上了前面的崔致。

我知道快要到舒云家了。

其实就连我自己都想不清楚，为什么我要这样对舒云。就像我并不明白，我为什么能从五年级的舒云身上，看到我前生的影子——

窘迫、沉默的小女孩，似乎永远也学不会对自己想要的东西表达欲望。

所以，舒云明明被冻得瑟瑟发抖，也绝口不提，就算眼睛一直盯着冰糖葫芦一眨不眨，他还是选择摇头拒绝……

可能正是这些，让我不得不想起从前的自己。

冬天的祝塘真的很冷。

身材瘦小的舒云这么想道。

他的脖子上还挂着鲜橙色的围巾，他的手中是被突然塞进来的冰糖葫芦。

这串冰糖葫芦，和京市里卖的一点也不一样。只是它们都拥有极其漂亮的糖衣，就好像是自己明明无法触碰到的美梦一般。

他到现在都不知道她叫什么。

"小茴香豆。"舒云缓缓念了一遍，皱起眉。

真是奇怪的称呼。

和崔致真是不一样的一个人。是该说心理成熟吗？毕竟实际还比他和崔致小一岁吧。

舒云自认为是个成熟的孩子。

他终究是没有忍住，尝了一口手中的冰糖葫芦。

好甜。

就连他自己都没有发现，他原本皱着的眉，在尝到这甜味之后，不自觉地舒展开来了。

可是明明，冰糖葫芦只有糖，没有冰啊。

舒云是个沉默寡言的孩子。他很少提及自己的家人与朋友。只是不知道从什么时候起，舒云开始与崔致相熟。

从那一日起，我早晨推开门的时候，看见的不仅仅有崔致，还有舒云。

崔致踢了踢脚边的石子，抬头看见我："小茴香豆，要去学校练小提琴了吗？"

他一面说着，一面伸出手来接过我的书包。

我身后正背着小提琴，听他这么问，便点了点头："阿致，你没忘记我们要一起练吧？"

"没忘记啦。"他向着我绽开一朵小小的梨涡。

一旁本来沉默的舒云缓缓开口问："是毕业典礼上的合奏吗？"

"对……"崔致转过头看他，"舒云，今天是不是舞台剧选人结果出来了？"

祝塘的小学毕业典礼向来很受重视。

在那一天，参加的不仅有毕业生，也会有其他年级的同学，只是毕竟是毕业典礼，还是毕业生参加的人数比较多。

作为小学的典礼活动，舞台剧可以说是传统节目之一了。舞台剧既能调动孩子的积极性，还具有一定的观赏性，是个很不错的节目。

今年的毕业典礼依照往年的传统，需要毕业生与在校生一同参演一出舞台剧，而舞台剧的剧目是个广为人知的故事——《睡美人》。

但与平常看的《睡美人》不同的是，这次昏睡的是王子，而来解救他的人自然也就变成了公主。这算是创新，目的自然是吸引更多的孩子参加其中。

崔致和舒云都是毕业生，当然会参加。而我的班级今年也作为在校生班级代表参加了演出。

究其原因，我想了想，或许是因为五个年级中最漂亮的小姑娘在我们班。

舒云回道："嗯，待会儿课上老师会宣布的吧。"他顿了顿，继续说，"崔致，你应该会演王子的吧。"

崔致白嫩脸颊上的眉毛微微皱了皱："演不演都行。不过我想和小茴香豆一起演。小茴香豆，你会不会演公主？"

"我觉得应该不会。"我摇摇头，"我就站在一边当路人就好了。"

"那我也想和你站在一起。"崔致一边走路，一边向着我微微笑。

舒云毫不留情地打破崔致的想法："你有见过那么帅的路人吗？"

"王子也不一定都长得帅啊。"崔致反驳。

"可是这个舞台剧的名字是《睡美人》。"

崔致瞬间蔫了。

"我猜公主应该是你们班的徐薇。"舒云移开视线，看向我。

徐薇就是那个最漂亮的女孩子。

我想了想："我也觉得。"

崔致还是想挣扎一下："小茴香豆，我能不能和老师说，让你演公主？不然，我就不演王子了。"

"不行。"我果断拒绝他。

他委屈地看着我。

"阿致,我不想背那么多台词啦。"无奈,我找了个理由,"你知道我还要练小提琴的。我们一起合奏,我得跟上你的进度呀。"

舒云在一旁缓缓说:"崔致,你都和颜茵有一个节目了,她演不演公主又有什么?而且,你也不一定演王子。"

这么说的确也有道理。比较好哄的崔阿致便又弯了眼眸。

"对,我也不一定演王子。小茴香豆,你就当我是你的伴奏。"

我和崔致合奏的歌曲名叫《送别》。

这是一首比较简单的合奏曲,我和崔致之前也一同练习过很多次。但为了不出错,我还是决定再多练习几遍。

角色人选宣布了,舞台剧《睡美人》的主人公果然是崔致和徐薇。而我的角色是城堡附近的居民,也就是所谓的路人和背景板。和我一样,舒云的角色也是居民。

一开始我还没明白,舒云的长相英气俊秀,按理也不应该只是居民,但后来崔致怒气冲冲地和我告状,说舒云提前和老师说了,只想演居民。早知如此,他也应该说不想演王子。

我只得安慰他,说我演路人才好呢,可以站在一边认真地看他表演。

况且居民的台词是真的少,我背了一遍就背下来了,便打算去琴室练琴。

周末的学校除了排演毕业典礼的同学,基本上没什么人,很是安静。

夏天将要来临,春天离开得很是匆忙。

第二章 冰糖葫芦

无人的琴室里已有些闷热,我将窗子拉开,薄纱的窗帘因为风微微颤动。

小学的课程对我来说很是轻松,闲暇时练习小提琴便成了一项很重要的活动。有时候练琴,我常常会忘记自己身处的世界。

乐曲声中,恍恍惚惚,好像一切不过都是一场大梦。

或许我从未看过那本甜宠文小说,我不知道崔致是男主,也不知道未来将会出现女主,更不知道……我会成为他们交叉人生中的恶毒女配。

弦声轻颤。

少了小提琴的声音,琴室瞬间安静了下来。

就在我正胡思乱想的时候,突然一道声音,打破了这间屋子的安静。

"这首曲子叫什么名字?"

声音很熟悉。我跟着声音转过头,看见穿着校服的男孩子正站在门边,静静地看着我。

"《重逢有日》。"我回答他,"舒云,你不需要排练《睡美人》吗?"

他只淡淡道:"我们都是居民,没什么台词吧。"

也是。

舒云转校过来的这些天,虽然他和崔致相熟,我们也经常一起上下学,但是我和他还基本没有什么单独相处的时间。

和一个不是那么像小学生的小学生聊天,对我来说还算有些难度。

只是没等我说话，舒云已经又开口道："颜茵，你真的只是五年级吗？"

一时间，我没有明白他的意思。我困惑地看向他，将手中的小提琴放了下来。

"什么？"

"我觉得，你不像是只有五年级。"舒云又重复了一遍，"你到底多大？"

他或许的确对于这一点感觉到困惑，所以他看我的眼神很是认真。

我当然不是只有五年级……如果我的记忆没有出错，降生在这个世界之前，我的年纪应该是十八岁，刚刚上大学的年纪。

但我不能和舒云这么说。

我只能装作听不懂的样子："我今年的确是上五年级。"

舒云摇摇头："不，你不像五年级。"

他这么笃定，我微微笑了笑，问他："那你觉得我应该是多大？"

听到我这么问，舒云一下子愣住。他皱起眉，仍旧是困惑地看着我。

我指了指小提琴，决定岔开这个话题："你想再听一遍吗？"

舒云回忆着缓缓念了一遍我刚刚说过的名字："《重逢有日》？"

他突然沉默下来。

就在我拿起小提琴的时候，他的声音重又响起："不，不听了。"

我看着他，无奈地笑："舒云，我觉得你也不像是小学六年级。"

舒云的视线定在我的身上，我看见他的睫毛缓缓地上下掀动着，其后的那双眼眸，显得沉默而稳重，是个比我更不像小学生的小学生。

"可我就是小学六年级。"他的声音低低的。

"那我也是小学五年级。"

我微微笑着，拉动琴弦，还是《重逢有日》……

这个时候，又很像小学生了。舒云想。

琴室里面很干净，他站在窗边，看见风轻轻吹动帘子，看见那人的手指如同蝉鸣一般，在点亮着这个即将到来的夏日。

舒云沉默地站在门口，没有踏入琴室一步。

在他很小的时候，不，或许更早之前，他就已经明白，什么是可以得到的，什么是不可以得到的。

他只有十二岁，但没有人允许他只有十二岁。

一首《重逢有日》结束，身后突然有人轻轻拍了拍舒云的肩膀，他转过去，看见一个有着梨涡的男孩。

"你怎么偷偷溜出来了？"下意识地，舒云本来舒展的眉又微微皱了起来，"王子的台词还挺多的吧。"

崔致伸出手指置于唇前，露出浅浅的梨涡。

我已经看见了他。

"阿致。"

他对上我的双眼，踏入琴室。

"小茴香豆，这首是不是《重逢有日》？"

我点点头:"你怎么过来了?"

崔致装作没听见,只指着琴谱,说道:"你这边和这边弹错了,音不对。"

我:"……"

有时候,偷懒的人比勤奋的人还出色的话,的确会让后者感到不爽吧。

崔致转过头,喊站在门口的舒云:"舒云,你听听我和小茴香豆的合奏吧。"他顿了顿,笑着看我,"提前欣赏。"

长亭外,古道边,芳草碧连天。

晚风拂柳笛声残,夕阳山外山。

是《送别》。

毕业典礼那天,颜家父母和崔家父母都来了。

崔妈妈闲暇时便在学校教导合唱团,因此,她今日基本都待在了后台。对于我和崔致的合奏演出,她显得比任何人都要兴奋。

她温柔地替我化了淡淡的妆,然后满意地凑在我的耳边说:"小茴,我觉得你们老师真没有眼光,你应该去演公主的呀。"

镜子里的小女孩微微眨了眨眼睛。

我抿着唇笑:"阿姨,照这么说,阿致更像公主呀。"

崔妈妈愣了愣,而后反应过来,乐不可支。

"你说的也对。阿姨总是觉得,要是阿致真的是个小姑娘就好了。但阿姨可不能这么自私——"

"自私?"我抬起头。

第二章 冰糖葫芦

崔妈妈笑着点了点我的鼻子:"阿致可以保护小茵呀,看他当哥哥当得多起劲,是不是?"

正说着崔致呢,旁边更衣室的门被打开,我和崔妈妈一同看了过去。

我们小学的校服虽然是西服款式,但崔致经常不穿外面的外套。崔致喜欢明亮的颜色,难得穿深色衣服,更不用说西装了。

今日的典礼,合奏排在舞台剧之前,因此崔致只能换上许久不穿的西装。

他的皮肤本来就白,此刻灯光盈盈,黑色的西服衬得肤色更甚,像个小玉人似的。

崔妈妈给出一个大拇指。

见此,崔阿致倒是有些害羞,他走到我们身边,微微仰起头看着坐在椅子上的我。

"小茵香豆,你的嘴唇好红啊。"

"妈妈给小茵抹了口红。阿致,好看吗?"

他肯定地点头,笑起来的时候,眼眸像是弯弯的月牙:"好看。"

合奏演出倒计时五分钟。

崔致伸出手掌心,认真地看着我,说道:"小茵香豆公主,可以和我一起上台了吗?"

这是什么奇怪的称呼啊!

我眨了眨眼睛看他,他也眨了眨漂亮的眼睛。

于是我轻轻将手放在他的手掌心上,不知为何,脸颊微微有些发烫。

"当然可以，阿致王子。"

崔妈妈站在一旁，笑着叮嘱道："阿致，可要照顾好你的公主啊。"

他认真地点点头，紧紧地握着我的手。

在拉开帘子之前，候场的地方都是昏暗的。丝绒帐子就垂在身前，沿着台阶上去，帘幕后便是毕业典礼的舞台。

帘后的主持人开始介绍下一首曲目，由六年级七班的崔致与五年级三班的颜茴共同演奏《送别》，旁边的老师便提醒说可以上场啦。

正准备和崔致一同上去时，他却突然松开了我的手。

我侧过头去，有些疑惑地看着他，小声问道："怎么了？"

崔致不说话，他率先上了台阶，一手将帘子掀起，舞台的灯光瞬间照入我的视线之中。

就在这泻入的光亮之中，崔致一手支着帘子，一手向我伸来。

"请吧，我的小茴香豆公主。"

他的声音很轻，微微泛红的脸颊，温柔的琥珀色眼眸，我在其中，看见了一个身穿红裙的女孩。女孩微微瞪大了眼睛，而后缓缓地，将手放在了王子的掌心。

瞳色浅淡，仿佛只有我，是唯一浓烈的色彩。

在将手放入的一刹那，崔致将手合拢，牵着我，一步步走上了舞台。

熟悉的温度，熟悉的声音，熟悉的人。在他的身边，我不会感到任何的不适与紧张。就好像，我真的是被王子守护着的公主。

站定位置，我回头与他对视一眼。

小少年向着我微微颔首。

于是指尖落下。

就像崔致曾经说过的，或许每次的合奏中，小提琴手与钢琴师的搭配都是不同的。

但自从我和他分别学习小提琴和钢琴开始，无论是平常的晚会，还是大大小小的比赛，在我身边的钢琴伴奏永远是他，就好像，他身边的小提琴手也永远都会是我一样。

曲终结束，合奏之后的下一个节目便是舞台剧《睡美人》。

时间紧张，崔致又是主人公，需要化妆，衣服也比较烦琐，所以演奏结束之后，他没来得及和我说上一句话便被老师带走了。

我低下头，准备将小提琴放入琴包中。

就在这时，身后突然有人喊我："颜茴，我们也得去换衣服。"

原来是舒云。

我转过头，问道："我记得排练的时候我们没有服装。"

"老师后来说看着不协调。"他站在那里，光线从他的身后打过来，我没法看清他的神色。

路人在舞台剧里虽然有服装，但可想而知这些服装会是什么样子。我分到的裙子是一件灰色布裙，和它的颜色一样，裙子的样式很不起眼。

旁边也有分到这种颜色裙子的小姑娘，有的穿了，有的觉得丑，耍小脾气就是不肯穿，老师只得继续协调。

换好衣服的舒云重新站在我的身边，他和我一样饰演居民，只要站在人堆里，说些"王子多帅啊""公主好厉害啊"之类的台词就好，所以他分到的衣服也很简单。

  我们两个人静静地站在后面，听着饰演小精灵的二年级小孩子在哭，老师在轻声安抚，大家兴奋地交头接耳，一时间，倒让我觉得不说些什么都融入不进这个集体了。

  不过没办法，我已经尽力在扮演好一个小学五年级的女孩了。

  旁边的舒云突然说了句话。因为周围声音很嘈杂，我并没有听清楚，便微微侧过头："什么？"

  他好像又说了什么，但我还是没有听清。

  我只得又往他旁边站近了点，一抬头，发现本来看着别处的舒云，也随着我的动作看向了我。

  于是我重新问道："你刚刚在说什么？我没听清。"

  他的视线静静地落在我的脸上，但什么也没说。

  就在我以为他没有听清我在说什么的时候，舒云转过头去，声音大了些，说道："我说，你弹得挺好的。"

  原来说的这个。

  我礼貌地致谢："谢谢。"

  "弹琴有意思吗？"

  "还好。你也想学吗？"

  后台的光线并不明亮，舒云又侧着脸，神色显得很冷淡。他沉默了一会儿，摇摇头："不是。"

  不是"不想"，而是"不是"。

  闻言，我张了张嘴，正想说些什么，却听见周围的声音越发大了起来，循声看去，原来是《睡美人》的两位主人公化完妆出来了。

不同于路人的服装，主人公的衣饰很是精美。穿着礼服的王子和公主并肩走出来，宛如金童玉女。

不少同学都凑了过去，围着两人，笑嘻嘻地开着玩笑。

"崔致，你的衣服好帅啊，我也想当王子！"

"喂，你长得又没人家帅，你当王子，那演的是睡丑人了吧。"

"可能都没有公主愿意救他了！"

"薇薇，你的裙子好漂亮，你是不是化妆了呀？"

穿着裙子的徐薇红着脸站在崔致旁边，羞涩地点了点头。

旁边的崔致左看右看，也不知在找些什么。

漂亮的徐薇小姑娘娇滴滴地喊他的名字："崔致，你前几天没有记住的台词，今天不要忘记了。"

崔致转过头去看她："明明那天是你说错台词，我才没反应过来。"

老师叮嘱两个人："王子可不能和公主吵架。"

其他同学也在旁边笑。

"你想演公主吗？"站在我身旁的人好奇地问道。

听见这话，我有些愣住。我想了想，然后摇头："不是公主的人，是演不好公主的。"说到这儿，我顿了顿，也问舒云，"那你想演王子吗？"

舒云转脸过来，面对着我，难得弯了弯唇，笑了："不是王子的人，也演不好王子的。"

我看着他，若有所思。

但道理的确是这样。

就像我来到了这个世界,便只能接受这个世界一般,无论是父母、亲人,还是男主崔致。

作为颜茵的我,如果不成为路人的话,那么我还能变成什么呢?

离间男女主的小青梅,做尽了坏事的恶毒女配?

所以比起参与这个世界,我宁愿只是个旁观者。

已经习惯了沉默与孤独的人,如果遇到阳光,会选择追逐还是逃避?

在来到这个世界之前的十八年中,无人教导我如何去爱,也无人告诉我是否有爱与被爱的权利。

贪婪的人性潜藏在每一个人的心中,而一个人一旦拥有某种珍贵的事物,便会想要更多。

只是阳光终究不会成为一个人的阳光。

在这出舞台剧《睡美人》中,王子受到女巫的诅咒陷入长久的昏迷,只有命定的公主才能够将他重新唤醒。

并不非常美丽也不非常勇敢的城堡居民,虽然会遥想沉睡的王子的美丽,但终究不会踏进那座被荆棘包围住的城堡。

她的武器砍不断丛生的荆棘,她的吻无法破除女巫的诅咒,而王子,也自然不会为她醒来。

在王子与公主天生一对的美满故事中,这个普通的城堡居民能够一眼看到王子,但茫茫人海中,王子却永远只会对公主一见钟情。

所以注定是配角的路人啊,只要静静地在一旁看着,就已经足够。

第三章

重逢有日

祝塘这个不大不小的江南古城，却居住着不少家世渊远的家族。无论是颜家还是崔家，在这里都有老宅。每至中元、中秋、冬至、小年这些日子，崔家、颜家等几个家族，不仅会聚在一起吃饭，也会自己掏出钱来，在祝塘城里请戏班子唱戏、表演评弹。除此以外，在所有需要大办的传统节庆中，这些家族都担当着不可或缺的角色，组织节日活动、重拾逐渐消失的风俗，这是他们守在祝塘这么多年的旧例，百年来，几乎从未变过。

转眼春去冬来，我升入初一的时候，崔致和舒云都已经是初二了。

这年的小年，我同父母一起回了颜家吃饭。年长一些的人们在正堂里聊天的时候，用人悄悄过来告诉我，说崔小公子等在外面，因还没到春节，就先不进来了。

我点一点头，和长辈们说了一声，便出了宅子。

一出老宅，我便看见崔致正站在台阶下面够点亮的红灯笼。

他今日穿了件极厚的鲜橙色羽绒服，里面衬了件浅粉的毛衣，耳上还戴着毛茸茸的耳罩，此刻正专心地看着头顶的红灯笼。

红灯笼在寒风中摇摇晃晃，那红光便在少年瓷白的面颊上摇曳着，像是澄澈的湖面悬着水草的影子。从眉，到眼，忽而又从鼻尖落在了唇瓣上。

不知为何，我的眼前有些恍惚。

还是少年先转了头，看见我，那双琥珀色的眼眸，似乎要与灯光融为一体。

火焰在静静地吞噬着宝石，宝石中好像藏着什么……

"小茴香豆。"一朵小小的梨涡绽放。

从什么时候开始的呢？在我看向眼前的少年时，他便会向我微微笑起来。

我在这思绪中骤然反应过来。

"阿致，你吃了饭来的吗？"

"嗯，反正两家老宅也离得这么近。"他伸着手，轻轻晃了晃红灯笼下的穗子，然后转过头来，眼眸明亮看向我说，"小茴香豆，今天老城区那里有集市，我带你去赶集。"

小年夜，祝塘的确常有集市。

"你还记不记得？"崔致走在我身边，突然侧过头问我。

"什么？"

"每年小年夜赶集时我都送你的……"

没等他说完，我已经回道："兔子灯？"

崔致歪着头看我，颊边的梨涡浅浅的，就在他想说什么的时候，不远处灯下的影子突然晃动了一下。随后，一道声音远远地响起。

"崔致。"

我看过去，那影子晃了晃，路边的灯终于将他的面容照亮——

是舒云。

他穿着黑色的棉袄，静静地站在那里，仿佛要和黑夜融为一体。

身边的崔致像是突然想起了什么一般，笑着说道："哦对了，这次还是舒云先来喊我一起去的呢。"

我俩慢慢靠近那道身影。舒云向我点点头，算作打招呼。

"寒假作业写完了吗？"舒云在问崔致。

崔致懒洋洋地笑："难道还会有人没写完？"

我沉默，而后举手："我没写完。"

两人便一齐看向我。

寒假还没过完，寒假作业没写完难道不是理所当然的吗？

我辩解道："寒假作业不就是要写一整个寒假吗？"

崔致看着我，笑着摇头，硬是装着语重心长的语调："小茴香豆，你要好好学习、天天向上呀。"

舒云默默道："颜茴每次都能考年级第一，你有时候还会掉到年级第二。"

崔致也不看他："我不和手下败将说话。"

眼看着两个人又要吵起来，我忙插了句话："阿致，你说我刚刚说的对不对？"

听到我这么问，崔致想了想："刚刚……对啊。"

"那些我都放在家里呢。"

一旁的舒云问道："什么东西？"

"兔子灯。"我回答他，崔致补充说："每年小年或者春节之后的集市、庙会，我都会送给小茴香豆兔子灯。"

舒云微微愣了愣——兔子灯？

从北边京市来的话……有可能会不知道兔子灯吧？我看舒云有些发愣的模样，想了想解释道："其实就是兔子模样的花灯，用彩纸扎的。听说从前只有元宵有，但因为许多孩子喜欢，所以其他大的日子也有人在卖。"

舒云面色淡淡的，他点点头。

说这话的时候，我们已经快要走到小年赶集的地方了。

这次的集市照例安排在了顾山乌水旁边，往日素雅的小桥今天装了不少色彩斑斓的花灯作为点缀。桥上有人在放孔明灯，数盏孔明灯向着夜色飞去，地上的灯火便也呈现在了空中。更多的人在乌水两岸闲逛着各类摊子，嬉笑声不断，热闹极了。

崔致还在身边不甘心地碎碎念，说什么都初二了，崔叔叔给的零用钱越发少了。

这也是有原因的，崔致总是存不下钱来，零用钱一到手，他便东买西买的，也不管到底是不是真的需要，等到真要用钱买些辅导资料了，还得跑我这儿借。

他正嘟囔着，一抬头看见有人在放灯，笑着说："集市上好久没放灯了。"

兴头一旦起来，我便看着崔致兴奋地往桥上跑去，他转过头向着我和舒云挥挥手，示意我们也上去看看。

桥两侧的小贩在高声叫卖，这是江南月夜中难见的景象。

在祝塘，因着大大小小的节日，赶集虽是每年都有，但买卖的东西却因为时节而各不相同。

我侧过头,正想着和舒云一同到桥上去,却见他正愣愣地看着我。

今年,舒云和崔致都突然抽了个子。舒云长得尤其多,他看我时,需要微微低下头来。

少年的五官英气浅淡,不变的,是我当初从他双眼中看到的冷漠。而此刻,他的视线就正轻飘飘地落在我的身上。

被他这么看着,我想说的话一时间都忘记了。

尴尬地对视之后,我首先移开视线,耳边却响起舒云的声音。

"今天天气有些冷。"

我轻轻"嗯"了一声,但他好像也不需要我回答。

我犹豫着,缓缓说:"要去桥上看……"

话还没说完,我的手突然被拉住了。

我下意识地低头,瞧见少年修长的五指。

"舒云?"

他拉着我的手,突然便向一个方向走去。

"怎么了?"

身前的人不说话。

天气很冷,舒云的手指也有些冰凉。说实话,从小到大,除了崔致,我没有被同年龄的男孩子牵过手,此刻一时没反应过来,只觉得脸极烫。

在这十多年朝夕相处的日子中,青梅竹马的崔致对我而言如同亲人一般,我也早已经习惯了他的存在。

而舒云……

我稍微挣扎了一下，喊他的名字："舒云，怎么了？"

这人握着我的手，将我带到一处摊贩前面。他停下脚步，而后缓缓松开了拉住我的手。

"你喜欢哪一个？"少年的声音有些低沉，他的眸子安静地落在我的身上。

我看了他一眼，然后看向身前的摊贩——

"小姑娘，买个兔子灯吗？"站在摊子后面的小贩热情地招呼着，"纯手工的，不同颜色彩纸做的，很漂亮。小姑娘，你看看你喜欢哪一个，让你的……"他看看我，又看看舒云，继续道，"让你哥哥给你买。"

舒云淡淡开口道："她不是我妹妹。"

"啊……"小贩尴尬得不知说些什么。

舒云却已经看向我："你喜欢哪一个？我买给你。"

我看着摊子上的兔子灯，微微皱了皱眉："这样不太好。"

"崔致不是也买给你了吗？"沉默片刻，舒云问道。

就在我想要说话的时候，脚边突然被什么东西轻轻一撞。

我低下头，竖着两个耳朵的兔子灯正讨喜地贴在我的脚边，红色的眼，雪白的纸身，看上去玲珑可爱。

站在我身边的舒云自然也看到了。

这是……

"小茴香豆，喜欢吗？"

崔致的声音响起。

第三章　重逢有日

我抬起头，循着声音的方向看去，正瞧见他从人群中走过来，自然地将手中控制兔子灯的彩线交给我。

他看了看舒云，又看向我，含着笑，淡淡地问："怎么啦？舒云，你也想买兔子灯吗？"

"你不是说零用钱不够用。"舒云也笑了，视线从桌上的兔子灯上移开，"不买了，不好意思。"

崔致瞧我牵了彩线，眨了眨眼睛，微微仰起头，叹了声好冷，又说："刚才你们走得好慢，走吧，我们现在去放孔明灯？"

兔子灯乖巧地等在台阶上。

来来往往的行人，每一个都是不同的故事。而这些故事中，又大多包含着各色的心愿。

这些心愿幻化成了火焰，乘着代表人间的星子，飘到了天空中。

人们喜欢将风筝、灯都放得高高的，好像这些事物离天空越近，愿望实现的概率便会越大。

崔致给我买了一个孔明灯，催促着我写下心愿。

我想了想，便在孔明灯上写道：天天开心，身体健康。

"这么简单。"凑过来看的崔致轻轻地笑，他拿了笔，在纸面上添了句：千千万万亿亿不要惹小茴香豆生气。

"这才是比较难实现的心愿。"写完，他感叹一声。

"阿致。"我微微瞪大了眼睛看着他，很是无奈，我是因为谁才会经常生气的！

这时，另一支笔落在了孔明灯的纸面上。是舒云。

他没有写自己手上的孔明灯，反而走到了我的身边，低下头，提笔写下四个字：重逢有日。

还未点燃的孔明灯上，三行不同的字，出自三个人之手。

泛黄的纸页与晕染的字迹，在如墨夜色里像是要深深地映入每个人的记忆之中。

只是在我还没有反应过来的时候，手中的孔明灯突然被一道力气打落，那轻薄的灯，便飘飘悠悠地随着寒风，一同坠入桥下的乌水里去了。

灯光再如何明亮，也难在幽深的乌水里寻到未点燃的孔明灯。

"舒云？"崔致终于皱眉，他看着舒云，不知在想些什么。

舒云没有看他。

他谁也没看，只是静静地看着桥下的乌水，和不知已经漂去何方的孔明灯。

在这寂静中，舒云突然笑了，他缓缓开口说："我要回京市了。"

就像他曾听闻的那首曲子，那首《重逢有日》。

"来日再见吧，崔致……颜茴。"

舒云的离开，就像他的到来一样平淡。

谁也不承想，那日，竟是我和崔致见他的最后一面。

有时候我会恍惚想起这个沉默寡言的男孩，但崔致却再未提及过他。

崔阿致和小茴香豆，便仍旧在这风平浪静的祝塘小城，平平淡淡地生活下去。

第三章 重逢有日

寒假结束的时候，崔致升上了初三。他虽然年纪还小，但毕竟已到青春期，个子抽条，容貌长开，更显得其清艳逼人。他长相出众，成绩又数一数二，常常引得不少同龄女生芳心暗许。

偶尔也不只有同龄的……

我看了眼身前脸庞稚嫩的女同学，认真地说道："你如果喜欢崔致，就自己交给他，我不会帮你转交的。"

女同学的脸一下子红了，她收起情书，想说什么，又没说出口，跺了下脚，转身跑了。

我低下头继续收拾书包。

熟悉的声音响起来："好慢，小茴香豆。"

有些懒洋洋的，含着笑意，听声音便知道是谁。

一片阴影遮盖下来，我微微抬头，那少年便支着胳膊撑在窗子上，弯着笑眼看过来。

就在我看向他的时候，少年的唇边漾起浅浅的梨涡。

盈盈风中，不知是春意诱人，还是少年更为动人。

意气眉间，唇色殷红，那回眸流转中，只倒映出我一个人的身影。

我见着这眸中的身影，一时间宛若被火烫着，竟不知为何心虚地别开眼去，缓缓吐出一个名字来："阿致。"

少年含含糊糊地"嗯"了一声，又支着窗台往里看，懒洋洋地抱怨："怎么这么多东西，还没收拾好。"

我把最后一本书塞进书包，叹了一口气道："所以你也不用来等我。"

他收回胳膊，在窗子后面负着手，眼中满是笑意地看向我："小

春日偶成

茴香豆，你也太过河拆桥了。"

正说话间，有经过的同学笑着与他打招呼："崔致，又来接你妹妹了？"

听到这个称呼，我正在整理书本的手微微一顿，耳边传来自然的、轻松的声音："是啊，我妹妹要是迷路了，我往哪里找去？"

是啊。

我心里有个模模糊糊的声音，也这么回答。

是妹妹。

我抬起头来，隔着窗子把书包塞进还没反应过来的少年怀中。

这如同画一般的少年，看着怀中突然被塞进来的鼓鼓囊囊的书包，一时间有些怔忪，只侧过头来，微微瞪大了漂亮的眼睛。

见此，我不知为何郁结的心突然便愉快起来，我看着他，笑了笑："走啊，哥哥。"

崔致看着我，眼睛一眨不眨。而后在这风中，他笑起来："小茴香豆，回家。"

崔致这几日心情不太好，我是知道的。

这段时间，崔妈妈突然生了重病，病情严重时，甚至不能下床。

我与崔致一同回去，见这山茶花环绕的小院中，静静地坐着一道瘦弱的身影。

"妈。"

"阿姨。"

那道身影闻声转过头来，身姿优雅，五官艳丽，只是那苍白的病容也几乎毫无遮掩。她在这样温暖的春日中也披着厚厚的外套，微微笑着看向我与崔致。

崔致提着我的书包跑过去,精致的少年在她的身前微微蹲下,认真地训道:"妈,身子不好就不要多起身,在床上休息休息。"

我也跟过去,同意地点一点头。

崔妈妈的视线从崔致的身上又落到我的身上,她的笑容苍白而温柔:"没事,我觉得好多了。"

她突然向我的方向伸出手来,我忙握住她的手,很瘦,很冰。

我几乎是下意识地看向身旁的崔致。

崔致没有看我,他的眼睫颤抖着,眼眸中有什么亮晶晶的东西。

"小茵,谢谢你陪着阿致。"那道声音轻轻响起。

我对上崔妈妈的眼睛,心底的慌乱似乎暴露无遗。

"妈——"崔致动了动唇瓣,喊了一声,声音中有遮掩不住的浓浓悲伤。

我的心狠狠跳动着。

我知道的,虽然文中只是一笔带过,但在崔致十几岁的时候,他的母亲去世了。

故事映照进现实里,这一场大病几乎毫无征兆地席卷了这个温柔的女人。

在小说的描述中,失去母亲的崔致心门渐闭,虽有颜茵陪伴身旁,仍旧无法释怀——

直到女主的到来。

只是这故事中一笔带过的"去世",对现实中存在的人而言,却是不知年岁的折磨。

我亲眼见着那个温柔优雅的女子，身子慢慢地垮了下去，日复一日更为苍白的面色，象征着她的病入膏肓。

向来与崔妈妈夫妻情深的崔叔叔，身体也逐渐清瘦，黑发间多了许多白丝。而崔致……

虽然他面对我时没有表露出什么，但眉眼间添了黯淡，时常沉默，我又怎会看不出来。

也是在这段时间中，我再一次清醒地意识到，自己正身处在另一个世界之中。

在这个世界里，虚假和真实交替。

当我睁眼看到崔致时，我也以为自己只是进入了一个虚幻的世界。

可在度过了十多年的时间之后，这里的家人、经历、世界，早已替代了我曾经的生活，我已不能以"虚假"来否认这些存在。我甚至……在这样的相处过程中，逐渐融入了这个书中世界。

什么小说，什么男主……

然而现在，一切的一切，以崔妈妈的死亡为始，那已经逐渐模糊的记忆，那曾被我抛诸脑后的小说剧情，便又像是既定的命运一般，又展现在了我的面前。

这年的暑假，崔致中考完后便跟随父母一同出了远门。为的是什么，我自然知道。

等到秋天到来的时候，崔致也回来了。无人打理的山茶花，又默默地开满墙角。

我站在墙边，微微抬起头看着垂落的山茶花。

路边的梧桐落满地面，偶尔坠下几朵山茶，灿烂的颜色里夹杂着火红的花瓣，人若踩上去，便只觉得松软如毯。黄昏时分，光洒梧桐，一时之间流光夺目，纷飞如蝶舞。

梧桐声响，我闻声看去，瞧见一道熟悉的身影。

那人也看见了我，顿时怔在原地，怀中抱着的东西本就有些沉，此刻动作一怔，几乎倾侧过来。东西滚落地面，他这才回过神来，慌忙弯腰，手忙脚乱地捡起。

我静静地站在墙边看着他。

数月不见的少年，终于还是犹豫着走近了。

那张消瘦的面颊上，温柔的琥珀色眼眸此时正紧张地望着我。

"小茴香豆……"他讷讷，张了张嘴，又闭上，脸上许久未见的梨涡，跟随着缓缓漾起。

在距离我数步的时候，崔致停下了。

他紧紧地抱着手中的袋子，低下头，语速飞快："这些是我给你买的，没什么值钱的。西园寺的平安符、普陀山的观音饼，还有，我还去了夫子庙。小茴香豆，你也要中考了，这个雨花石，我挑了个最好看的……"

没等他说完，我已经缓缓开口喊他的名字。

"阿致。"

少年的声音戛然而止，如同他消失的梨涡一般。他张了张嘴，什么话也没有说，只是低着头，紧紧抱着怀中的袋子。

西园寺、普陀山……他去了很多地方。可是明明……崔致从不信神佛。

他不信神佛的。这是第一次。

想要向上天乞求挽留住母亲的孩子，脆弱得不像那个我认识的、骄傲的、意气风发的崔阿致了。

可是他知道吗？知道他苦苦追寻的一丝希望，或许早已有了安排好的结果？

他不知道。

就算是我，也想要拼命地去相信这个微不可见的希望。可沉重的结局如同预言一般，压在我的心头。

如果真的有神佛的存在，如果，真的有……

我忍着泪，微微笑着，向着他走近。

我站在了他的面前，崔致已经抬起头来，他怔怔地看着我，浅浅的眼眸里含着泪水。

"辛苦了。"

我浅笑着轻声对他说道，而后张开双臂，有些困难地将他拥入怀中。

个子已经比我高了好些的少年，怔忪地将头埋在我的肩膀上。滚烫的呼吸，如同泪水一般，灼得人生疼。

"啪——"怀中的东西坠落在梧桐叶上。

与之一同响起的，是少女轻盈温柔的嗓音："欢迎回家。"

漆黑的房间已经许久没有人居住。

"咔嗒"！灯光亮起，崔致怔怔地坐在椅子上发呆。

今天还是只有他一个人回来。

崔父为了更好地照顾崔母，这几天都是住在医院里。为了不让崔致担心，母亲一再让他回来，崔致无奈，只得独自一人回家。

没有什么声音的房间，就如同他现在的心一般沉寂。

他的视线毫无目的地、随意地落在房间的各个角落。

一道机械女声突然打破了这令人窒息的寂静——

"嘀——您有一条语音留言，请注意查收。"

在看到这个不起眼的座机时，崔致的眼眸微微亮了亮。很快，视线掠过座机，崔致看到了放在座机旁边的一个圆圆的……橘子？

黄灿灿的橘子，安静地躺在座机旁边，形成鲜明的颜色对比。

他的脑海中，一下子闪过一个人。

唯一的那个人，也只有那个人。

崔致站起身来，低着头，用指尖戳了戳这个橘子。

圆滚滚的，还有点像它的主人。崔致突然这么想，而后下意识地笑了起来。

随后，崔致接起电话，按下了这条语音留言——

"阿致，现在虽然吃不到枇杷了，但是，你不觉得橘子和枇杷很像吗？所以……"少女说到这儿，微微一顿，而后小心翼翼地继续说道，"所以，我把这个小太阳，送给你。"

像要为那滴坠落的泪配音，只听得"嘀"的一声，语音留言结束。

座机的屏幕上只有来电号码，并没有设置姓名。可是这部座机里，从来只有一个人的来电记录。

崔致小心地将橘子剥开，咬下一瓣橘肉。一瞬间，崔致被酸得拧紧了眉，酸劲过后，回味的是橘子的清甜。

崔致从前并不觉得橘子和枇杷很像，现在他却坚信不疑，和枇杷最像的，肯定就是橘子！

酸甜的小太阳，只属于他的小太阳。

他被酸得紧紧皱着眉，却一瓣又一瓣地将橘肉塞入口中。

橘子而已，怎么会这么好吃呢？

入秋后，天气越发寒气逼人。

辗转多个医院后，崔妈妈终于回到了那个开满山茶花的小院子。

只是，就像秋天之后便是寒冷的冬，崔妈妈的回归也意味着她即将步入生命中的最后章节。

崔叔叔寸步不离，父亲母亲也常常去隔壁探望。

起初还能够偶尔下床走路的崔妈妈，这几日，几乎连睁开眼睛的力气都没有了。

院落里的山茶花开得正好，崔致每日放学回来，都会小心翼翼地剪下山茶花，放到母亲的床头。

只是，山茶会逐渐枯萎，崔妈妈的生命也如这花一般，凋零至尽头了。

那个晚上，我恍然惊醒，敲响门的是着急的母亲。

她喊着："小茴，快，你崔妈妈好像不行了！"

我手忙脚乱地穿上衣服，打开门时，看见了母亲含泪的双眼。

她与崔妈妈有着从小一起长大的情分，两人的丈夫又彼此相熟，

第三章 重逢有日

便更是亲上加亲。

母亲是独生女，崔妈妈是她心中唯一的姐姐。

我扶住母亲时，才发现她的身体因为慌张而有些瘫软。母亲并未发觉，只是不断念着："小茴，快、快……你崔妈妈，你崔妈妈好像不行了。"

我心中总还是期待着，或许不是，或许还有机会，就像从前那样，崔妈妈也有凶险的时候，不都挺过去了吗？

但到了隔壁，在看见躺在床上奄奄一息的崔妈妈时，我才意识到——这次，好像不行了。

她气息奄奄，眼也未睁，两臂垂落在身侧。

被病痛折磨至今，此时的崔妈妈已再难与我印象中那个美丽的女子重合了。

因为从前的亲密，如今看她如此，我只觉得心中更痛更惊。

站在床边的崔叔叔发丝已经斑白，他看见我时，忙问我："小茴，你看见崔致没有？"

阿致？

我摇头："没有，怎么了崔叔叔，阿致他不在家吗？"

"不在，突然就不在了。"崔叔叔说着，是将要崩溃的模样，他踉跄一步，幸好旁边的父亲扶住了他。父亲转头对我说道："小茴，你快去找一找阿致，看看他去哪儿了，他母亲这样子……"

父亲没有说下去。

"我知道，我这就去。"

我回头看了眼躺在床上的崔妈妈。

不知是不是我的错觉,她好像突然睁开了眼,此刻正看着我的方向。

即便病容再憔悴,那双眼眸,却仍旧如初见一般温柔。

我明明不应该知道崔致在哪里的。

但我已认识崔致十多年,我的心中也早已有声音告诉我说,他就在那里。

在那个门口同样开满了山茶花的地方。

祝塘的小路偏僻,无法骑车经过,所以我只能奔跑着,气喘吁吁地到达教堂门口。还没有推开门,我便听见教堂二楼传来了乐声。

黑夜之中,钢琴声如同幽灵之音一般若隐若现。

月光洒在半掩的窗户上,朦胧得不知是窗纱还是月色。早已干枯的枇杷树干与盛放的山茶花,交叉着在眼前展开。

周围寂静,唯有那钢琴声在这黑暗之中响起。只是,弹琴的人,心乱了。

乐声错乱,弹琴的人却好像拼了命也要将曲目完整地弹奏一般。

我推开教堂的门,走上二楼。

月色之下,我看见少年的手指一遍又一遍重复着错误的音符,断断续续的乐曲如同他此刻面颊上的泪珠,一次又一次,坠落在琴键上。

若真是来日重逢,若真是重逢有日。

他听见了脚步声,但没有抬头,只是沙哑着声音说道:"很快,很快我就弹完一曲了。很快的,小茴香豆。"

错了的，不知是这首曲子，还是他。

崔致的泪水不断滑落，他一遍又一遍地告诉我，很快，很快就弹完一曲了。

如果这一曲《重逢有日》能够奏完，是否他就不必遭遇离别？

我走到他的身边，在他的手指又要落在错误的琴键上时，我伸出手，提前按在了正确的琴键上。

音符拖出长长的声音——

他泪眼模糊地看着我，唇色如今晚的月色般惨白。

我并未看他，只是抬起手，敲下后续的琴键。

乐声之中，崔致无力地垂下手，突然低声说道："我觉得自己好没用。小茴香豆，我现在看见母亲，竟会觉得害怕。我不愿让她离开我，但我不敢面对她，我不知道我怎么了。就好像冥冥之中，我总觉得，母亲会是我失去的第一个人，接下来，我还会失去更多。"

最后一个音落下，一首《重逢有日》终于结束。

我侧过头，紧紧握住他的手。

崔致，崔阿致。

你是我相伴多年的竹马，是这个虚幻世界的男主，必须经历挫折的你，注定会失去更多——

你会失去疼爱你的父母，失去你的小茴香豆……你的青梅，将会变成一个让你陌生的、心狠手辣的女配。

那一瞬间，原本模糊的小说剧情如同闪电一般出现在我的记忆之中。

我握着崔致的手更加用力。

"阿致,我会永远站在你这一边。"

在这个并不算美丽的月夜,我认真地告诉身边的少年,你已经足够有勇气,而现在,我们需要做的,就只是回家。

"我们回家吧。"

崔妈妈终于还是离开了这个世界。

往日安静的山茶花小院挤满了来悼唁的亲朋好友,那堵矮矮的墙壁后面,啜泣声低低地响起。

我不知道这哭声中是否有崔致。只是在那晚的月色之后,我再没有见过他落泪。

守灵的最后一天,祝塘下起了大暴雨。

入秋之后雨水本应减少,只是天不遂人愿,傍晚将至时,雷鸣暴雨像是要给世人以警告。

雷声响彻天际,我抬起头,看见屋檐的雨水滴落在地面上,穿过走廊,两边全是被雨水打落的山茶。

这几天,崔致基本都没有好好吃饭,崔叔叔叮嘱了我几句,说好歹也劝他吃些东西。我点点头,准备先去崔致守灵的地方看一看。

祝塘守灵时,常点长明灯。

灯下之人,头上戴着白布,神情恍惚地跪在堂前。

我小心地走过去,轻声问他:"阿致,吃些东西吗?"

他摇摇头,抬起眼来,看的是长明灯的方向。

"还亮着。"

雨声在耳边响起,崔致的睫毛颤了颤,说:"下雨了。"

"已经下好一会儿了。"我顺着他的视线看向门外。

雨下得这么大,连带着尘土都要跟随着雨水一同四溅。雾蒙蒙的秋天,如今已一眼望不到尽头了。

蓦地,一道惊雷,整个世界似乎都发出隆隆巨响。

身边的人跟着这雷声身子一颤,他缓缓垂下头,抬起手捂住自己的耳朵,像是叹息一般,说道:"好响啊。"

是啊,这么响的雷声,似乎连带着长明灯的灯芯都一同颤动起来了。

似乎是为了验证崔致的说法,暴雷开始一声接着一声响起。

灵堂昏黄,烛影摇曳,穿着粗衣的崔致蜷缩在角落中,像是要将自己藏起来。

"阿致……"我小声地喊着他。

他听到声音,缓缓转过头来看向我。苍白的面容上,是失神的双眸。

无意识颤抖的唇瓣、手指,甚至是身体……

他在害怕。

"小茴香豆,是雷声。"他捂着耳朵,神情有些痛苦。

我沉默地看着崔致,却摇了摇头:"不是的。"

他转过头来面对着我,怔怔的。

我突然伸出手来,小心地贴在了他捂着耳朵的手上,我的手紧紧地罩在他的耳朵上。

崔致愣愣地抬起眼,眼中不知是我,还是我身后的长明灯。

一会儿就好。用手替他隔绝开这声音,也将人间与少年分开——

就像似乎能够将如今与未来所有的苦痛，也暂时替他分开一样。

耳边的雷声啊，请你小声一些，再小声一些。一会儿，只要一会儿就好。

我温柔地凑上前去，认真地说道："阿致，你也和阿姨说声再见吧。"

今天是守灵的最后一天了。

崔致害怕的神情终于一点点地消失了，苍白的脸上，眼眸如星子般闪烁着。

我不知他是否听见了我的声音，但他微微张了张嘴，眸光一瞬间温柔得如同云朵。

我看见了他的口型。

他在说，再见。

第四章
蝴蝶效应

送走崔妈妈的那个冬天,祝塘落了一场大雪。

江南的小镇已经许多年没有见雪了。我于清晨醒来,怔怔地站在模糊的窗前发呆,眼前茫茫一片。

是下雪了。快要过年了。

窗子突然被敲响。

我用手背拭去窗面的水雾,然后便看见一张放大的熟悉的脸——

崔致的鼻子贴在冰凉的窗子上,睫毛也几乎要贴上来,认真地看着我的方向。我又将他唇瓣处的水雾轻轻拭去,便露出那樱红的唇瓣来。

他张了张嘴,我仔细地看着,口型是"下雪了"。

我突然也贴上脸去。

少年仿佛被我这动作吓了一跳,琥珀的眼睛如湖水一般,荡起涟漪来。

"笨。"

我上下唇瓣相互碰了碰,做出一个口型来。

崔致应该是看出来了,因为那面颊上的梨涡,此刻又显现出来。

他只有一个梨涡,但足够漂亮得令人心动。

隔着一扇窗子，这少年提了提手上的一袋子东西，又指了指身后，示意我出去。

我点一点头，等到出了门才发现，崔致穿着一件鹅黄色的棉袄，衬得本来就白的肤色更如眼前的景象一般，雪白无瑕。

他把鹅黄色穿得很好看。

柔顺的黑发，琥珀的眼眸，这穿着鹅黄色袄子的少年，轻盈地站在我的身前，露出一个梨涡来。

"千树万树梨花开。"我心中突然冒出这一句诗来。

那复杂的、无法形容的情绪，在少年将手上红格的围巾轻柔地套在我的脖子上时，一齐涌上心头。

"小茴香豆，你冷不冷？"

"不冷。"

"感冒了有你好受的。"崔致冷哼一声，又提起手上的袋子，"你看这是什么？"

我顺着少年的动作看过去，在看到袋子里的东西时，不由微微一愣："这是……"

"你最近是不是不高兴？"崔致的视线从那袋子转移到我的脸上，这个漂亮的、纤瘦的少年，在这一片洁净的雪地中，认真且毫无杂念地看着我，声音轻缓，"这是你小时候最喜欢的炮仗和仙女棒。"

我有过不高兴吗？

但他应该比我更不高兴、更难过、更伤心才对。

我的不高兴……在于我明知道这是所谓的小说中的"男主"，却看着他真真实实地在我身边经历丧母之痛，全不是小说中一笔带过的那么简单；在于一切亲眼见过，却不知如何阻止的无力。

我低垂下眼眸，不知道该如何同他说，但崔致已伸出一只手来，轻轻碰了碰我的脸："凉凉的。"

可是他的手很温暖。

我抬起眼，瞧见面前的人在无奈地笑。

他突然想起什么，问我："小茴香豆，你知道我为什么喜欢穿颜色明亮的衣服吗？"

为什么喜欢穿颜色明亮的衣服？

在我的记忆中，就像崔致如今穿着鹅黄色棉袄一般，从我对他有印象开始，崔致身上的颜色，便永远都是鲜明的。

不同于其他同龄人喜欢穿黑色白色，他好像从小时候开始，便对这些亮丽的色彩情有独钟。

那么，是为什么呢？

一时间，我想不出答案。我只能怔怔地望着他："为什么……"

崔致温柔地看着我，他的手指仍然轻轻地覆在我的面颊上。或许是我的脸真的有些凉意，他的手真的好温暖啊。

"小茴香豆，你笑一笑吧。"他的声音像是夜色中于枝头无声落下的雪，"我记得，从小的时候开始，你就不爱笑。"

我的眼睛一眨不眨地看着他。

好像是的。在很久很久以前，我是不爱笑的。

无论是被迫成为一本小说中的恶毒女配，还是从前的那些糟糕记忆，让我常常沉默寡言。这的确不符合孩子的天性，所以有一段时间，父亲母亲总为我担心，甚至想要带我去医院看看是不是生了什么病。

怎么融入这个陌生的世界？怎么面对所谓的亲情？

那时候的我，是畏惧着这些的。

那么，我是从什么时候开始逐渐遗忘这些我从前畏惧的事物的呢？

慢慢地，就像崔致一样，我也开始会笑，会像个孩子一般撒娇、耍小性子。

想着想着，我好像突然知道为什么了，我猛地伸出手，用力地握住了崔致覆在我冰冷面颊上的手。

他仍旧微微笑着，回忆道："小茴香豆，虽然小时候的事已经很久远了，有许多都记不起来了。但我能深深记得的，总是和你有关的——

"在你还没有出生的时候，我就认识你了。后来，我亲眼看着你出生，看着你长大。你不怎么说话，也不怎么爱笑，不论是颜阿姨还是我妈妈，都很忧心，怕你生了什么病。可是我知道，你没有生病。因为我发现，在我笑的时候，你好像都会跟着我一起笑起来。所以我就想，我一定要哄小茴香豆开心。"

我握住崔致手指的手无端颤抖起来。

雪中的一切都好安静，但是，我的心中为何喧哗一片？

那颗心的跳动，似乎从未如此强烈过。

"他们都说你不喜欢明亮颜色的衣服，所以这么多年来，你的衣服总是白色、黑色……但我知道的，小茴香豆，你不是不喜欢，只是不适应去穿、去看、去喜欢。不过没有关系，我可以代替你去喜欢、去穿、去看。黄色、粉色、红色、青色……如果我穿这么明亮的颜色，你的心情也会好很多吧？而你，只要温柔地对着我笑，我就已经感觉很满足了。所以，由我来负责让你高兴，不要伤心，也不要难过了。"

是的，我不适应，不敢去触碰那些明媚的颜色。我是多么多么普通的颜茴，多么多么胆小的颜茴。

但崔致不一样。

所以他喜欢穿鹅黄色、浅粉色、柳绿色……

从前的我还曾经笑着说："阿致，你快要把彩虹穿在身上了。"

而崔致，只是望着我，浅浅笑出一个梨涡。

是从什么时候起，在我面前的崔致，开始变得如此耀眼呢？

不，或许他从来都是如此耀眼。只是为了我，他好像会更加努力。

明明……如果有光的话，我明明是会逃避的。但我为什么就这么想要拼尽一切去抓住他呢？

"阿致……"我张了张嘴。

因为那个人是崔致，是阿致。

他穿着春天的颜色，就像他也是我的春天一样。

因此历经多少寒冬的我，在终于拥有了自己的春天之时，会变得这么贪婪。

因此我不再去想从前的事，不再去想那所谓的小说剧情、男女主角、恶毒女配。

我咬紧牙，眼中酸涩，我努力地低下头，不想让身前的少年看见。

也是在这一瞬间，那不知为何被我遗忘的小说剧情，却又突然从我的脑海中一闪而过——

我松开了握着少年的手,几欲滑落。

少年似乎是愣了愣,顿时慌乱无措起来。他忙抓住我的手,低下头看我,紧张得连声音都在颤抖。

"怎么哭了呢……小茴香豆?哪里不高兴,你和我说,好不好?"

可我又如何能同他说呢?

他是这么好这么好的阿致,是原本那么明媚的少年郎。

所以在这经历了丧母之痛的少年面前,我又怎么能再说出,这不平静的寒假之中,他或许还将失去他的父亲呢?

那在我的脑海中一闪而过的小说剧情,标明了身世坎坷的男主崔致即将失去他的父亲——

父母双亡、孑然一身……我第一次痛恨起这本小说来。

不论是我刚来到这个世界时,还是知道我只是一本小说中的恶毒女配时,我都没有像现在这样痛恨这本小说。

它赋予小说男主的经历,或许只是寥寥几行字,却在此刻变成我触手可及的难以言说的痛苦。

若他不是真实的,若他只是崔致,而不是阿致……

可是现在,这鲜活的、明媚的少年,就在我的身前。

他那本来慌乱无措的面容上,却又因为我强挤出笑容来。

"小茴香豆,你怎么啦?有谁欺负你了?怎么这么……"

崔致的声音突然中断了——因为我紧紧地抱住了他。

是想象中冰凉的怀抱。我被冻得一个哆嗦,但是没有放手。

被我抱住的少年只愣愣地站在原地,手臂怔怔地停滞在我的身侧,那一袋子炮仗、仙女棒,便坠在雪地上。

"吱嘎",是它们与松软的雪花相触的声音。

崔致低下头来。

"阿致,"在这熟悉的拥抱中,我哽咽着喊出他的名字,"我好希望你不再难过。"

沉寂的氛围中,有什么滚烫的液体落入我的脖颈。

少年身上浅淡的气息像是甜酸的橘子,干净、清冽。

这气息越发浓郁。他将头埋在我的脖颈处,停滞在半空的手臂也终于放了下来,紧紧地拥住了我。

"……谢谢你,小茴香豆。"

"阿致,你听我的,在过年的时候,一定不要让崔叔叔单独开车出去。阿致,你一定要答应我。"

那场雪后的车祸,我不知会在何时发生,而那本小说的具体情节,在那之后,即便我再努力也想不起来了。

一瞬间的闪光,好似真的只是上天赐给我的一瞬间的机会。

但我不愿意他再受到伤害。

这个喜欢一切鲜明颜色的崔阿致,我不愿意他再受到伤害了。

我的眼泪不断地落下来,我控制不住地趴在他的怀里哽咽。耳畔,崔致似乎又说了些什么,只是我哭得实在厉害,模模糊糊中已听不太清。

"……我的……"

春日偶成

那年的春节，崔致非要同我一起放仙女棒。

在那烟火之中，他含笑的双眸，便如同天上的星辰一般闪烁耀眼。

"小茴香豆，你怎么喜欢玩这个？"

他穿着鹅黄色的棉袄，本来臃肿的衣服，却让崔致穿出了风流清丽之感。那看向我时会微弯的眼眸中，盛着的不是星光，而是我。

我瞪大眼睛看着已经玩了一袋子仙女棒的少年，到底是谁喜欢玩这个啊？！

那星光又点亮在少年的指尖，火光划过，如流星飞溅。

这黑暗中的光亮下，他抬头看着暗沉的夜空，却突然开口问我："小茴香豆，你会永远陪着我的，是不是？"

我想，一个人怎么能永远陪着另一个人呢？

但我毫不迟疑地回答了他："是。"

小说里的颜茴陪伴崔致十八年。

小说外的小茴香豆……又能陪崔阿致多少年呢？

或许是崔致听了我的话，直到春节的第七天过去，崔叔叔都没有独自开车出去。

崔致虽然曾戏谑地问过我当初说这句话的原因，我却不知如何同他开口，于是这少年只佯作伤感地叹一口气，望着我道："我家小茴香豆长大了，有了不少自己的秘密。"

他的笑仍旧是明亮的，那朵梨涡也仍旧是漂亮的，但崔致眉眼间原本的意气，终究变得沉稳起来。

第四章 蝴蝶效应

然而，就在我以为这小说剧情当真能够避免的时候，大年初十，我生日当晚，我看着眼前一桌丰盛的佳肴，却不见父亲和崔叔叔时，心中无端忐忑难安起来。

厨房里，母亲正在做菜，她趁着空探头出来问道："小茴，你爸爸和崔叔叔怎么还没来？还有崔致，他往年不是来得最早，怎么现在还没有来？"

我想起今日下午的时候，崔叔叔与父亲相约去明澄湖钓鱼，明澄湖距离我们现在居住的老城区并不远，当时的我便也没有多想，但此时我心头总是不安，便问母亲："妈妈，爸爸今天下午应该没开车出去吧？我下午看崔叔叔家的车也还在。"

母亲想了想，笑着说："他们本来只要去钓鱼的，你崔叔叔又说得去给你买个生日蛋糕，两个人便又回来，开了你崔叔叔的车出去。你当时不是去学校拿资料了吗？所以应该没……"

她的话还没有说完，只听得一声门响，我顺着声音看去，却是匆匆赶来的苍白着面容的崔致。

他站在客厅里，望着我，唇瓣颤抖。

母亲看着脸色苍白的崔致，忙放下手上的东西出来，说道："阿致，怎么了，脸色怎么这么难看？"

我紧张地看着崔致，看他那黯淡下来的琥珀色眼眸，看他颤抖的唇瓣。

在这视线之中，崔致张了张嘴："颜阿姨，颜叔叔和我爸爸，出车祸了。"

在大年初十的晚上，在我生日的这一天，命运又或者说是这剧情,给了我最大的一击。

知道剧情的走向又如何,知道每个人的结局又如何?这本小说,就像一个固定世界的法则,将我这个外来人牢牢地困住,每一条走向的岔路口,似乎都在嘲笑我只能看着它们终会通往同一个结果——

那亮着的红灯之下,强忍着眼泪的我的母亲,不知何时紧紧握住我的手的崔致,以及闯入这本小说世界十六年的我,都仿佛在命运的手底下,期待着老天爷的悲悯与慈爱。

亮着红灯的门后,我失神地看着计时器。

两场手术的时间都已经很久了,门口慢慢地站满了崔颜两家的人。

时间一分一秒地过去,眼眶通红的母亲走到我的身边,轻声说道:"小茴,这不是你的错,不要伤心。"

我抬头看着她,这时才发现,不知道从什么时候开始,我的脸上已满是泪水。

"妈妈,都是我,如果我不过生日,如果……"

母亲摇摇头,将我轻轻拥入怀中:"不是的,小茴,这不是你的错。这只是一个意外,你要相信,爸爸和崔叔叔都会没事的,好吗?"

在听到这句话的时候,我不可控制地呜咽出声。

我埋在她的肩膀上,感受着来自母亲的温暖,浮现在脑海中的每一幕回忆,都几乎让我肝肠寸断。

来到这个世界之前,我是没有感受过亲情的。

那个世界的我父母早逝,寄养的亲戚将年幼的我当作照顾孩子的"保姆",或许小的时候,我还会感到委屈,但渐渐地,我已经对这类情感不再渴望。我努力地学习，尽最大可能地将自己的存在感降到最低。那时，在所有人的眼中，我沉默而胆小。

可如今，在这个本应该是虚假的小说世界中，我拥有了父母。

我可以毫无忌惮地叫他们"爸爸妈妈"，我从出生开始，便真正感受着一个孩子的成长与来自父母的疼爱。

他们是那么小心翼翼地体贴着这个早熟的孩子，他们也将所有的爱都付出在了我的身上。

我能够感受到他们每一次的紧张，每一次的体贴，每一次的爱。

这十六年，是我真真切切度过的十六年……

在我恍然未觉的时候，从前的颜茁早已经真正地变成了现在的颜茁。

这晚，紧紧戴着口罩的医生站在我们面前，率先宣告了崔叔叔的结果——

手术顺利，但昏迷不醒，往后怕会是植物人。

我察觉到握着我的那只手在控制不住地颤抖着。

身边那刚刚经历了丧母之痛的少年，无论他如何强作镇定，无论他如何忍着眼泪，那与他的手一般颤抖的声音，都让我本就紧紧揪住的心更加疼痛不已。

"我知道了，谢谢医生，谢谢。"

那沾染泪珠的睫毛终究是颤抖着，如蝴蝶坠入池水，挣扎而已，再难飞起。

被断言会成为植物人的崔叔叔被送往了重症监护室，虽有崔家的人打点一切，但崔致暂时不能进去，便继续在我身边陪着我。而本来也等在手术室门口的爷爷因为心脏不好，刚被母亲搀扶着回去。

"阿致。"我握着他的手，想给这冰凉的手一点温暖。崔致感受到我的动作，便微微侧过头来，勉强地给了我一个微笑。

"……小茴香豆，颜叔叔一定会没事的。"崔致声音轻缓，面色苍白，勉强挤出的那一朵梨涡仿佛也摇摇欲坠。

我看着他，想说些什么，但却说不出来。

紧紧揪着的心，不论是为仍在手术室的我的父亲，还是崔叔叔，又或者是崔致，都几乎让我喘不过气。

这一切祸事的最终源头，是那摆脱不了的剧情，抑或是我这个进入小说世界的"外人"？

原本的小说中，并没有父亲出车祸的情节，而崔父也已经因为车祸去世。而现在，本来已经在剧情中死亡的崔致的父亲，此刻却成了植物人。

难道在某种程度上，剧情也是可以改变的？可是这种改变，到底是好是坏呢？

我无法控制每一次小说剧情的忆起，也无法未卜先知地做出不会令自己后悔的选择。蝴蝶扇动翅膀影响着世界，不是小说世界中颜茴的颜茴，又将怎么影响今后的发展？

就像现在一样，我又一次记不清楚之后的剧情发展了，就算我无数次拿起笔想要记下那一闪而过的剧情，记忆始终如同被遮满了迷雾，无论我多么努力，也想不清、记不得我想要写的东西。

我承认我不是个勇敢的人。我不仅救不了崔叔叔，甚至会伤害到其他人。

我真的很害怕。

好害怕父亲就会这样离开我,好害怕崔叔叔会如同小说剧情一般去世。

好害怕……我选择干预这个世界,却给更多人带来痛苦。

阿致、母亲……

我颤抖着唇瓣,炙热的眼泪从眼眶中滚落下来,一滴一滴地打在与崔致相握的手上。

我不知道了,不知道我所做的到底是对还是错。我无法改变的、能够改变的……到底有什么?

就在这时,那紧紧握着我的手的少年突然伸出另一只手来,轻轻拭去我面颊上的眼泪。

我抬起眼来。

"别怕,小茴香豆。别怕。"

他的手指明明如此冰冷,可是触碰上我脸颊之时,却让我本来战栗的身体与心一同平静了下来。

少年温柔地看着我,苍白的神色,认真的视线,轻轻说道:"我会一直陪着你的。"

一直吗……

父亲的手术很成功,只是他的脑袋动了手术,骨伤依旧严重,也需要在重症监护室待一段时间,所以母亲这些时日便一直陪在他的身边。她不仅要照料生病的父亲,还需要应对来来往往与颜家交好的探病的客人，因此身体也逐渐消瘦下来。

幸好还没有到开学的时候，我便常常到医院去，由母亲教导着招待客人，这样也好减轻一些母亲的压力。

比起我来，崔致便更忙了。

他是崔叔叔的独子，又是崔家的长孙，失去母亲的崔致，需要一个人应付那些来往之人。不论是崔家的，还是与崔家交好的，都用遗憾悲伤的神情来悄悄试探。向来严肃并且独断专行的崔爷爷，更是以锻炼为名，将这个明明今年也才十七的少年，无数次推往崖边。

"你今年已经十七岁了，我不知道从前你爸爸妈妈教了你一些什么，只是从今天开始，你得给我统统忘了！"穿着黑色西服的崔爷爷，毫不留情地寒声开口，"你爸爸，我从前是多么信任他，他想要学琴，我就让他去学琴，可是，你爸爸他背叛了我！他竟然背着我偷偷改了大学的专业，开始不务正业起来了。后来结了婚，还一个劲地说要分家。分家？哼，我看他就是仗着自己是我唯一的孩子，任性得胡作非为！"

站在两边的保镖低下头，对这一幕熟视无睹。

而崔爷爷面前的崔致，忍耐地合了双眼，又睁开："爷爷，我爸爸从来没有不务正业，也没有胡作非为。"

"崔致，我是只有你一个孙子，但我还有侄子，还有分家的人……崔家这么大一份基业，你不要也落到今日你爸爸的下场。"崔爷爷毫不动容，只是冷冷警告。

"爷爷，爸爸还在生病，请你不要再伤害他了，好吗？"崔致打断他的话，深深地吁出一口气，眉眼间满是疲惫。

我站在不远处的走廊里，紧了紧手指。

如果换作别人，崔致早已生气，但现在站在他面前的人，是除了躺在病床上成为植物人的父亲外，他唯一的亲人了……

他不能让别人伤害自己的父亲，但也不愿意伤害自己的爷爷。

崔爷爷离开后，我这才从走廊的角落中走出来。

原本垂着头不知想些什么的崔致听见了脚步声，这才抬起头来。

"小茴香豆，你……"我知道，后面半句是：有没有看见刚刚的那一幕？

崔致下意识地皱了皱眉。

我微微笑了笑："怎么了？我听说崔叔叔好多了，已经从重症监护室出来，就来看看他。"

他的视线定在我的身上，想说些什么，但终究是只点了点头："好。"

每个人都有狼狈的一面，而有时候，他们最不想让最亲近的人看到这一面。

躺在床上的崔叔叔呼吸平稳，但仍旧插着管子。

崔致小心翼翼地用温毛巾轻轻地擦了擦崔叔叔的额头，又转过头来，笑着说："对了，我在家找到了好几盘录像带，好像是我爸爸之前录的，你待会儿要不要一起看？"

"我记得叔叔在我们小时候总是录像。"

"今天找到的这一盘，按照上面贴的标签，应该是我们小学时候的事情了。"

他将毛巾洗了，放进洗漱间挂好。

这间VIP病房设施比较完善，除了先进的医疗仪器，其他生活设施也很齐全。主病房是隔音的，但也有摄像头随时监控病人的状况。除此以外，病房里还有洗漱间、会客厅以及休息室等。等到请的护工回来，崔致才和我一同去了休息室，他说他今日正巧把那盘小学录制的录像带带过来了。

只是距离录制时间已经将近十年的录像带，拍摄的画面自然不会有如今的一般清晰，也或许是当初拍摄后保存时出了问题，将录像带放入录像机后，过了一会儿电视机上才出现画面。

电视机中，首先传出了一道熟悉的声音。

"怎么开机这么慢，小茵和阿致都要出场了。"

摇摇晃晃的拍摄画面中，很快出现了声音的主人——那是还年轻的父亲，正穿着西装，紧张地望向另一个方向。

端着摄像机的人笑着打趣："小茵和阿致又不是第一次合奏了，你怎么还这么紧张？"

说话的人是崔叔叔。

很快，画面转到另一个人的脸上。

在看到这个人的脸时，身边的崔致微微一愣。

那个时候，女人还没有生病，她的五官仍旧温婉而美丽。在这盘录像带中，她微微瞪大了眼睛，用手推了推镜头："拍我做什么？小茵要出场了，对着舞台呀。"

坐在崔妈妈身边的母亲笑着说："对了，今天阿致是不是还要演睡王子？"

听到这个称呼，不管是在录制的，还是录制镜头里的人，都笑了起来。

镜头缓缓转向舞台——

不远处的舞台上，随着灯光亮起，出现了两道小小的身影。一个人走向钢琴，一个人拿起小提琴。

两人面对着点了一点头，接下来，乐曲在室内响起。

"还记不记得你们俩当初演奏的时候？"镜头拍不到的地方，说话的人是母亲。

"我俩从前合奏的时候……一开始，我总是和阿致他爸爸吵架。"崔妈妈笑着说，"只是我看小茴和阿致，两个人倒是没有吵过。"

正拍摄着的崔叔叔接了话："小茴比阿致小，可我看每次都是阿致先惹小茴生气。"

周围仍旧有轻轻的说话声和笑声，意识到画面不那么清晰，声音听上去也有些模糊时，我才想起来，时间已过去了将近十年。

坐在我旁边的崔致看着电视机，喃喃道："原来是小学毕业的时候，小茴香豆，你还记得吗？"

"记得一些。"

说实话，虽然我能够有目的地进行记忆，但毕竟已经过去了这么多年，再看这些自己亲身经历的事情时，我总觉得恍如隔世。

画面中，小学时的我和崔致仍旧在进行合奏表演，琴声悠悠扬扬。一曲结束，画面却忽然扭曲了一下，就连镜头之后的说话声都开始变得断断续续。

"好像出了点问题。"

崔致起身将录像带取出，无奈地晃了晃手中的带子："不知道接下来是什么。"

接下来……

我微微皱了皱眉，如果我没记错的话，在我和崔致的合奏之后，便是一出舞台剧。名字是……什么来着？

我突然想不起来了，奇怪——

我看着电视屏幕重新陷入黑暗，不知为何，我竟然会莫名觉得，那像是冥冥之中的预言。

等到父亲和崔叔叔都脱离生命危险，已经是开学之后的事情了。

天气仍然寒冷，崔致在屋子外面等着我一起去学校，我出了门，正看见他微微低垂着眉眼站在墙根。

爬墙虎生长得极茂盛，虽然还未到春日，但生命力也极其旺盛，干枯的黄色与鲜嫩的绿色不断交织着垂在少年的身后。

他只穿了一件毛衣，是浅浅的粉色。

粉色、黄色、绿色，往往人们看到这些颜色，便都会想到春天。

只是面前的少年，却还未迎来春天。

我喊他："崔致。"

在这黄绿之间，粉衣少年蓦地抬起头来。当他看见我的时候，忽而露出了那浅浅的一个梨涡。

看着他的笑，我突然生出一种错觉——好像无论在什么时候，只要看见我，崔致便会笑起来。

一阵寒风吹过，我从这错觉中惊醒，下意识地开口道："阿致，你怎么只穿了一件毛衣就出来了?"

听到这句话,那少年低头看了眼毛衣,又抬起头来,像个犯了错误的孩子一般,静静地看向我,轻声说道:"忘记了。"

我的心一下子便软了。

"你都不觉得冷吗?"我无奈地叹一口气,走过去拉住他,果然手冰得很。

崔致笑了笑,想要抽出手来:"很冷,不要握。"

我摇了摇头,抓住崔致的手,拉着他去隔壁的屋子穿外套:"不冷。"低眼看了看那还想要抽出来的手,我紧了紧手指,强调道,"不许动!"

闻言,崔致手指一僵,不动了。半晌,他才含着笑意,惆怅道:"小茴香豆,你怎么越来越凶啦?"

我不回他。

崔致的声音却缓缓低沉了下来:"小茴香豆,我在想……我还剩下什么呢?"

我用力拉了拉这少年的手,转过头去,认真地说道:"我。"

这一个字刚刚落下,我便见他的眼眸微微亮了,他突然笑出声来:"是,我还有小茴香豆。"

第五章

太阳坠落

崔致高三、我高二的时候，崔叔叔还是没有醒过来，因为父亲骨伤仍旧反复，母亲打算去一趟泸州。

听说泸州那里有位老中医，在医学界很有影响力，对骨伤也有自己的一套法子。只是毕竟人老了，请不到祝塘来，母亲便打算带着父亲前去拜访一段时间。我有些放心不下父亲的伤势，于是在母亲问我是否要一同前去之后，我点了点头。

也是在这一段时间中，不知为何，崔致的身子突然就差了起来，原本殷红的唇瓣，那段时间看起来也多是苍白，以至于本来就纤瘦的少年，看上去更添清致之感。

对于越来越多的情书，崔致也只是笑，他一笑，便显出几分倦怠之色，连带着眼睫毛都在微微颤动。

"抱歉，我妹妹让我好好学习天天向上。"他又拒绝了女生的示好，在初夏的阳光中，显得懒洋洋的。

对面的女生咬了咬唇道："是高二的颜茵吗？可是，可是你姓崔啊。"

于是，这颜容绝丽的少年眼波流转，微微笑出一朵梨涡，在女生看呆了的视线中，缓缓道："异母异父的妹妹，不行吗？"

他漫不经心地往回走，正巧看见在走廊转角处的我。

"说曹操曹操到。"崔致笑一声。

我自然已经看到那一幕，便不赞成地批评他："你拒绝也不该把我当理由。"

少年便举着手，委屈地开口："下次不会了，我一定记着。"

我看着他，无奈地叹气。

他又突然思索起来："你说，要不然我真的改姓去你们家吧？颜致、颜致……听上去像'颜值'？"

我："……说不定真能把崔叔叔气醒。"

少年笑："那确实是个好办法了。"

他同我一起往外走，看见不远处有男生在打篮球，那苍白的面容上便微微皱起眉来。

我微微侧过头去，看他不经意间皱起的眉头，不由问道："怎么了，阿致？"

听到我的声音，崔致的眉头缓缓舒展开来，他侧过头来，漫不经心地笑了笑："没事。"

我顺着他本来的视线看过去，在那群打篮球的男生身上顿了顿。

初夏的阳光很耀眼，这群正青春的少年们，尽情地在这片天地间挥洒着汗水，手中的篮球便如坠落人间的太阳，在空气中画过弧线。

那片阳光之地，照亮的是我与崔致的同龄人。但当我收回视线，看向身旁的少年时，他却站在屋檐的阴影下，半明半暗。

尽管在面向我时，他下意识地露出那一朵浅浅的梨涡，但眉眼间的疲惫之色，却无论如何也掩盖不了。明明是一样的年纪。

一半在阳光之下，一半立于阴影之中，我忽然有些恍惚。

现在在我身旁的，到底是我认识了十七年的，那个幼稚却又体贴、温柔却又狡黠的崔阿致，还是那本小说中等待着女主救赎的崔致呢？

不知为何，我的胸口处突然冰凉起来，冻得我不由自主地打了个寒战。

"小茴香豆，我和你说，前几天我们班还有男生想要你的联系方式呢。"崔致已经转过头去，他看着那群打球的男生，露出一丝不知是何意味的笑来，"你看，就在那群男生里面。"

我微微一愣。

少年低下头，喃喃自语："他想拐走我的妹妹……真是想得美。"

说到这里，他又抬起头来，一面握住我的手，一面往阳光处走去。

妹妹。

他不是第一次这么称呼我……自然也不会是最后一次。

崔致的妹妹……颜茴。

我正发愣间，手突然被他握住，下意识便抬起头来："阿致……"

但我的话没有说完。

因为就在我的视线中，这半明半暗、还没有踏进阳光的少年，蓦然松开了我的手，几乎是一个踉跄，差点摔下台阶。

我慌忙扶住他，喊他的名字。

崔致几乎整个身体都挂在了我的身上，他脸色苍白，合着眼喘气，似乎是想要安慰我，他抬起手臂，却又无力地垂了下去。

周围有人看见这一幕,也忙围了上来,老师则一面慌张地打了电话找医生,一面忙问道:"崔致同学,你还好吗?还能听见说话吗?"

我紧紧抓着崔致衣角,手指在无意识地颤抖,我一声又一声喊着他的名字,而他终于微微睁开了眼睛,向着我吃力地弯起唇角。

他艰难地挤出一句话来:"小茴香豆,没事,别担心。"

等到医生赶来时,崔致的面色已经好了许多,他安慰我似的摇了摇头,又向着想要把他带去医院的医生说道:"没事,我可能只是有些低血糖,休息一下就好了。"

说这话的时候,他的眉头仍因为疼痛而微微皱起。

医生一再劝诫,崔致却只道,他前些天也去医院看过,没什么大事。

说起医院时,我不知道崔致是否发现,他已经会下意识地皱眉。

从什么时候起,他开始厌恶医院了?

是在崔妈妈辗转医院一年多最终去世时,还是崔叔叔成为植物人昏迷不醒时?

只是如今为了崔叔叔,他仍旧需要频繁地来往于医院。

对面的医生看向我,想要我跟着一起劝劝崔致。

我无奈地叹了口气:"既然阿致说没事,那就下次吧,下次我陪他一起去趟医院。"

身旁一声不吭的少年,正若有所思地仰着头看天空,听到这句话,他微微低下头来看向我。

等到医生走了之后,崔致才想起什么似的,说:"我记得你要和颜阿姨一起去趟泸州。"

"听说泸州的那位老中医很厉害。"

"要去多久？"

"应该只是一段时间。"我摇摇头，"去之前，你得和我一起去趟医院。"

他笑了笑："小茴香豆，你不信哥哥吗？我前些天才去过，检查结果都还在呢，没什么问题。"

崔致后来也的确将那些检查都给我看了，说不用担心，他真的没什么事。

我仔仔细细地看了一堆报告，里面的确没有检查出什么问题。医生给出的建议也只有好好休养。

但我仍旧有些不放心，崔致只好发誓，说就算是我去泸州的那段时间，他也必定周周去医院检查，向我报告。

也不知是不是我想多了，在崔致交给我的这一沓报告中，我看到的最多的检查，是与脑部有关的。但如果阿致是低血糖，又为什么会有这么多与脑部有关的检查？

天气稍微凉快下来的时候，母亲先带着父亲去了泸州。我本来准备陪崔致去医院检查一下，过几天再去泸州。但是崔致却总不愿意去医院，催着我去泸州。无奈，我只得先订了去泸州的机票。

司机过来接我的时候，崔致就站在门口送我。

这时候的梧桐树还是翠绿的，他站在树下避着阳光，我絮絮叨叨地和他说话："你之前和我说过，要每周做一次检查的，你记得吧？"

崔致懒懒地点点头，他好像没有睡醒，眼下一片淡淡的青色。

"你最近是不是没睡好？都有黑眼圈了。"我正想再说，他却已伸出手来，将我轻轻往车子旁边推了推，说道："就是不小心熬了夜，我保证下次一定不会了。好了，你快去吧，赶不上飞机怎么办？"

司机下了车提行李，崔致笑着和他打了声招呼："王叔，路上小心。"

"把小姐送到了一定给你发消息，放心。"司机抬起手腕看了眼时间，提醒我道，"时间不早了，小姐，走吧。"

"好。"我向他点一点头，又微微侧过头去，"阿致，你有什么不舒服一定要及时去医院……"

"收到！"崔致笑了笑，他并不标准地向我敬了个礼，"好了颜小姐，该出发了。路上小心，飞机上可以休息一会儿，别太累了。"

我坐上车，隔着窗户向着他轻轻招了招手。玻璃窗外，他仍站在梧桐树下，静静地看着我的方向。

车子开始发动，玻璃窗中，崔致的身影完全消失了。但我抬起头，微微侧身，在后视镜中看到了一道身影——

还能看到。

坐在前面的王叔和我搭话："小姐，崔小公子是不是最近身体不太舒服？"

"是，王叔你也看出来了？"我有些分了神。

"我瞧着气色不是很好。"王叔说，"不过也是，一个人在家，还要照顾他爸爸，怕是累到了。"

车子快要在路口转弯了,我看向后视镜。后视镜中的人影已经有些模糊,瘦瘦的、小小的。

就在我要移开视线的时候,这一道小小的身影却忽然晃动了一下,而后摔倒在地。

我的心脏在这一瞬间被紧紧捏紧。而后,如鼓声般的心跳中,我听见自己惊慌的喊声——

我在喊着"阿致"。

车子停下,我甚至不知道我是不是在跑,地面很平整,但神思恍惚,整个人几乎要晕倒过去。

在那棵梧桐树下,我已经完全慌了神。

我甚至不知道能不能去触碰晕倒的崔致,我只能一面哭一面拿出手机,想要喊救护车,可是那颤抖的手指,却无论如何都按不对正确的键。

而崔致,只是躺在地上,眼眸紧闭,脸色苍白,浑然未觉。

躺在病床上的崔致面色很不好,汗水从额角流淌下来,我伸出手给他擦了擦汗。

旁边站着的医生有些无奈地说道:"检查都做了,没有什么问题。"他看着我,迟疑地说道,"要不要先住院?"

这位医生是崔家的熟人,自然也认识我。

闻言,我有些犹豫。对我来说,崔致住在医院里自然是最好的方法,这里医疗仪器齐全,如果真有什么问题,也能第一时间发现。

但是……崔致实在是太不愿意待在这里了。

崔叔叔到现在为止还住在医院里面，本来就对医院排斥的崔致更加不喜欢医院这个地方。如果检查出有什么问题，劝着崔致住院也就算了，但现在没有检查出什么，他肯定会向我撒娇，绝不肯住在医院的。

我微微低下头，看向静静躺在病床上的少年。

他的皮肤本就白净，此刻更是显得几近雪白，不知是因为疼痛还是其他什么原因，那不断颤动的睫毛，仿佛在承受着巨大的苦楚。汗水从这张琉璃般脆弱的面颊上淌过，又悄悄隐进如鸦的发间，冰凉而沉默。

好像……睡美人。

脑海中突然闪过这三个字。

好熟悉——

我终于想起了那天与阿致一同看录像带时遗忘的舞台剧的名字，那因为录像带突然出了问题而没有看到的部分。

在想起这个名字的时候，埋藏在记忆深处的回忆似乎也浮现在了眼前。

不知为什么，在想起来这部舞台剧的名字时，我突然觉得心惊。

这个比喻不好，不好……我摇了摇头，想让自己不再多想，并小心地将他无意间伸出被子的手轻轻塞回被子里面。

那冰凉的手指微微一颤。我抬起眼来，便撞见那双微微睁开的眼眸。

挣扎着从蛛网中飞出来的蝴蝶，就这样静悄悄地停在我的眼前。

旁边是医生欣喜的声音："崔小公子，你醒了。"

但这苍白无力的少年却只盯着我看,他竭力地扯出一个笑容来:"小茴香豆……怎么表情这么严肃?"

我知道我现在铁定是面无表情的。

我静静地压了压被角。少年的眼睫颤了颤,他的手突然又伸出被子,想要握我的手。

"崔致。"我缩回手,冷淡地喊了声他的全名。

崔致立时有些惶恐,他僵硬地躺在病床上,本来伸出被子的手也停在半空,一动不动。半晌,他那朵浅浅的梨涡缓缓消失了。

他垂着眼,不敢看我:"对不起,小茴香豆。"

我沉默地看着他。

旁边的医生早已识趣地离开了,这间病房里便只剩下我和崔致。

崔致一会儿瞧瞧我,一会儿低下眼,支支吾吾且无力地喊我:"小茴香豆,我头疼。"

我知道我没有办法拒绝崔致。

我在心底深深叹了口气——好歹你也得坚持十分钟吧,颜茴!这还没有五分钟呢!

病床上的少年见我神色有些软化,便更是眨着那双漂亮的琥珀色眼睛,虚弱地撒着娇:"小茴香豆,我头疼……"

但还没等他说完,我已经伸出手来,轻轻抓住了他的手。

很凉。

在抓住他的一瞬间,崔致的手抖了抖。不过没关系,我的手很热。

我看他:"崔致,你让我很担心……你以后不要这样了,好不好?"我很想忍住眼眶中的眼泪,但控制不住喉咙处的酸涩。

春日偶成

从什么时候起呢？

是那个男孩子拿着大钻戒眉眼骄傲却满是小心翼翼讨好的时候，还是漂亮少年在拐角处拎着书包等我的时候？

这朝夕相处的十七年……是青梅竹马也好，是妹妹也好，明明知道他是男主，明明知道我是恶毒女配，我还是飞蛾扑火，一败涂地了。

就算他不喜欢我，也好。

这脆弱美丽的少年，宛若那一瞬的烟花。

而在这病床上躺着的少年，终究是没有收回他冰凉的手，他竭力地吸取着身前人的温暖，在这样的沉默中，回以承诺——

"我知道了，我答应你。"

"阿致……"我喊他，声音颤抖，"我们先住在医院里，好不好？"

他无力而温柔地笑了："小茴香豆，我想回家。小茴香豆，我们回家好不好？"

小茴香豆永远无法拒绝阿致。

在问过医生，又配了一些无济于事的药品之后，我便和崔致一同回去了。回去之后，他本清醒了一阵子，但当我在楼下端着粥上来的时候，他又已经躺在床上昏睡过去了。

没有开灯，窗帘也拉着，他静静地躺在那里，一丝光亮也无，一丝动静也无。

我轻轻放下粥，走过去看了眼崔致的额头——密密的汗珠。

但是用手附上去之后，却又并不觉得烫，我便只能用湿毛巾慢

第五章　太阳坠落

慢把他额头上的汗珠拭去。

在这黑暗中坐了一会儿后，我突然又伸出手来，放在崔致的鼻尖。感受到呼吸之后，我这才有些放下心来。

看来今天学校是去不成了。

我出门给两位老师打电话请了假后，便又进去把粥端了出来。

崔致还是没有醒。他断断续续地清醒又昏睡，满头大汗。

我不知他到底怎么了，在这几天中，他甚至连一句完整的话都不能和我说。于是在又昏睡了两天之后，家庭医生几乎将医疗器材都搬进了崔家。

崔爷爷来过一次，他只是沉默地看着躺在床上沉睡的崔致，而后对身边的管家说："照顾好他。"

我送崔爷爷离开时，突然发现，他本来健壮的身形，此刻好像前所未有地瘦小。

这些日子里，我也去看过医院里的崔叔叔，他依旧昏迷不醒、一动不动，由请来的护工照顾着。

幸好……幸好崔致有时候还能醒过来。

我动了动身侧的手指。

就在医生进房间检查的时候，我下了楼，却发现楼下的客厅电视机好像打开了。只是因为播放的视频到达了结尾，于是呈现出了一片黑暗。

是阿致醒过来的时候看的吗？什么时候的事？

我走过去，正准备将电视机关掉，却突然发现装录像带的盒子上，写着标题：《崔致与颜茴小学毕业典礼留影》。

我的视线从标题缓缓移到电视屏幕上面。

按下回退键——

受到巫女诅咒的王子摸到纺锤后陷入永久的昏迷，荆棘与树篱将他所在的城堡团团围住。无数想要去探险救出王子的居民与勇士都失败了。

就在这时，美丽的公主出现了。她轻松地跨过荆棘、树篱，来到了昏睡的王子面前。就在她弯腰想要亲吻王子的时候，灯光熄灭。

舞台上的灯光再次亮起时，昏睡多年的王子已经醒来，他紧紧地握住公主的手，与命中注定的她从此幸福快乐地生活在了一起。

我看到了饰演睡美人的小小崔致，也看到了站在很后面充当背景的小时候的我。我与他之间相隔了很多人——

不论是王子陷入昏迷前，还是从昏迷中醒过来之后。

"睡美人。"舞台剧结束，我轻轻念出了这个名字。

手掌心突然有点痛。我微微低下头，这才发现自己已将手掌心掐出了青痕。

这是意外吧。

我告诉自己，阿致不是睡美人，他不会永远地睡下去的。

可是如果，如果……

那我该怎么办？我不是公主，我该怎么唤醒昏睡的王子？

"小姐，崔小公子醒了，正在找你。"突然，从房间走出来的医生在楼上喊了我一声，我忙回过神来，匆匆擦掉眼泪应了一声，在上楼的时候，我轻声问道："能检查出来什么吗？"

第五章　太阳坠落

医生摇了摇头，神色无奈："小公子说头疼，可是最好的神经外科医生都请来看过了，也没有检查出什么问题。"

又是头疼。

我想到了之前看过的那一堆检查报告。

在我轻轻进到他的房间时，崔致正倚在床上，微微低垂着睫毛，窗帘开着，洒进一丝阳光，使得这苍白的面容也有了半分血色。两种颜色的交替，便又添几分难言的温柔。

听到动静，他忽而抬起眼来，有些朦胧的琥珀色，里面荡漾的不是别人，而是我。

"阿致，你醒了。"我走过去，微微弯下腰看他，没有说他睡过去了多久，只是像往常一般，问着，"你饿了吗？想吃些什么？"

他静静地看着我，没有说话。

"阿致？"

他便露出浅浅的笑来，看着我，声音有些颤抖和沙哑："小茴香豆……给我也找个护工吧。"

我从头到脚，忽然冰凉得哆嗦起来。

"有什么好找的，你就这几天而已……没关系，你很快就会好了，阿致。"我故作轻松地同他这么说，只是不知道是在安慰崔致，还是在安慰我自己。

那张就算憔悴也漂亮的少年面容上，浮现出淡淡的悲伤来，而那因为痛楚折磨而迅速消瘦下去的脸蛋，越发显得那双琥珀色眼眸大大的，很干净。

他是知道的。看着这双眼眸，我慌乱地想。

这虚弱地靠着的少年，和往常一般，向我撒着娇："小茴香豆，找个护工吧，我没事的。你还要回去上课。"

我咬着唇，站在那里一动不动地看着他："阿致，这些天也没有找护工，你……"

"这些天，我至少还可以醒过来，我能够自己照顾自己一会儿。可是，如果我就这样突然昏睡过去怎么办？如果我一直醒不过来怎么办？"他倚在床上，疲惫地看着我，温柔地问道。

对于崔致而言，请护工意味着什么？意味着他已经做好了不会醒过来的打算。

如果一次比一次昏睡得久，一次比一次痛苦，他已经做好了最坏的打算。

他明明是那么讨厌医院，讨厌被护工照顾，讨厌那种无能为力的感觉。

可是我知道，崔致已经在坚持了，所以我倔强地看着他："我能照顾你。"

"这些天我虽然迷迷糊糊的，但也有时候会清醒过来。小茴香豆，我的头好疼，好像里面有什么一样，在说话，在打架。"崔致声音淡淡的，"你说，我会不会就这样，疼坏脑子？"

我咬着唇，站在那里一动不动地看着他："我会照顾你。"

你不需要护工，你也不会就这样昏睡不醒。这只是……只是一个意外。

我想这么说，可是不知道为什么，在看到他那双干净的眼眸时，我发现自己说不出口。

第五章　太阳坠落

他本来移开的视线，又重新投在我的面容上，许是见到了我没有忍住流下的眼泪，他眼神一怔，又是无奈又是愧疚地说："小茴香豆，你别哭……颜阿姨该怪我了，我害得你哭了多少次？"他想撑着身子来拉我。

"崔致，你一直说我是你妹妹，那我在你生病的时候，照顾你又有什么不行？"我忍着哭腔，慢慢说道。

他的手便停在半空中，喃喃道："我没有，小茴……但这样，总归不好，我怕有人说你。"

崔致不是会在意他人视线的人，他一向是骄傲的、矜贵的。

"你知道吗？那盘录像带，我看到了后面的内容。就好像冥冥之中，我就会一直沉睡下去。而你，小茴香豆，你还有自己的生活，如果我一直醒不过来，又该怎么办？"

"崔致，"我认真地看向他，"你不要当王子，也不要当睡美人好不好？"

他张了张嘴，看着我，没有说话。

"我不会让巫女诅咒你，所以你也不要当王子，不要沉睡下去。"

我闭上眼睛，好像这样，就能让眼泪不再落下来一般。

我是不爱哭的，我真的不爱哭的。

我闭着眼，在我看不见的地方，崔致缓缓伸出手，轻轻握住了我不断颤抖的手指。

"小茴香豆……"

"如果你是睡美人，我该、我该怎么救你？"我睁开眼来，反手握住他，眼泪在一瞬间坠入脖颈。

好凉。

"我不是公主啊,阿致,我该怎么救你?所以我求求你,不要当睡美人,好不好?我会做你最乖的妹妹,所以你不要一直昏睡下去,好不好?你说过会一直陪着我,你还有崔叔叔需要照顾,他会醒过来,你也不会沉睡下去……好不好?"

声音慢慢变小。

被我握住手的少年,睫毛颤抖着,他突然使了力气,用另一只手将站着的我拥入怀中。

眼泪止不住的我愣了愣,而后将头靠在了他的肩膀上。而我手掌中他的手,也没有抽出来,他只是轻轻叹了口气,哄着我:"小茴香豆,不哭了,好不好?"

和之前的味道不一样了。

那时的崔致,是酸甜的橘子的气息。而现在,萦绕鼻尖的,则是消毒水的味道,是各类药物的味道。

"你已经是我最乖的小茴香豆了。"他的声音,温柔地在我的耳畔缓缓响起,"如果你不是公主的话,我也不愿意成为王子。对不起,小茴香豆,是我说错话了,原谅我,好不好?"

我紧紧地握着他的手,终于含着泪狠狠地说道:"阿致,我能给你请护工。但是——"

崔致微微动了动身体。

我却靠着他的肩膀一动未动,只是闭上眼,放轻了声音:"但是阿致,你一定要醒过来。"

午后的阳光含着些许凉意,在这片寂静中,少年拥着我的那只手越发紧了。

他向我承诺:"因为有你在,所以我一定会醒过来。"

祝塘即将跨入冬天的时候,母亲和父亲回来了一趟。

泸州的老中医果然很厉害,骨伤严重的父亲如今已经好了很多,只是精神仍旧不济。他来看过几回崔致,没忍住,哭了。旁边的母亲轻轻打了下他的肩膀:"都多大了,还在孩子们面前哭。"

崔致是看不到的,因为他正闭着眼静静地躺在床上。

父亲哽咽了一下:"我们阿致太可怜了。"

见此,母亲只得无奈地说:"你先下去喝杯茶吧,我和你女儿聊一聊。"

他抽泣着下楼去了。

母亲转而看向我,轻声问道:"小茵,累不累?"

我愣了愣,一时没反应过来。

她温柔地看着我,突然伸出手,轻轻将我脸颊旁边的发丝撩在一边。

"虽然请了护工,但是你也很累吧,小茵。"

我抬起眼看她,心中狠狠一震:"妈妈。"

"小茵,我的女儿……从小到大,我一直觉得你很成熟,不像阿致,还有调皮的时候。"说到这里,母亲的声音也有些哭腔,"你知道的,崔妈妈是我最好的朋友,我也一直把崔致看成自己的孩子……但是你爸爸生了病,我得陪着他,我不得不把你和阿致留在祝塘。我是个不称职的妈妈,我没有办法好好照顾你、照顾阿致。你和阿致从小一起长大,我知道你很看重阿致,我也知道你也会累。虽然你已经做出了选择——"

我有些失神地看着她。

在这个世界中,我知道对我而言最珍贵的人,是父母,是阿致。但我从来没想过,我真的能够拥有这些珍贵的人与情感。而当我真实面对这些情感时,我也总是显得手足无措。

"这是你自己的人生,需要你自己做主。只是我希望,你也能照顾好你自己。"母亲轻轻抚摸着我的脸,温柔地笑了。

在这温暖的房间中,我终于觉得我是颜茵——不是恶毒女配颜茵,只是颜茵,有着自己人生的颜茵,不是意外到来的外人。

一直到父亲母亲离开祝塘,崔致的情况也没有好起来,他中途也有醒过,但昏迷的时间占据得更久。但凡醒来,崔致也总是强忍着疼痛安慰我,笑着说要自己洗漱,我没有丝毫力度地威胁他,说再不好转我便不让护工替他洗漱了,而是换我自己来,于是他便虚弱地笑起来。

在这段时间中,柜子里堆积了很多的药品,也来过很多的人,说着一些可有可无的安慰的话,时间便也就这样慢慢过去。

即将迎来春节的时候,崔致的生日也到了,我便在晚上出了门去买长寿面的材料。

今年不知为何,天气很冷,很早便下雪了,天也暗得很早。

我乘着昏黄的路灯,踩着雪一步步往回走。等到快要走进崔致家的小院子时,我看见有一排脚印密密麻麻地蔓延进了小院子。

有谁来过吗?我加快了脚步。

就在此时,有一道声音,在不远处响了起来。

"停——"

我顺着声音抬起头来,抬起的脚也停在了半空中。

飘着雪花的天地间,微微亮起的灯光下,那穿着浅紫色棉服的少年,就这样静静地站在不远处,他手上还挂着一根不知是从哪里折来的树枝。

那长久不见阳光的皮肤,露出令人生畏的青筋,可是他的表情那么温柔。

见到他,我下意识地踩进软绵绵的雪中。于是这瘦弱漂亮的少年,便带着抱怨的语气,仰着微微笑意的脸,看向我:"都说了,要停啊——"

"我特意给你踩出来的……可不容易了。"他微微笑着,温柔地看着我,"所以,小茴香豆,要踩着,慢慢走来我这里啊。"

是……是崔致。

我几乎是下意识地,松开了手上的袋子,然后没有停留地往他那里奔过去。

松软的雪地上,蔓延的本来是崔致的脚印,而当我向他奔去的时候,在那密密麻麻的脚印旁,便又多出了一排我的脚印。

在这洁白的地面上,脚印一路往崔致而去。这少年,便在尽头静静地温柔地看着我。

"小茴香豆。"

我终于停在他的面前。我想伸出手触碰他,但不知为何,我不敢。

我只是站在他的对面,近乎沉默地落泪。

春日偶成

雪中的少年，苍白而精致的面容上浮现出淡淡的无奈，而那颤抖的睫毛下温柔的琥珀色眼眸认真地看着我。

是我太久没有看到他睁开这双眼眸了吗？是我想太多了吗？

这双眼睛里，流露出来的情绪，我从未见崔致有过。

那样温柔的神色，但又有我不明白的哀伤。似乎他终于跨过了千山万水，来到我的面前。似乎他已经失去了我很长很长一段时间，所以比我想他要想得更多更多。

飞舞的雪花坠落在他的眼睫、鼻尖、红唇上。

"我说过，因为你在，所以我一定会醒过来的。"

是哀伤。不论是崔致的眼眸，还是他的语调，都太哀伤了。

他好像很想我，很想很想。所以他是那么用力地在克制情绪，以至于拄着树枝的手都暴露出令人心惊的青筋来。

我下意识地向前走了一步。

但我太害怕了。

我怕这只是一场梦，一场伴随着雪的虚假的梦。

我怕我触碰到这个梦，梦碎了，面前的人便也消失了。

所以面对着我的假的阿致，才会这么哀伤吧。

但这梦中的阿致，竟突然扔掉了手中的树枝，他看着我，一步一步地向着我走过来，即便汗水从额头上滑落，他也忍着疼痛，将呆怔的我拥入怀中。

或许是因为在雪地里站了很久，这个拥抱满是凉意。但正如同紧紧拥抱着我的崔致一样，我也伸出手，用力地抱住了他。

第五章　太阳坠落

他好像将整个身体的重量都交给了我。

冰凉的棉服，浅淡的酸橘的气息……是真的阿致。

我微微抬起头，紧紧抓着他的领口，泪眼蒙眬地看着他："崔阿致，你怎么、怎么还敢醒过来？"

我还想再说什么，但这抱着我的人，却忽然将头小心地靠在了我的肩膀上。他闭着眼，悲伤的声音宛若叹息。

"哪怕只有千千万万亿亿分之一的概率，我也会再次和你相见的……小茴香豆，欢迎回家。"

我终于没有忍住，在他的怀中近乎号啕大哭。那紧紧抓着他衣领的手指，都硬生生显了筋骨。

"崔致，崔阿致，你怎么敢，你怎么忍心这么久才醒过来？你知不知道我，知不知道……"我有多想你？

如果你真的就这样沉睡不起，如果你真的变成了睡王子……

他抬起头来，认真地看着我："小茴香豆，我总是在想，如果因为女巫的诅咒，沉睡的睡美人就算醒来，也不是原来的睡美人了，那该怎么办？可是不行，就算我不是王子，我不是睡美人，我也绝不要醒不过来。狡猾的女巫想要说服我，睡美人想要代替我——

"我这个从来不打架的好孩子，既要和女巫吵架，让她去找别人当王子，还要和睡美人打架，他总和我说，谁输了谁继续睡。但我想，我是一定要赢的。"

说到这儿，少年调皮地向我眨了眨眼睛，露出那许久未见的、浅浅的一朵梨涡。

"今天是我的生日，我就和他说，小茴香豆一定会给我做长寿面吃,所以我一定要醒过来。等过了我的生日,就到我的小茴香豆的生日,我也要亲手做长寿面给她吃。所以你看,我是不是就赢了,就回来了?"

他掀起眼睑,琥珀色的眼眸中,有着强忍眼泪的我。

这缓慢的、沙哑的声音,这还苍白着脸颊的少年,缓缓伸出手,像从前那样抚上我的脸颊,温柔地笑着:"颜茴,我好想你。"

这没有病源的昏睡,难道真的是童话故事中的女巫诅咒吗?

也或许,这只是阿致为了哄我编出来的故事,又或是一场他在昏睡中做过的漫长的有关童话的梦。

终于见到崔致醒来的我完全没有细想,我哭得声音沙哑,几乎说不出话来,只能恶狠狠地在他的怀里掉眼泪。

"那你是不是永远不会变成睡美人了?阿致,你不要再和女巫吵架,也不要再和睡美人打架了,好不好?我不要你输,好不好?"

沉默片刻后,他轻声道:"好。"说着,崔致的视线绕过我,看向我的身后,而后轻声叹息,"你是想把那袋东西存到明年冬天再吃吗?"

顺着他的视线往后看,我看到了那袋被我扔在地上的食材。

其实我做饭的手艺并不好,但这段时间自己做饭,做着做着倒是也长进了很多,至少一道菜它看上去能够像菜了。

我把面条盛出来放在碗里,又往后看,果然听见崔致无奈地笑着说:"我不会睡着了,你放心吧。"

我转过头:"你的话……"

"我的话怎么了?"

"都不能信。"我小声地说了句。

他好像没有听见,微微笑着重复问道:"我的话怎么了?"

"你说得很对,说得很好。"我把两碗面条端到桌子上,认认真真地看着他。

崔致和我对视一眼,突然低下头去,脸颊好像有些红,连说话都有些支支吾吾的:"你……怎么一直盯着我呢?"

在这雪夜之中,十九岁的少年心中,又有什么样的变化呢?是否如灯照雪景,一览无余,却又刺痛某处呢?

只是当时的我不知道,也没有注意。

我勉强笑了笑说:"要不然真的试试那个方法吧?"

我认真地看着崔致,而他没有抬头。

"什么?"

"干脆你当我哥哥好了,说不定真能把崔叔叔气醒。"我把筷子递给他。

身前的少年却没有接,只是愣愣地低着头,放在膝盖上的手微微握紧了。

"我这个妹妹,当得应该挺称职的吧?"我好像在问他,好像又在对自己说。

不知是听到了什么,崔致像是雪花触碰到火光一般,立时抬起头来,在我微微吃惊的视线中,少年的眼眸弯弯,用我再熟悉不过的语调说道:"那你还远着呢……"

声音无端苦涩。

"好了,让我来尝尝小茴香豆的手艺。"

我因这话收回了心神,看着桌上的两碗面,有些苦恼地说道:"要是知道你能醒,我就多买点菜了,还有蛋糕。"

崔致摇摇头,灯光下,穿着雪青色棉衣的少年肌肤如同盈盈美玉一般,那眉眼间缱绻的情意,缓缓流淌开来。

"有长寿面就很好了。"他含笑着看向我,"那我来许愿吧。"

"这个十九岁的生日愿望——我希望颜茵……"

就在这时,窗外突然响起烟花的声音。

在这骤然亮起的夜晚,对面的少年温柔平和地看着我,在烟花声中,无声地说着他十九岁的生日愿望。

那日崔致的生日愿望,我因为突然响起的烟花声没有听见,事后再问起崔致时,他只笑着说天机不可泄露。

我本来还在担心崔致的身体,情况却如他所说,这几日他的精神状态越来越好了。恰逢春节前夕,庙会将至,我便想拉着崔致去祝塘的寺庙一趟。

于是崔致无奈地笑一笑:"小茴香豆,我记得从前你不信这个。"

"信则有,不信则无。"我摇一摇头,看他,"那你和不和我去?"

"那当然要去。"崔致给我裹上围巾,那双琥珀色的眼眸中,有着无奈、温柔,还有一些我没有看懂的东西,只是当我想要再看之时,那些复杂的情绪又突然消失不见了,"我给小茴香豆添了这么多麻烦。"

崔致后面一句话说得极轻,我没有听清,只知道他又说了些什么，于是看向他问道："阿致，你说了什么？"

他那浅浅的梨涡漾出来，给那围巾又打了个大大的蝴蝶结，思索着说道："我说啊——这个蝴蝶结，打得好不好看？"

我低下头，看着原本好好的红格子围巾，被他打得像是个礼物带子。

"有点像……"

"像什么？"少年眉眼弯弯。

"像包装礼物的蝴蝶结。"我如实说道。

他笑得更加厉害："嗯……小茴香豆，你就是我的新年礼物。"

第六章

命定之人

祝塘从前经常举办庙会,但近些年来,庙会、赶集等活动都明显少了不少。因此,在这难得一见的庙会上,不仅有祝塘的人,还有许多千里迢迢赶过来观赏的人。

像所有的庙会一样,摊贩是其中不可或缺的重要部分。尽管现在还是白天,祝塘寺庙旁边的位置却已被摊贩占得满满当当的了。春节将至,祝塘各处都挂了喜庆的红灯笼,于是崔致便用这个理由,在衣柜里翻了一件朱红的羽绒服穿上,远远看去,像个红彤彤的太阳似的。

他肤色本来就极白,又久不见阳光,此时被这红袄白雪一衬,眉眼风流、唇红齿白,就像是画里的人一般,漂亮得令人无法直视,在人群中果然显眼极了。

红衣少年非常骄傲地低头对我说:"怎么样,我这个方法很好吧?这样在人群里,小茴香豆一眼就能看到我。"

我不由笑了笑,点头:"嗯,好方法。"

庙会上会卖很多不同种类的东西,我和崔致一路走过来,倒是见了不少新奇的事物。

崔致穿得厚,出门前我又给他拿了一条厚厚的绿格子围巾,他此时整个脑袋都埋在了围巾里，抬起头，看向不远处的一个方向，突然伸手扯了扯我的衣角。

"冰糖葫芦。"

我跟着他一同抬起头，果然瞧见不远处的人群里，有个卖冰糖葫芦的摊子。

"你想吃吗？"

"嗯。"崔致用力点了点头，"我好久没吃过冰糖葫芦了，让我想想，一年、两年？反正很久了。"

"人有些多。"我为难地看了眼身边有些臃肿的少年，又看了看前面的人群。

崔致自然也注意到了我看他的视线，他不满地小声嘟囔："所以我说不用穿这么多，一件羽绒服就够了，你还让我里面穿了毛衣，毛衣也就算了，你还非塞一件秋衣给我。我说小茴香豆，秋衣都是小朋友才穿的，我都多大的人了，还穿秋衣……"

眼见着他要开始碎碎念，我忙打断他："好好好，小朋友才穿秋衣。我去给你买冰糖葫芦，你就站在这里不动，行不行？"

崔致这才满意地哼了一声。

我撇了撇嘴，小声说了句："也只有小朋友才喜欢吃冰糖葫芦。"

似乎是听见了我这句话，他立时转头看向我，那双琥珀的眼眸中，满满都是我一个人的身影："小茴香豆——"

我忙将他推到一处空地，然后转身就往卖冰糖葫芦的地方走去。

冰糖葫芦的摊子生意挺好，老板有些忙不过来，他问我要哪种类型的冰糖葫芦，我一看，现在的冰糖葫芦花样可真是够多的，一些我从未想过能做成冰糖葫芦的水果都塞在上面了。

我想了想,说:"一串冰糖橘子、一串冰糖葫芦吧。"

老板转身一看,笑眯眯地说:"你运气真好,今天冰糖葫芦卖得不错,只剩下一串了。"他低下头,给我包糯米纸,排在我身后的人听见了这句话,突然出声问道:"只剩一串冰糖葫芦了吗?"

他的普通话很标准,字正腔圆,一听便知道不是祝塘的。

老板低着头包糯米纸,应声说:"是啊,今天的冰糖葫芦卖得好,只剩下最后一串了,给这位小姐买走了,客人你看看有没有什么其他想吃的,冰糖橘子、冰糖草莓……都是冰糖嘛!"

身后的人沉默不语。

老板将一串包好的冰糖橘子递给我,又说:"听客人的口音,是北方人吧,怎么跑我们祝塘来吃北方特产了?"

他这话一出,旁边的人都笑了。

我身后的人缓缓开口道:"就是有些想念祝塘的冰糖葫芦。"

想念不太正宗的冰糖葫芦的味道?

接过第二串冰糖葫芦后,我想了想,转过身,一面说道:"要不我这串……"

只是在看到身后的人时,我有些微微一愣,想说的话也顿住了。

排在我身后的少年,看样子岁数和我差不多大,只穿了一件薄薄的黑色呢子外套,他眉眼冷淡,但举手投足斯文矜持,颇为彬彬有礼的模样。

我当然不是因为少年俊秀的五官而发愣,而是因为不知为何,在看到少年的第一眼,我便觉得很是眼熟。

或许是我想多了。

"要不我这串给你吧,刚刚包好的。"我回过神来,将装着冰糖葫芦的袋子向前微微送了送。

少年沉默地看着我,视线轻飘飘地落在我的身上,像是失了神一般,没有说话。

是不需要吗?

就在我以为他不想要,便想将袋子收回来的时候,这人却突然伸出手,向我展开了掌心。

我有些困惑地看着他。

他声音低沉,说道:"谢谢。多少钱?我给你。"

我把袋子轻轻放在他的手上,而后摇了摇头:"不用了,不值什么钱。"说完,我就转身离开了。

真是个奇怪的人,我这么想道。

崔致仍旧在那片空地上等我,他背对着我,弯着腰,也不知在看些什么。

"阿致。"我喊了他一声。

他反应过来,转头看向我:"你只买了一串吗?"说着,他皱着眉,委屈地说道,"我都这么久没吃了,小茴香豆,你就多买几串嘛。"

"不可贪多。"我将冰糖橘子放在崔致的手里,却见他的另一只手里正牵着什么。

他接了冰糖橘子,便将另一只手里的绳子塞在我的手中。

我有些愣住,微微拉了拉这根绳子,便发现一只兔子灯缓缓从崔致的身后出现。

这是一只……五彩斑斓的兔子灯。

红红的眼睛,七彩的身体。

看着这只兔子灯,我没忍住,笑出了声。

崔致歪了歪头,他拆开袋子后,弯了弯眼眸,又将那串冰糖橘子摆在我面前晃了晃:"是我最喜欢吃的冰糖橘子——小茴香豆,你馋不馋?你叫声好阿致,我或许就给你尝一小口。"

我一边轻轻晃着手中的绳子,看着肥肥的兔子灯摇头晃脑,一边抬起眼看他:"这还是我给你买的,阿致,你过河拆桥了。"

他轻声笑着,视线落在七彩兔子灯上:"这是今年要送给你的兔子灯。"

"现在送可能不太划算。"

"怎么说?"

"很快就是新的一年了。"我看向崔致,思考了一下,说道,"新的一年,你又得送给我一只,是不是?"

他微微瞪大了眼睛:"小茴香豆,你真是聪明了不少。是不是在我睡着的时候,你偷偷去补课啦?"

我瞪了他一眼:"阿致,你该担心你自己才对。今年开学,你可是和我上同一级了。"

"有年级第一辅导我,我怎么会担心呢?"崔致丝毫不慌,他笑弯了眼,"啊,冰糖橘子真的好甜啊。"

尽管还是白天,但来参观庙会的人已经很多,更别说寺庙里面了。

虽然称不上是人山人海，但远远望去，寺庙中无论哪个殿前，都挤满了烧香拜佛的人。

我看了眼人群，嘱咐身边的人："阿致，你就在这里等我，我自己进去就好了。"

崔致不满地看着我："我也要进去。"

"不行，你进去了，要是弄脏衣服，到时候还会念叨我。"我深知崔致的脾性，于是干脆利落地拒绝了他，"更何况你穿得这么厚，手上的冰糖橘子也还没吃完。"

"这么厚的衣服是你一直念叨着让我穿的，这串冰糖橘子也是你给我买的。"

顶着崔致极度不满的视线，我淡然自若地挤进了满是人的寺庙里。

这座香火旺盛的寺庙虽然地方不大，但是烟雾缭绕，人声鼎沸。我站定在人群中，看向寺庙正中央的佛像，双手合十，微微闭上眼睛。

此时的我不知道，就在我的身后，那红衣如同烈焰般的少年，会用怎样温柔的视线看着我，而我自然也不知道，与此同时，会有另一道视线，穿过人群，静静地落在我的身上。

从前的阿致不信神佛，从前的我也不信神佛。但站在这里的我，却是如此的虔诚——

祈祝上天保佑祝塘那崔姓阿致的平安，祈祝上天不要再让他遭受离别与痛楚。

那所谓的"命中注定"已经对他太狠太狠，他不应该只是作为小说的男主而活着。

他是鲜衣怒马的少年,是骄傲矜贵的崔家小公子,他有自己的人生,有珍贵的人与事……

所以祈祝上天,祈祝神佛,即便他有三不善根之罪,也尽罚于颜茵就是。

当我睁开眼睛,身前慈颜善目的僧人递给我一条红带子,嘱咐我抛在寺庙庭院中的树上。

我捏着这条红带子转过身,往人群中寻找着崔致的身影。

他今日穿红衣的确很对,我一眼便寻到了他。

只是……这艳绝的少年没有看向我,他在看往另一个方向。

我随着他的视线一同看过去,连我自己都没有意识到,我握着那条红带子的手指,不由自主地紧了又紧——

人群之中,少女如弱柳扶风,眉眼清秀,清冷而脆弱。

这少女的气质很独特,容貌虽然算不上夸张的漂亮,却自给人一种赏心悦目的感觉。

我定定地看着少女,手指捏得紧紧的。

我不应该知道这个少女是谁的,我明明是第一次见到她,她对我而言与身边的陌生人并无二致,但就在我看见她的那一瞬,我的心里忽然冒出来一个名字——云霓。

这个小说世界的女主。

想到这里,不知为何,我有些不寒而栗。

但就在这个时候,少女突然消失在了我的视线之中,仿佛刚刚那一眼望去的地方，从未有过这样一位少女。

就在我愣神的时候，本站在不远处的少年硬是挤了过来，拉了拉我手上的红带子："小茴香豆，你在看什么呢？"

我顺着声音抬起头来，对上他明亮的眼眸。

红衣少年此刻已微微低下头，被我手上的红带子吸引住了视线："这红带子是什么用处？还写了字。"

我回过神来，看着那红带子道："是寺庙的僧人发的，说要抛到树上去。"

闻言，少年沉思片刻，便转身往庭院处走去。

我看着他朱红的背影，一时间难免又想到刚刚惊鸿一瞥的少女，想到刚刚崔致往少女那处看过去的视线，于是脚下顿了顿。

前面的崔致感觉到了我的迟疑，微微侧过头来，看着我问道："怎么了？好像从庙里出来，你就有些心不在焉的……难道那僧人说了什么？"

他的口气，完全是一副要找寺庙僧人算账的口气。

"没有，没说什么。只是……"我迟疑着，试探着问起刚刚的事情，"你刚刚站在那里看见什么熟人了吗？"

听到这话，崔致的表情仍旧是淡淡的，只不过就在一刹那间，我看到了他微微蹙起的眉。虽然很快便展开了，但我还是观察到了。

我的心不由一沉。

"没什么人。"崔致微微一笑，自然而然地绕过这个话题，"走吧，我带你去抛红带子。"

"……好。"

第六章　命定之人

寺庙庭院的树下围着很多人，崔致拉着心不在焉的我往人群里面挤，或许是因为今天穿得有些厚，我看见少年的额间起了不少汗珠，不由笑了起来。

但也因为人多，我不得不与崔致靠得很近。崔致一只手拉着我，而我整个人几乎都要贴到他的怀中，少年那温热的怀抱与香甜得宛若橘子的气息，似乎要将我淹没。

"抱歉，让一让，让一让……"

旁边不断有人挤来挤去，我这时才发现，崔致的手臂正环着我的肩膀，将我恰好而舒适地圈在了他的怀中。

原本在我眼中，崔致是那么清瘦的少年，虽然往日他也很照顾我，但这样亲密的举动……

突然意识到这一点的我，脸颊蓦地烧红起来，我只能慌乱地低下头，不让头顶的少年发现我深深藏于心中的秘密。

就在这时，崔致微微低下头来，问我："怎么了，被挤得不舒服吗？"

那呼吸如风一般擦过我的耳朵。不是冬风，是春风。

我身体不由战栗了一下。

"怦怦怦——"这是谁的心跳？

是崔致的，还是我的呢？

就在这样的心跳声中，我的脸忽然被身前的少年捧了起来。

我愣是没有反应过来，只对上那双琥珀色的眼睛，眨了眨眼。

而他认认真真地端详了我一眼，嘀咕一声："是因为人太多吗？小茴香豆，你的脸很红。"

我看了他片刻，就在崔致百思不得其解的时候，我"啪"的一声把他的手拍下去了。

少年委屈地看着我，眼睛亮晶晶的，额间不知为何有着许多汗珠。

虽然人多，但是也没有这么热吧。我并没有多想，将红带子递给崔致，说道："阿致，帮我把它抛上去吧。"

他却没有接："我抛上去，会不会你许的愿就不灵了？"

我摇摇头，心里想，我就是为你许的愿，你来抛自然最为合适。但我只微微仰着头，无奈地说道："我都抛不上去，许愿不就更不灵了？"

于是崔致接过了红带子。

我看着这条红带子被抛上半空，坠落在碧叶红绳之间，就在这时候，少年将我的手合在一起，轻声催促："小茴香豆，快许愿。"

双手合十的刹那，我合上眼睛。

崔致的手并没有离开，我能感受到他那温热的手掌心，紧紧地贴在我的手背上，有些颤抖。

我的睫毛也随之颤了颤，就在我将要睁开眼睛的时候，耳畔响起少年温柔的嗓音："小茴香豆，在你的心里，我就像哥哥一样吗？"

听到这句话，我突然不敢睁开眼睛。

我怕我眼中流露出的，并不是崔致"期待"的——

我怎么会只把这明艳温柔的少年看作哥哥？明明……是他从来把我看作妹妹。所以我只当不知，只当不解。

在少年颤抖的、温热的手掌心中，我微微动了动手指，闭着眼睛，

第六章　命定之人

回答出他或许想要的答案——

"嗯。"

倘若我当时睁开眼睛,倘若我能够再勇敢一点,我会不会就能看到,在我身前温柔地注视着我的少年,有着多么悲伤的神情?

只是一切没有倘若。

在我睁眼之际,我只看见了少年那朵轻盈的梨涡,以及他似乎如释重负的声音:"如果你是这样想的话……"

"什么?"我抬起眼看他。

他却只微微笑着,眉眼间有些疲惫和无力,如那树梢碧叶间的红绳,随风摇曳,却也因尘而黯淡。

在我听不到的地方,崔致的心里却有着另一道声音,缓缓响起。

"崔致,你想好了吗?两败俱伤的结果,不还是让颜茴为我们担心?

"你从前唤颜茴,一口一个妹妹,你只当兄妹情谊,现如今,是否觉得自己可笑至极?而以你现在的状态,当真不会被她发现……你并不只是把她看作妹妹吗?"

这声音是那么熟悉,过去的这段时间里,他们在同一具身体中争斗着。

那么多夜晚,崔致是怎么样在疼痛中清醒过来,无人知晓,但他知道,有一个名为"颜茴"的小姑娘还在等着他。

只是他能有办法如常地面对她吗?

最后的两败俱伤,是拖累还是……

少年深深地、深深地看了眼此时背对着他的少女，那浅浅的梨涡，缓缓消失了。

"你不能伤了她的心，不能惹她生气。如果你能做到的话……"

他在心里，疲惫地闭上了眼——

"就交给你吧。如果你不能，那么我也绝对不会放过你。"

从庙会回来之后，我和崔致开始准备过节的东西。

虽然父亲母亲都不在，崔家这边也只有崔致一个人住着，但两家的主家还是送了好些节礼过来，为了应付那些人，过节前倒成了整个春节假期中最忙的时候了。

也不知是不是我多心，自从庙会之后，崔致便有了些变化。

他照旧喜欢穿一切鲜艳颜色的衣服，照旧不喜欢吃胡萝卜，只是……好像不再叫我"小茴香豆"了。

但这或许也不算什么，我问起时，少年只如同往日一般，微微弯着眼睛，神态自然："我们颜茴都长这么大了，是个漂亮姑娘了，怎么还能'小茴香豆小茴香豆'地叫呢？"

我心想，或许不是这样，但除此以外，崔致似乎仍旧是崔致。

从医院看完崔叔叔回来，在外的母亲也打了电话回来，说父亲的病情突然有了些变化，现在正在老中医那里慢慢调养，也许这个春节便不能及时回来了。

我自然是宽慰她："没事妈妈，我和阿致在家里就好了。他这些天精神很好，身体也好了很多，下学期应该就可以回学校了，慢慢好起来就好了。"

第六章　命定之人

电话那头,母亲的声音很轻很淡:"小茴,提前祝你春节快乐。"

"春节快乐。"

一切,都会慢慢好起来吗?

可是我没有忘记在庙会时的那一瞥,也没有忘记……原书的剧情即将慢慢展开。

只是春节来临的喜悦,渐渐将我的这个想法掩盖,在和阿致挑选新衣服的时候,我特地给他挑了一件大红色的羽绒服。

崔致懒洋洋地站在旁边,笑我:"颜茴,你什么时候也和我一样,喜欢这么鲜艳的颜色了?"

我指了指不远处的毛衣,不答反问:"你说,那件红毛衣好不好看?"

崔致低下头,睫毛长长的,掩在月牙般的眼眸上时,便如同层层的云翳:"颜茴,你真觉得我是红灯笼吗?"

买红毛衣的计划只得作罢。

我并不迷信,只是觉得春节要喜庆一些,便在两家门口都挂了红灯笼,除夕当晚,夜色降临之际,随风摇曳的灯笼发出盈盈的光,宛若黑夜中的火光,点燃着人世。

崔家和颜家相隔,是邻居,而崔家的另一边本来是空着的房屋,这些天倒是也有人进进出出,许是终于有新邻居要搬进来了。

这几日还在下雪,但崔致还是兴致勃勃地买了好几箱烟花,又买了许多袋鞭炮,说要去外面放烟花。

"颜茴,这个五颜六色的好不好?"崔致托着下巴,打量了一下烟花。

我看了眼上面的名字，认真地说："它的名字叫贺新年。"

"哦——"

崔致把烟花抱了出去，我跟在后面给他撑伞。

他转了转打火机，微微转过头同我说："你往后退一退。"

我撑着伞往后退了几步，正好站在房檐下，看着那雪花慢慢地飘落下来，融化在崔致的红衣上，很快就消失不见了。

一簇火苗蹿起，引燃了万千烟花向空中飞去。闪耀的颜色将夜空点亮，与周围各家的烟花此起彼伏。

烟花点着之后，崔致捂着耳朵想往后退。

"阿——"

我撑着伞，下了台阶，往崔致身旁走去。

我不知是自己的声音淹没在了烟花声中，还是根本就没能喊出他的名字，这飘飞着雪花的除夕之夜，我的视线之中，灯笼摇曳，而那正开着的大门外，突然停下了一辆车——一位少女缓缓从车中下来。

她穿着素雅的大衣，眉眼疏离，似乎是无意之间，少女往崔家的方向看了过来。

这一瞬间，最后一簇焰火升腾而起。

少女与夜色下闪耀的红衣少年，静静对视。

车子的另一边响起另一道声音，似乎是在喊她："云霓。"

焰火归于寂静，簌簌雪花之下，我手中的伞，恍然间坠落在地。

是云霓。真的是她！

庙会上，崔致发愣地看向的人是她。

第六章　命定之人

现在，坠落的烟花之下，与崔致对视的人也是她。

云霓来了。

这个小说世界中，带着攻略男主崔致的目标到来的云霓出现，意味着小说剧情正式展开。

这片突如其来的安静中，似乎是因为少女没有回应，一位少年自车的另一旁缓缓走下来，他穿着浅褐色的风衣，面色冷淡地又喊了一声。

"云霓。"

看到这个少年时，我想起了那最后一串冰糖葫芦——原来是他。

听见喊声，云霓转过头去，淡淡地应了一声，两个人一起往隔壁房去了。

脚步声逐渐变远、变小。

我静静地看着，原来他们就是新搬来的邻居。

让我无法摸透与记清的记忆，在这时候重新展现于我的脑海之中。

事实上，虽然小说中的一些细节我很难记住，但是主要的剧情线，我有时候还是能想起一二的，尤其是关于这些重要人物的。

小说剧情中，作为私生女的云霓在高一那年终于回到了云家，在这之后，她在京市度过了一年多的时间，后来云家突然出了点事，恰好祖家在祝塘，云家便将云霓暂时送到了祝塘避风头。而和她一同回到祝塘的，便是这本小说的男二号，女主云霓名义上的哥哥，云倚舒。

如此想来，刚刚那位穿着风衣的少年，便是云倚舒了吧。

133

在这一闪而过的记忆中，我意识到云霓并不是天生就具有所谓的攻略系统的。如果我没猜错，系统与云霓绑定的时候，应该就是在来到祝塘的这一段时间……可是她为什么答应攻略系统的绑定呢？而崔致又为什么会成为她决定攻略的对象，成为这本小说的男主呢？

想到这里，我无奈地自嘲了一下，自己真是想得太多，小说的男女主自然是小说决定的，就像它的剧情一样，无论推动哪一个方向盘，最终的结果都会通向同一个终点。

只是如果这一个终点，也会发生细微偏差呢？就像如今崔叔叔并没有死去，而是变成了植物人一样。

但与此同时，我又想起一同出车祸的父亲，两人进入抢救室的景象依旧历历在目。

我不由轻轻叹了口气。我丝毫没有察觉，我的眉头不知何时已经皱得紧紧的，以至于崔致都感觉到了不对："颜茴，怎么了，你有哪里不舒服吗？"

听到他的声音，我反应过来，微微舒展开了眉头，摇了摇头："没事。"

崔致含着笑看了我一眼，视线又转到隔壁去。

红光之下，少年盈盈如玉，眉眼无情却自含风流。

"好像是新的邻居来了。"他说得漫不经心，仿佛发现了什么有意思的玩具一般。

我看着少年的侧脸，一时恍惚。

崔致又转过头来看着我，笑着说："以后好像会有点意思，是

第六章 命定之人

不是?"

我弯下腰,捡起不知何时坠落在地上的伞,对上崔致的双眼,熟悉与陌生相互交织,可我终究只是淡淡扯了扯嘴角,轻轻应了一声:"嗯。"

春节的第二天,我和崔致各自去了主家拜年,因为崔、颜两家世代交好,所以主家也都紧紧依着。他戴着围巾慢悠悠地走出来,在挂着雪花的树下等我。

雪团坠落下来,他就蹲在树下,伸着手指戳地上软绵绵的雪团。

远远看着,红色与白色相映,漂亮极了。

"阿致。"

"刚刚爷爷还问我你走这么早去哪里。"崔致听见声音,没有抬头,仍戳着那雪团。

我无奈地回答:"当然是去隔壁主家拜年。"

"颜家那堆人巴不得颜叔叔出事,我就不想见到他们。"崔致收回手,站了起来,看着我淡淡说道。

我笑了笑:"我也不想。好了,我们回去吧。"

快要到家时,回去的路上隐隐有一道身影正在不远处扫雪。

崔致眼尖,笑了一声:"好像是昨天搬来的邻居。"

我走近看了看,果然是。只是这人不是云霓,而是云倚舒。

云倚舒今日穿了件黑色的风衣,仿佛并不怕冷的样子,与我身旁裹成一团的红衣少年形成了鲜明的对比。

听见脚步声,云倚舒便微微转过脸来。

旁边的崔致没有开口，我只得先和他打了声招呼："你好。"

身前的云倚舒仍旧是那时见过的样子，冷淡的眉眼，挺直的身形。他的视线先落在了崔致的身上，然后又看向我。

不知道是不是我的错觉，我看见他微微皱了皱眉，声音淡淡："你们好，我是新搬来的邻居，我叫云倚舒。"

他拿着扫帚，完全没有要离开的样子。

崔致看了他一眼，有些不情愿地说道："我叫崔致。"

他突然想到什么，又懒洋洋地问道："你姓云吗？我瞧着你有些眼熟，你曾经来过祝塘吗？"

云倚舒愣了愣，而后缓缓摇头："没有。"

听见这句话，我下意识地看向云倚舒。

这就有些奇怪了。当时在庙会买冰糖葫芦的时候，我记得云倚舒曾经说过他有些想念祝塘的冰糖葫芦。如果不是曾经来过祝塘，又怎么会想念这里的冰糖葫芦？

一时间，氛围变得沉默起来。

"我和妹妹因为一些事暂时搬来这里，我们会一起在祝塘读高三。"在这片安静中，云倚舒突然开口道。

"你妹妹？"这句话虽是问句，但崔致的语气中并没有太多意外，似乎他早就知道这件事一样，"你们是从京市过来的吧？好好的不待在京市，跑来祝塘。"

云倚舒只淡淡笑了笑，没说话。他向着我和崔致点了点头，而后转身便回了隔壁院子里。

关于云倚舒，原文的描写我已经记得不太清楚了，只记得云倚舒并不像表面这么冷淡,云霓对云倚舒而言,就像是无趣生活中的装饰品,但不知从什么时候起,云倚舒便开始对这位"妹妹"上了心。

我看着云倚舒的背影,想着剧情,有些失神。

旁边的崔致看向我,不由微微皱了皱眉,刹那间,一种晕眩感袭上大脑。

崔致按住太阳穴,在心里冷冷道:"怎么,只是看别的男生看失神了,你就迫不及待地想出来了?"

本应该沉睡的另一个崔致没有说话。

他只继续淡淡道:"即便我们打一架,最后受伤的还是颜茵。"说到这里,他笑了笑,"还是你觉得,除了颜茵,还会有谁照顾你?"

"……闭嘴。"那人终于开口了,他闭上眼睛,没再继续说话,而是陷入了沉睡。

就像他曾和小茴香豆说过的那样,他需要对抗的不仅仅是"睡美人",还有"女巫"。

但他已决心将小茴香豆当作妹妹,却也绝不忍心见她为他烦忧,为他再次落泪……偶尔能够出现在小茴香豆的身边,哪怕只看她一眼,他便已经心满意足。

只是,另一方逐渐占据上风,迫他退让令他沉睡的时间越来越久,有时连醒来真正地看她一眼都已成为奢望。

崔致终于舒展了微皱起的眉,又睁开眼来,变回了平日里的模样。

"颜茵,外面好冷,进去吧。"

自从崔致醒过来之后,崔家便辞退了护工,虽说也准备请管家,但还没有好的人选。所以这些日子,最令人苦恼的其实就是吃些什么。因为冰箱里也没什么菜了,我便打算去问问崔致想吃什么。只是出了房间之后,无论是一楼还是二楼,都没有找到他。

"你……看……"

就在这时,从微微打开的窗户中,我听见了熟悉的声音。循着声音,我将窗帘拉起,看见了不远处崔致的身影。

此刻他正背对着我,好像在说些什么。

我不由得皱了皱眉,而后一面推开门,一面喊道:"阿致,你中午……"

在看清眼前的景象之后,我下意识地闭上了嘴——

就像从前无数次看见过的那样,崔致此时正坐在墙上,他微微弯着腰,向着墙的另一边伸出手去。

但此刻,他坐着的那面墙已不是从前的那面,而他的手伸向的人,也不再是我了——

身形纤瘦的少女难得面色惊异,她眉眼清秀,许是被吓了一跳,正用手轻轻抚着胸脯。

"崔致,你经常这样坐在这儿吗?"她小心地坐在崔致的身边,两颊有些泛红。

"你不是说你敢上来的吗?"崔致轻声笑了笑。

他虽背对着我,看不清神色,但从他的笑声中,我能听出来,他现在的心情很不错。

不知为何,看见这一幕的我,心跳漏了半拍。我慌忙别过脸,

第六章　命定之人

想要转身离开。

只是不远处坐在墙上的少女已经听到了我的脚步声,她扭过头,看向我的方向。

旁边的崔致便也一同转过了头,他看见我,喊了一声:"颜茴。"

"颜茴?她从你家出来,是你妹妹吗?不过你姓崔吧。"少女淡淡地看着我,唇角有一抹若有似无的笑意。

系统:"崔致的青梅竹马颜茴,现对宿主云霓好感度为0。"

云霓:"系统,你确定颜茴对我的好感度只有0?"

系统:"是的,宿主,只是由于颜茴并不是可攻略人物,好感度检测或许有差池。"

云霓:"那崔致对颜茴的好感度呢?"

系统:"崔致对颜茴好感度,现为50、80、90、50……抱歉宿主,出现了某种异常,暂时无法获取准确的好感度。"

云霓不由得蹙了蹙眉。

崔致漫不经心地回答她:"她是我的邻居,但从小一起长大,我向来把她当作妹妹看待。"

在听到这番话之前,我本以为我早已有了心理准备。

只是,在听到崔致在所谓的小说女主面前这么介绍我时,我的心脏却产生了如抽搐一般的酸痛。

我强撑出笑来,看向云霓:"你好,你是隔壁的……"

"你好,我叫云霓。"她看着我,挑了挑眉。

"颜茴,怎么了?"同样坐在墙上的崔致低下头,问我。

"想问问中午你想吃什么吗？"我抿了抿唇。

闻言，他想了想，摸摸下巴说道："我吃什么都可以。"

"我觉得你应该很挑嘴吧。"旁边的云霓突然开口说道。

崔致饶有兴趣地将视线落在云霓的身上："没有。"

云霓淡淡笑了笑。

"怎么会这么想？"

"崔家的小公子，有机会尝尝我做的菜吧。"云霓没有回答他，只是撑起手臂，微微向着崔致抬了抬下巴，"有劳，扶我一把。"

听到这句话，崔致露出了那朵浅浅的梨涡。

他一面握住云霓的手腕，一面看着她："你和你哥哥不太一样。"

少女的身影虽然消失了，但她的声音却从墙的那另一边传了过来："你和你妹妹也不太一样。"

"你们是刚认识吗？"我打开门，接过崔致递给我的围巾。

本不打算问的，但终究还是没忍住。我在心底轻轻叹了口气，颜茴啊颜茴，你这又是何必？

崔致怕冷，他搓着手从外面进来，迷迷糊糊地"嗯"了一声，又摇头："也不是，之前见过一面吧。怎么了？"

"没什么，只是感觉你们挺熟悉的。"我笑了笑。

崔致想了想，回我道："她是个挺有意思的人。"

就像知道阿致从来只把我当作妹妹一样，那么我便只会以妹妹的身份不远不近地待在他的身旁。

从前"喜欢"这个词距离我很遥远，也有许多人同我说过，喜欢便是占有。

可是当我发现自己真的喜欢上一个人的时候，我才觉得，对我而言，喜欢只能是不忍、不敢。

不愿让对方为难，所以不忍。

不能亲手折断十多年的青梅竹马之情，所以不敢。

毕竟在这漫长相伴的岁月中，他先是我珍贵的亲人，再是我深深藏着的心上人。

只要崔致开心就好——

"只要你开心就好。"我转过身，声音很轻，"啊，我们中午，吃什么才好呢？"

所以啊，就算心有不甘，但不远不近，已是如今的我最为恰当的位置。

第七章
生日愿望

年初十这天,我本来不打算买菜的,只是母亲从泸州打来了电话,细细地问我生日准备吃些什么。我无奈地笑笑,想要随意说几道应付过去,母亲却已开口道:"小茴,你今年要不要去老宅那里过生日?"

"怎么了?"

"我看你好像不打算买菜,那就去老宅——"

听到这儿,我忙打断她:"不用的,妈妈,我今天正准备去买菜呢。"

那头的人笑了笑:"真的吗?小茴,现在都什么时候了,傍晚的菜可一点都不新鲜。"

"反正我的生日是在明天。妈妈,你不用担心了。"

在祝塘,生日逢整是必要大办的,而颜家作为老江南的人家,就连平常的生日都很重视,一定会宴请交好的朋友亲戚。只是家族分支旁系一多,生日会便也变得嘈杂起来,我实在不愿意应付这类活动,所以早些天便拒绝了老宅打来的电话,只说是虽在假期,但进入高三,学业繁忙,没有精力筹办生日聚会了。

对于颜、崔此类人家来说,上上下下都奉行着从前的风气,在颜老、崔老等人的心里，诗书永远是第一流的，从文更是上上之选，所以家里有许多老师、教授。从政、从商者，无论影响力有多大，老一辈心里多少是有些瞧不上的。这也是崔、颜两家虽然脉络旁支极多，底蕴深厚，却一直定居祝塘，从未想过迁居京市的缘由之一。古来传统"安土重迁"，莫如是。

等和母亲通话结束，我本准备去隔壁问问崔致想吃些什么，但并没有找到他。

或许是……又去找云霓了吧。

这些天，崔致好像喜欢上了逗弄隔壁的云霓，在他人眼中平平无奇的云霓，从崔致的口中说出时，便成了"还算有趣的打发时间的人"。

我不知道这其中是否有云霓的系统在推波助澜，但毫无疑问，我已经无力阻止剧情的展开。在我无数次感觉到这位与我相伴十多年的少年的陌生时，他却又总是让人觉得那么熟悉，让我分不清到底是我变了，还是他变了。

他仍旧喜欢搬梯子爬墙，只不过他或许再也不是那个喜欢坐在长满爬山虎的墙上的男孩子了。

穿着鲜艳毛衣的少年，眉眼依旧漂亮而闪耀，但他看向的人也再不是那个"小茴香豆"，而是他"命中注定"的女主——云霓。

"颜茴，我发现她很有趣。"崔致谈起云霓的时候，眉眼飞扬，"她好像有很多秘密。虽然看上去很脆弱，但是意外得还挺勇敢。"

崔致笑了笑："和你不一样。颜茴，我认识你这么多年，不论内外，你永远比我勇敢、坚强。"

第七章　生日愿望

崔致是了解我的。我也是了解崔致的。

可我当真勇敢、坚强吗？

或许吧。

我与崔致的关系仍旧很好，只是我知道，尽管我不会按照原剧情中恶毒女配的设定走下去，但我和崔致的关系终究会逐渐疏离。

因为男主只属于一人，而其他的所有角色，无非都是推进剧情的工具人罢了。

可是……这不仅仅是一个小说世界，也是我生活了十几年的真实的世界啊。

那本来陪伴在我身边的少年慢慢远去的背影，我只能远远望着，心痛而不知所以。我明明已经活了许多年，明明看得透彻，还是会因为这些年月而苦涩不已。

所以面对只是将我看作妹妹的崔阿致，我又有什么资格去阻止呢？

因为是太过珍贵的关系，我便更加不愿意去破坏。

能够当亲人，其实也很好吧。

今天没有看到崔致，我只以为他是去找云霓了，直到傍晚时候，我从外面回来，见崔致正从颜家出来，不知做了什么，少年本来白皙的面颊上，弄得灰一块土一块的，手上和鲜艳的鹅黄色棉袄上也脏兮兮的。

"……阿致，你去搬砖了？"我有些震惊地站在原地，看着少年慢慢向我走过来，神情颇不自然。

春日偶成

他嘟囔了一句:"你怎么回来这么早?"

我提了提手上的袋子:"我买好面条了。"

少年便一边匆忙地往隔壁崔家跑,一边喊我:"小茴香豆,你别自己煮面条,我来,等我。"

听到他的这个称呼,我有些发愣地站在了门外——"小茴香豆"。

可是崔致已经很长一段时间,只叫我"颜茴"了。

我好像感觉到了什么,但这种熟悉的感觉却一闪而过,并不给我抓住的机会。

只是……他刚刚是在院子里做些什么呢?

我拎着面条进去,看了一下颜家的院子,没发现有什么变化。

等到崔致再过来的时候,他已经换了身衣服,是鲜艳的大红色,重新裹了条绿格子围巾,还喊着好冷:"今年的冬天好像格外冷,小茴香豆,你穿得也太少了。"

我转过头看他,只觉得他这一身上上下下亮眼得不行:"阿致,你今晚出门都不用打灯。"

崔致顺着我的视线低头看了眼自己:"那岂不是好事?今天是你的生日,要喜庆一点。"

我认真地点评:"有点像人家结婚,新娘子妈妈穿的衣服。"

崔致眨了眨眼睛,也认真地问我:"为什么不是新娘子,而是新娘子妈妈?"

我突然想起了什么,抬起眼来问道:"对了,为什么……"又叫我"小茴香豆"?

可是我没有问出口。

第七章　生日愿望

因为我看见了崔致的眼眸。

那一瞬即灭的悲伤,在那双琥珀色的眼眸中宛若薄雾一般,遮掩下的,是未知的秘密。

他的耳朵被冻得通红,眼睛下方不知为何也红通通的,这样一来,便显得脸色更白。而此刻崔致正认真地看着我,就好像……已经有许久许久没有见到过我了。

见到这样的崔致,我剩下的话几乎噎在了喉咙里。

崔致自己都没有发现他流露出了这样的表情吗?

不知为何,我有些慌乱地移开视线,看着他没有系好的围巾,提醒道:"阿致,进了屋子戴了围巾反而热。"

"从隔壁走到这里也是需要时间的。"他的声音有些沙哑。

我尚未反应过来,他已轻轻将手放在了我的脑袋上,并温柔地摸了摸:"小茴香豆,能够见到你,真是太好了。"

这句话的声音很轻很轻。

可是明明,我们昨天才见过面啊。

我有些惊讶地抬起眼看他,却发现崔致的眼下似乎更红了。

这个时候的崔致,眼睛里竟然……满满当当的都是我。

他浅浅露出的梨涡,摇摇晃晃地坠在白玉般的面颊上。如星子一般的眼眸中,是长久的跨越黄昏后的黑夜,一切都显得那么落寞。

可是下一秒,崔致又展开眉眼,微微笑道:"小茴香豆,你要问我什么?"

他一边问我,一边穿上粉红色的围裙。

"没什么。"我看着他,又看看桌子上的面条,"阿致,你不会要煮面吧？"

"对啊。"崔致慢吞吞地背对着我转过身，指了指垂在身边的粉红色带子，"小茴香豆，帮我系一下带子。"

我无奈地伸出手来给他系围裙，围裙上面还有一只蓝色的机器猫，挂着铃铛，笑眯眯地看着我。

"可是你都没有煮过面吧。"我系好带子，摇了摇头。

崔致突然转过来，我一时没注意到，往后退了一步，他忙拉住我的胳膊，另一只手撑在了我身后的桌子上。

因为只开了厨房的灯，所以这片区域并不明亮，而崔致又是背着光的，我越发看不清他的面容，只知道那双琥珀色的眼眸此刻正在认认真真地看着我。

我靠在桌边，一手被崔致拉着，另一只手勉强支在桌边。

而崔致的另一只手，就放在我的手旁边。

此刻，他正紧紧拉着我的手，冰凉的指腹与温热的掌心碰撞，我不由得动了动手，崔致握住我手的力度更大了一些。

少年与我的距离，倘若再靠近一些，便如同将我拥进了怀中，那酸甜的清凉的橘子气息，让我的面颊不由自主地红了起来。

这实在是……太不公平了。

崔致背着光，我看不清他此刻的神情，可我却是对着光的，那脸颊上薄薄的红晕，一定被身前的少年一览无余。

我忙侧过脸，不再看他。

"阿致，我站稳了。"不知过了多久，我轻轻叹了口气，晃了晃手。

崔致原本握着我的手终于松了松。

就在我以为他要松开手的时候，崔致突然将脸凑了过来，我一时僵硬地停在原地，在如此近的距离中，清晰地看见了崔致琥珀色的大眼睛。

那睫毛上下翻跃，一双漂亮的眼眸，果然正在认认真真地看着我。

"小茴香豆，你今年就是十八岁了吧。"他就这样看了我片刻，而后轻声说道。

按照祝塘的算法，从年初十的凌晨开始，我的确已经十八岁了。

我正在想着这件事的时候，崔致又缓缓说道："十八岁……就成年了。你就会有喜欢的人了。"

闻言，我不由轻轻抬起了头，对上那双含着忧色的双眸，心里想：不，崔致，我不会再有其他喜欢的人了。

在你还不知道我的时候，我就已经认识了你。

在你还没有喜欢上我的时候，我就已经喜欢上了你。

我垂下眼眸，轻轻应他一声："嗯。"

在这样的沉默中，崔致终于松开了我的手。

崔致其实是不会做饭的，就和从前的我一样，但是今日，也不知为何，崔致当真做了两碗面条出来。

就在我看着这两碗面条的时候，崔致又不知从哪里提出来一个蛋糕，是很简单的样式，上面花花绿绿地写了许多祝福的话，看那字迹，应该是崔致的。

"阿致，这……不会也是你做的吧？"

崔致没有解开粉色的围裙，而是穿着它坐在桌子前面，托着腮看着我:"是啊,你看上面的字。"

"小茴香豆要天天开心,天天高兴。

"要考上心仪的学校。

"阿致会……"

蛋糕不是很大,祝福语挤得满满当当的,那一句"阿致会……"被挤在了最小的角落里,怎么也看不出来写的是什么。

我指着这句话问崔致:"阿致,这句写的是什么?"

崔致看了看,托着腮,笑眼弯弯:"不告诉你,快许愿吧,小茴香豆。"

他认认真真地插上一根生日蜡烛。

"怎么就只插一根?"

崔致伸出一根手指放在唇边,微笑着看着我:"在我心里,你永远都是那个小茴香豆。"

我好像明白了崔致的意思。

他走到我的身边,催促着我快许愿,而就在我刚刚双手合十的时候,一双手也覆了上来。

温凉的感觉。

我颤了颤睫毛,但没有睁开阖上的双眼。

这一夜,蹲在少女身前、用一双手紧紧护着少女的崔阿致,在心里想:我愿颜茴,心想事成。

春节过后,因为崔致身体好转,崔家的人便又安排他回了学校上课。

第七章　生日愿望

开学后几天,我便听闻高三年级来了转学生。

"那个男生好帅啊。"

"他们两个都姓云呢,不会是兄妹吧?"

"可是我觉得那个女生看着和男生并不像啊……"

"说不定只是意外吧。"

成为课后闲谈的两位转学生,自然就是云霓和云倚舒。

只不过出乎意料的,云霓并没有和崔致分到一个班,反而是云倚舒分到了崔致的班级。

接下来原小说的剧情是什么呢?

我轻轻叹了一口气,不知道为什么,对于接下来剧情的发展,我忘记的越来越多了。其实也不能说是忘记的越来越多,只是某些剧情点,我只在其将要开展的时候,才能够突然想起来。

这或许也是我这个外来者融入小说世界的代价吧。

这篇小说最重要的剧情,无非是男主崔致在一次次看戏的过程中喜欢上了倔强的女主云霓。

而我,在原文中是插足其中的恶毒女配,在现实中,也不过是一个无能为力的旁观者。

好在经过这些天的相处,云霓的那个系统,应该还没有发现我这个"恶毒女配"不对劲的地方。

中午的时候,崔致会来找我一起去食堂吃饭。

学校的饭菜还算不错,挑剔如崔致也有几道爱吃的菜。

在崔致去买饭的时候,我便会先在食堂中找好位置,等崔致将他喜欢吃的以及我的饭菜一起带过来。

当我找到平日里常坐的位置时,我发现对面的角落处正坐着一个熟悉的人——是云霓。

云霓刚刚来到学校,在这里没有什么认识的人,也怪不得会一个人。

只不过……云倚舒去哪儿了?

我默默地收回视线,没有再看云霓那里。

等到崔致过来的时候,我看见他自己只拿了盒牛奶,倒是给我带了份饭。

"怎么只喝牛奶?"

崔致坐在我旁边,往盒子上戳了根吸管,慢吞吞地吸了一口牛奶,说道:"不太饿。"

"等下午就会饿了。"我摇摇头,打开筷子吃饭。

"晚上吃什么好呢……"崔致靠在沙发上一边喝着牛奶一边念叨,抬眼,恰好看见坐在对面角落里的云霓。

我正低头吃饭,耳畔突然响起崔致的声音:"咦……那不是我们的新邻居吗?"

声音很轻很淡,仿佛根本不在意一般。

但只有我知道,当崔致开始提起一个人的时候,他已经对这个人产生了兴趣。

我顺着他的声音抬头看了一眼。

"她看上去还挺可怜的。"崔致坐直了身子,没等我回答之前的问题,又突然兴致勃勃地转过头问我,"颜茵,要不然……我们把她喊过来一起吃饭吧?"

第七章　生日愿望

我握着筷子的手一颤。

在崔致的注视下,我的视线从对面云霓的身上落到崔致的身上,我轻声道:"……可以不吗?"

崔致或许没有想到我会这么说,这穿着校服也仍旧耀眼的少年,沉默片刻,而后扬了扬眉,那春花秋月般漂亮的面容上,露出了漫不经心的浅笑:"当然可以。"

我不后悔那时的"自私"。

我不喜欢云霓。从任何意义上来说,都不喜欢。

晚上回去的时候,崔致因为还有学业方面的事情,所以要在学校里留一会儿,便让我先回去。

"你今天晚上想吃什么?"我拎着书包,在崔致的教室门口等他。

崔致靠在门框上,仔细想了一下,而后说:"想不到。"

"那我就点平常吃的那家了,你回来的时候发消息和我说一声。"

崔致点一点头:"知道了,我会早点回来的。"

只是等我差不多走到半路的时候,我突然想起来原文中男女主关系突破的重要剧情——

某日崔致在放学回家的路上,受到了外校学生的围堵。这个外校学生是当初崔致拒绝过的一个追求者,家世不错,又因为是外校的学生,不太清楚崔家的背景,便在放学后带了不少人,去堵崔致。

而这件事,自然也被女主云霓知晓。

因此,在云霓勇敢地挡在崔致身前之后,崔致更是对其另眼相看。

但事实上,这个剧情点是因为系统才触发的。剧情中曾说,在系统的干预下,那个外校生一时气不过,才集结了一帮人想要去教训教训崔致。

这些剧情或许是推动一本小说情节发展的必要基础,但当其真实地发生在我身边时,我却只生出一种无可奈何的痛恨。

对系统和云霓而言,崔致受伤或是不受伤,在云霓尚未真正对崔致产生感情之前,只关乎崔致对云霓增加好感度的高低差异罢了。

但对于我来说——崔致只是崔致而已。

祝塘的学校放学后虽有晚自习,但也由自己决定参加与否。崔致和我都没有参加晚自习,更没有什么理由需要留在学校,所以留校的次数屈指可数。

再加上女主刚转学过来的这个时间节点——

如果剧情开展的时间点就是今天的话……

崔、颜两家教导子女的方式虽然有所不同,但家风都很是严格,手机这类产品,在校生几乎都是不能碰的。我慌乱地在书包里找了半天,这才发现自己已经很久不用手机了。我只能努力回想刚刚那一闪而过的剧情细节。

如果是在放学回家的路上,那应该是在巷子里或者哪一条路上,只是祝塘说大不大,说小也不小,高中这一片更是新开了许多条路,方便学生搭乘各类交通工具回家。平时崔致都是和我一起走的,但今天他独自回家,也不知会走哪条路。

我有些慌了神,此刻却只能竭力稳住,我转过身,向着来时的路跑去。

第七章　生日愿望

"刚刚不是还挺得意的吗？"

巷子里，穿着黑色皮衣的少年看着从地上慢慢爬起来的人，笑了笑。旁边也响起同行之人的笑声。

从地上爬起来的少年微微扬了扬眉，用手轻轻拭去嘴角的血迹，淡淡说道："嗯，我现在也很得意。"

他半支着胳膊站起来，因为腿也受了点伤，不由自主地踉跄了一下。

凌乱的墨发下，血色与雪色交织出少年的颓靡之美。

"怎么，现在还是想不起来她的名字吗？"黑色皮衣冷冷一笑，甩了甩手，向周围的人示意。

崔致仍旧懒洋洋地笑着，他扯了扯嘴角，打量了一下身前的人："抱歉啊，和我告白的女生实在是太多了。"

听到这话，黑色皮衣神情骤然冷漠了下去："我看你是不知好歹。"

"不知好歹？"崔致慢慢站起身来，又慢慢将校服的扣子系上了，他像是突然看到了什么，手指顿了顿，"哦——大事不好了。"

"怎么，终于发现你惹到我了吗？"

崔致没抬头，只缓缓松开了握着扣子的手："喂，黑色皮衣，你把我校服上的扣子打坏了。"他对上黑色皮衣沉下来的脸，轻声笑了一下，"要是被颜茵知道，肯定会生气的。"

"你——上！"黑色皮衣往身边喊了一声。

崔致站定，转了转手腕，冷漠地看着身前围过来的一堆人。

就在这时，巷口处突然传来一阵脚步声。伴随着脚步声一同传来的,是少女的喊声。

"你们在干什么?!"

崔致微微转过头,看见与他穿着相似校服的云霓背着书包跑了过来。

见是个女生,崔致身前的黑色皮衣少年放下了心,有些阴阳怪气地看着崔致说道:"你小子桃花运是真不错啊……不过,你以为来个女生就能放过你了吗?"

还没等崔致开口,云霓已经跑到了他的身边,上下打量着崔致,担忧地说:"崔致,你没事吧?"

崔致面上的浅笑此时已经不见了,他面无表情地看着拦在身前的云霓,没有说话。

见此,云霓心里难免忐忑,她忙在心中问系统:"系统、系统,崔致现在对我的好感度是多少?"

系统:"崔致现对宿主云霓好感度为60。"

听到这句话,云霓才放心地说道:"好感度挺高的啊,那为什么他对我都没个笑脸呢?"

系统:"抱歉,这个系统不知道。"

云霓转头看向领头的黑色皮衣少年:"你怎么能对崔致这么做?"

黑色皮衣少年似笑非笑地看着她,好像在听云霓说着什么笑话:"你是他的谁?"

"我……"云霓冷着眉眼,她咬了咬唇,神情倔强,"总之,你不能动手。"

黑色皮衣和身旁的一群人都笑了起来。

还没等云霓反应过来,黑色皮衣少年已经伸出手来狠狠推了她一把:"你以为我不打女人,是不是?"

云霓脚下不稳,直接被推倒在地。

崔致看向地上的云霓——手掌被地上擦伤了,校服上也都是灰尘。

崔致神情冷漠,淡淡地看向笑得直不起腰的少年。

黑色皮衣少年弯下腰,看向被推倒在地的云霓:"怎么样,同学,你还想为他出头吗?"

云霓"啐"了一声,抬起手来,她缓缓站起身,冷冰冰地看着黑色皮衣少年,一手拦在崔致与黑色皮衣身体之间:"我说了,你不能对他动手。"

"你——敬酒不吃吃罚酒!"黑色皮衣少年骂了一声,又想伸出手来。

只是同一时间,本站在云霓身后的崔致跨出一步,抬起手臂抓住了黑色皮衣少年的手。

皮衣少年看向崔致。

崔致抬眸,对上皮衣少年的双眼,抓着他的手臂,不屑地笑了笑。

我找了学校门口的很多条巷子,终于在其中一条巷子里找到了崔致。

警车鸣笛,车子上冲下来几名警察,他们向着巷子中喊道:"那边的几位同学,你们在干什么?!"

尽管天气还有些寒冷,但因为找了很久,我的额头上已经都是汗珠。

我气喘吁吁地站直身子,擦着汗水往巷子里面看去,就在看到眼前景象的瞬间,我擦拭汗水的手微微一顿——

那熟悉的少年,受伤流血的唇角因为血色显得更加殷红,通红的双眼与冷漠的神情,使我不由得颤了颤唇瓣。

他身后护着一位穿着校服的少女,身旁的其他人都因为警察的到来而四处逃窜。

周围逐渐聚集起了不少围观的人,其中不乏同一个学校、年级的同学。

"那个男生不是崔致吗?"

"崔家的崔致?天啊,他竟然和那些混混在一块儿。"

"他旁边那个女生怎么这么眼熟啊?"

"好像是转学生吧。"

"不会是为了那个女生吧?"

我沉默地站在巷角,静静地看着。

小说世界中,女主永远能够第一时间找到男主。

而恶毒女配,只能不断地寻找,寻找。

第八章
晚风拥云

那日，崔致直到很晚才回来，我站在窗边，看到崔致和云霓并肩走来。

我的视线在崔致身上停留片刻，看到他脸上的伤口都贴了创可贴，这才缓缓拉上窗帘。

这件事之后，崔致不再一直来找我吃午饭，我心里清晰地知道他是去找云霓了，但是当同班同学问起来的时候，我只淡淡回道："可能有什么事情吧。"

"我听别的同学说，崔致最近都是和那个转学生一起吃饭。"一位女生皱了皱眉，有些试探地问我。

"小茵，你不是崔致的妹妹吗？你知道他和谁吃饭吗？"班里的另一个女生有些忐忑地看向我。

妹妹……吗？

也是，在他们眼中，相处了十八年的我和崔致，的确就和兄妹无异吧。

我把书放回柜子里，淡淡说道："如果你们想知道的话，为什么不直接去问崔致呢？"

其中一个女生尴尬地笑一笑，转过头和另一个女生说话："听说崔致还为了那个转学生惹上了一群校外的人,是真的吗?"

"好像是这样。"那个女生小声地说道,"崔家的人知道吗?"

打架事件的处理结果出来了,虽然整件事情中,是外校的人动手伤人,但是崔致毕竟牵涉其中,所幸没有产生什么恶劣的影响,他便只被警察教育了一通。

崔爷爷自然也知道了这件事,他把崔致叫过去训了一通,又派人去了黑色皮衣少年的家里。

听说直到从派出所回来,那个人才清楚崔致的背景,后面是如何处理的,便也是崔家的事了。

我没有详细地问过崔致打架的过程,崔致也没有和我提起。

这之后的一个星期,我见到崔致的次数屈指可数。

周末的时候,崔致来找我一同去医院。

虽然崔致已经醒了过来,但我总是不放心,正好每周末我和他都会去探望崔叔叔,我便也催着他定期去做个检查。

崔致虽不愿意,但我强烈坚持,他便也没法子,只得同意。

我穿上外套,刚出了大门,就听见门口有两道说话的声音。

"我和你们一起去,颜茴不会介意吗?"

问出这句话的人是个女生。而我一下子便能听出来,这是云霓的声音。

就像她本是独一无二的女主,她的嗓音自然也是独一无二的。

纤丽的嗓音,如同枝叶一般轻盈,不会带给人任何不适。

而回答她的声音我也很熟悉:"为什么会介意?一起去医院而已。"

第八章 晚风拥云

是崔致啊。

虽然我不愿意承认,但云霓还真的是在慢慢地融入崔致的生活。

就像小说中固定发展的剧情线一样,吃饭、喝水,这类常人都会做的事情,在男主的眼中,女主做的永远都是独一无二的。

那么不喜欢陌生人、更称不上"自来熟"的崔致,却能够毫无芥蒂地与云霓熟稔起来。他会保护云霓,也会因为担心云霓独自一人而陪她一起吃饭……

那我呢?

我摇了摇头,无奈地嘲笑自己,还真是小孩心性。

早就知道这一切注定会发生的我,就算现在还心有不舍,但终究是会慢慢看淡的吧。

我小心地系好了脖子上的围巾。这是一条鲜橙色的围巾,是崔妈妈去世前替我织的。

外面还有些冷,的确得注意保暖啊。

我打开院子里的大门,果然瞧见崔致正和云霓站在一起。

在看见他们的一刹那,就算是我也不得不承认,他们真的很般配。

就像小说原文中描述的那样,就算崔致是风,遇到天上的云时,也会小心翼翼地不将其吹散。

想到这里,我难免一愣。

最近也不知道怎么了,总是能够想起小说中的剧情或者描述。但从前,我就算是努力回忆,也很难想起任何一个细节。

这是为什么呢?

虽然也需要依靠眼前的画面才能想起接下来的发展情节，但是这种次数明显越来越多了。

我回过神，缓缓走到崔致的身边，他正巧看着这个方向，便向我挥了挥手："颜茴，这里。"

"云霓和我们一起去医院。"他顿了顿，指了指身边的少女。

我点了点头："好。"

医院距离颜、崔两家并不远，平常我和崔致都是走路去的。而今天，一路上，三个人都很安静，这倒让我感觉有些不适应。还没有出门的时候，崔致与云霓交谈甚欢，此刻去医院的路上，两个人虽然没有说话，却总是用眼神交流着，似乎有什么话想说。

我走在崔致的身边，就像是走在陌生人的身边一般。

难以言说的尴尬以及沉默的无能为力，是我心中所有的感觉。

在这一刻的我，似乎突然有一些明白了小说中颜茴的恶劣。

一个共同走过十多年、从小到大都在一起的竹马，只因为一个认识不过数月的旁人，便成了陌生人。所以她哭她闹，她使出一切方法想要夺回男主的视线。

但这一切都是徒劳的。

她的作恶多端，反而将男女主的感情突显得那么纯粹而唯一，以至于故事发展到最后，她所谓的爱，伤害的正是那些爱她的人。

而我，即便已做好了打算不会插手男女主之间的发展，但我的心里还是会忍不住地想——

万一呢？

第八章 晚风拥云

万一崔致不是小说世界里的崔致,正如我这个从小陪他一起长大的颜茴也不是小说世界里的颜茴,我们的命运是不是就会不一样?我们的结局是不是就会不一样?

但在云霓来了之后,我便再不能这么想了。

崔致对待云霓的特殊,正因为我是旁观者,所以看得更加清晰。

就像小时候的《睡美人》,普通的城民不会成为唤醒沉睡王子的公主,而长大之后,站在崔致身边的,也只会是命中注定的云霓。

"颜茴,你也有什么亲人在医院里吗?"就在这时,站在崔致身旁的云霓,突然开了口。

一时间,我并不知道云霓为什么要这么问,于是摇了摇头说道:"没有。"

云霓的声音有些困惑:"那你为什么要去医院呢?"

听见这句话,我的脚下忽然乱了,以至于有些跟不上身边崔致的脚步。

似乎是察觉到我落后了,本看着云霓的崔致停下了脚步,看向我。

我心中一颤,勉强笑着,淡淡说道:"我去看看崔叔叔。"

云霓有些惊讶地看向我,声音中,不知是不是我的错觉,含了一丝笑意:"这样子,看来你和崔致一家的感情都很好。"说着,她顿了顿,声音放轻,"我还以为,你也有什么亲人在医院呢。"

我猛地看向云霓。但她已经没有看我。

崔致的声音懒洋洋的,他解释说:"我和颜茴从小一起长大,早就和亲人没什么区别了。"

"和兄妹一样，是吗？"云霓轻轻笑了声。

兄妹，又是兄妹……

我已经知道，已经明白，但为什么，她要一次又一次地强调？

"你不需要一遍又一遍重复。"我跟上崔致，有些冷淡地开口，"这没什么好奇怪的，我从出生起就和崔致在一起。我出生的时候，崔致、崔叔叔和崔妈妈都在身边，我也早已把他们看作亲人。"

崔致看了我一眼，他微微皱了下眉，但也没说什么。

云霓的笑容一时间有些僵硬，她故作不在意地移开视线，看向前方："原来如此，我只以为你们是青梅竹马……"

我毫不留情地接上她的话："我和崔致的事情，你如果不知道，自然也不能自以为说得对。"

我自诩是个温和的人，这种毫不留情的话语，我以前几乎从不会说。

听到我这么说，就连崔致都有些吃惊，他看着我，语气有些不自觉的冷："颜茵，你这话有些过了。云霓只是好奇才问一问，你不想说，不说就是。"

崔阿致从来没有用过这种语气和我说话——

这种莫名冷淡的语气，会让我觉得，他本不想这么说话，却因为某些人、某些事，而下意识地将冷淡留给了我。

我有些茫然，心中明明有许多种能够反驳他的句子，却突然不知道该说些什么好。于是三个人间的气氛，再次陷入了沉默。

或许是冬天还没有来得及走远吧，即便今天是个晴天，我也依

第八章 晚风拥云

旧觉得刺骨地寒冷。

明明穿着一件厚厚的外套,还裹了一条围巾,但我只觉得身心俱寒。

强烈地正在跳动的心跳,一下又一下,提醒着我,这是迟早的事情,这是迟早的事情。

只是在将要到达医院的时候,我还是开了口:"我现在不想说,今后也不想说,所以云霓小姐,也请你以后不要再问。"

或许是没想到我会这么说,站在身边的两人都一起看向了我。

云霓看着我的眼神很冷淡,她的唇角却挂着淡淡的笑意:"这本是一件小事,如果你觉得不开心,我以后也不会再问。"

话语刚落,身旁崔致的视线便落在了我的身上,他终于还是什么都没有说。

但我总觉得,在这一瞬间,在他用安抚的眼神看向云霓的时候,已经什么都说了。

病房里的崔叔叔仍旧是老样子,他睁着眼睛,似乎在静静地看着一切。

有时候我会不自觉地想,当初的选择究竟是对还是错。

没有走入死亡结局的崔叔叔,数年来都作为植物人一动不动地躺在病床上,这对崔叔叔而言是否是对的呢?

我不知道崔叔叔是否还有自己的意识,也不知道他是否能够醒来……在成为植物人之后,醒来就成了无谓的希望。

但,人总是自私的。

没有被宣判死亡的崔叔叔，仍旧能作为"希望"陪伴在崔致的身边。

哪怕他睁着眼的时候什么也没想，哪怕他只是静静地躺在这里一动也不能动，但对于崔致而言，这些就已经足够宽慰。

崔致小心地用毛巾擦拭着崔叔叔的脸颊，我站在一旁，看见崔叔叔的唇瓣有些干了，便轻声说道："我去接点热水吧。"

听见这话的护工无奈地说："颜小姐，不巧，你们来之前病房的烧水壶就坏了，我还没来得及去买呢。"

"医院的超市里应该有吧？我一起去买了过来。"我想了想，拿起椅子上的外套。

"生活用品都有的。"护工点点头，有些犹豫，"不过等会儿让人买了拿过来也可以的，这下要麻烦你去一趟了。"

"没事，我看病房里整天开着空调，总觉得干，正好顺便买个加湿器。"

我转头看向崔致："阿致，我出去一趟。"

他点一点头，说："路上小心。"

这家医院的超市布局得挺方便的，VIP 病房楼下就有一家。

我按下一楼的电梯按键，电梯降到八楼时，电梯门打开，走进来了几个正在说话的护士。她们按了二楼的按键，便又继续说话。

"九楼那个姑娘，看着还挺可怜的。"

"我记得她妈妈那种程度，已经可以被宣判死亡了吧。"

其中一位点点头："勉强当植物人而已，那一天的花费可不是吹的。明明瞳孔反应这些几乎都消失了……"

第八章 晚风拥云

"VIP栋的人,哪会有在意钱的?"

说到这里,她们叹了口气。

"但我听说,那个小姑娘好像是……"说话的人小心地打了个手势。

几人立马懂了。

"那这钱总不会是小姑娘自己出吧,她家对她妈还挺好的。"

"家大业大的,怎么会养不起一个人呢?"

她们说话的声音很小,VIP栋的电梯也很宽敞,但因为只有我们几个,就算离她们有一些距离,我也模模糊糊地听到了一个大概。

虽然这些人没有说名字,也没有提到年龄,但我的脑海中却下意识地闪过了一个人的名字:云霓。

二楼到了,护士们从电梯离开。

我看着她们的背影若有所思。

云霓不可能无端来到医院,如果不是自己身体不适,那便是探望其他人。

如果护士们口中的小姑娘指的便是云霓……那么她的妈妈,现在也是植物人的状态吗?

只是这一切和我也没有关系。

我摇了摇头,努力不再去想和云霓有关的事情。把需要买的东西都买好了,我才准备回病房。

崔叔叔所在的VIP病房在十二楼,所以我直接按下了十二楼的按键。

电梯向上行驶得很快,但到了七楼的时候,速度便开始减缓。

似乎是有人按了九楼的电梯按键。果然，在电梯显示出"9"这个数字的时候，电梯门缓缓打开了。

随着打开的电梯门，我下意识地抬起了头。

就在这一瞬间，在离电梯不远的走廊中，我亲眼看到云霓扑进了另一个人的怀中。

那个人穿着雪青色的毛衣，因为这突如其来的动作，有些微微发愣。

云霓拥抱着他，手指紧紧地抓着他的毛衣。

我握着袋子的手指紧了又紧。

被云霓拥抱着的人，身体微微一僵，但他并没有挣脱。

电梯按键时间到了，并没有人进来，于是电梯缓缓地关上了门。

而我的眼前，随着电梯门缓缓关上，那两个人的距离似乎越发靠近了。

我的视线穿过电梯门的那一道越来越小的缝隙，静静地落在两个人的身上。

就这样离开吧，颜茴。什么也别看。

如果不看，或许就不会知道，那个被云霓拥抱着的，到底是不是崔阿致。

只是我心中知道，不管他抬头与否，这个少年只会是崔致。

十八年的青梅竹马，又怎么会不了解对方的一举一动？

明明知道的，心中却还是有一道声音说，颜茴，说不定不是崔致，说不定不是呢？

第八章　晚风拥云

电梯门即将关闭——
我颤抖着唇瓣,伸出手指,再一次按下了开门的按键。

与此同时,那人微微抬起了头,终于露出那张熟悉的侧脸。而他怀中的云霓,已是满眼泪水,泣不成声。

他们两个人似乎在说些什么,但因为有些距离,所以我听不清。

只是云霓紧紧抓着崔致的毛衣,她的情绪有些激动,往日冷淡的面容上双眼通红,衬得她如娇花带雨,令人心生怜惜。

而崔致,他张了张嘴,像是说了一些什么,但很快又陷入了沉默。

云霓将头轻轻地靠在了崔致的身上,他本垂在两侧的双手终于动了动,他抬起手臂,有些无措地放在了云霓的背部。

因为我按着开门键有好一会儿,电梯在这时终于发出了"滴——"的一声。声音有些大,不远处拥抱着的两个人如同被这声音惊醒一般,齐齐抬起头看向这里。

我早已侧身躲在一边,并缓缓松开了按着的开门键。

沉重的电梯门重新合在一起,于是,那如同镜子一般的电梯门背后,呈现出我沉默的面容。

对上镜子中自己的双眸,我僵硬地笑了笑。

这双眼睛里出现的情绪,的确是叫嫉妒吧。

我抚上额头,深深地吸了口气。

太明显了啊,颜茵,你眼中的嫉妒实在是太明显了。不应该这样的。

等到回到病房,我看到崔叔叔的床头多了一束花。

旁边的护工拉了拉我,轻声说道:"刚刚崔老过来了。"

我有些惊讶:"崔爷爷过来了?"我往四周看了看,并没有看到人,"他走得这么快吗?我去超市的时候也没有看见他。"

"可能走的另一个通道吧。"护工一副心有戚戚然的模样。

"怎么走……"

"刚刚还和崔小公子吵了一架。"她小声说道。

我不由皱了皱眉:"阿致最多顶嘴几句,应该不会和崔爷爷吵架,怎么回事?"

"颜小姐,你也知道崔老的脾气,刚刚又训了崔小公子,让他好好读书,别和小混混似的,丢了崔家的脸。"护工无奈地说,"小公子本来也没说什么,只是这番话碰巧被他的同学听到了,就……"

听到这个"同学",我似乎知道是谁了。

"那个小姑娘看着文文弱弱的,但还挺厉害,说得崔老差点还不了口,崔老骂她毫无教养,小公子听了便生气了,和崔老吵了起来。"她顿了顿,继续感慨似的说道,"崔老有时候的确会说些不对的话,但我还是第一次见人这样反驳他,说什么身体发肤受之父母,爷爷又不是父母,不指望作为长辈的偏心,但也不能如此苛待晚辈。真是厉害。"

这话乍一听没什么问题,只是细细想来,却总觉得有些不对。

我想起那日崔致昏迷不醒时崔爷爷忽然矮了半截的背脊,不由得轻轻叹了口气。

"好了,烧水壶我买回来了,去烧点热水吧,我看着崔叔叔的嘴唇都有些干了。"

第八章　晚风拥云

我将手中的袋子递给护工，淡淡地笑了一下。

护工应了一声，接过水壶去了厨房。

我将加湿器打开，小心地放在了崔叔叔的床头柜上。

视线落在崔叔叔床上贴着的病历上时，我突然又想到了刚刚下楼时电梯中那群护士的话。

如果云霓的妈妈也是植物人……

云霓是在来祝塘的这一年中才拥有的系统，之后她答应系统攻略崔致。

虽然在故事的后期她是真正喜欢上了崔致，但前期的她完全是因为系统给予的好处才选择攻略崔致的。这个好处……

我的睫毛颤了颤。

或许与云霓的妈妈有关。到底是什么好处呢？

我按着太阳穴，想要捕捉到这突然出现在记忆中的细节。只是无论我怎么费力地回忆，也想不起来了。

在学校的生活仍旧很平淡，崔致与云霓渐渐熟稔，而我则选择一步步退出他们的生活。

只是下课之后，站在教室门口的同学突然喊了我一声："颜茴，有人找你。"

我顺着声音抬头看去——是一位没有穿校服的女生，正站在教室门口。

有点眼熟。

我微微皱了皱眉，记得之前好像在哪里见过这个女生……

"你好，请问找我有什么事吗？"

女生的脸很白，化着很精致的妆容，她自我介绍道："你好，我是高三年级的徐萱，有件事想和你说一下，可以和我去一下那里吗？"她指了指过道。

我点一点头，以为这位徐萱同学只是想要问崔致的事情，但是当她把我喊到过道上的时候，我才看到本来就等在一旁的另外几个女生。

"有什么事吗？"我扫了一眼这些女生，淡淡问道。

"云霓你知道吧？她最近很嚣张的样子。"徐萱看向我，笑了一下，"你就不想教训一下她？"

听她的这个口气，我才想起来在哪里见过这个女生——她曾和崔致表白，被我恰好看到。而且这种对话，很有些似曾相识的感觉。

"她和我有什么关系？"我看着徐萱，表情淡然。

听到这话，徐萱的神情僵硬了一下，她看着我，缓缓道："颜茴，其实……你喜欢崔致吧？"

她旁边的几个女生听到这话，面容上立时浮现出了慌乱的神情。

"徐萱……"

"崔致都说过他把颜茴当作妹妹的吧。"

我打断她们的对话："这个与你们也没有关系吧。没有事的话我就走了。"

但徐萱伸手拦住了我，她冷冷道："颜茴，我不管你喜不喜欢崔致，但是云霓这个人太嚣张了，怎么样，要不要和我们一起教训教训她？"

第八章 晚风拥云

她实在太看不惯云霓了。虽然听说云霓是京市云家那边的人，但是看云霓和云倚舒在学校里根本不会交流的样子，也许顶多只是旁支，那就不需要担心什么了。

只是……以防万一，还是把崔致身边的颜茴拉到同一个阵营比较好。

徐萱笑了笑，有点讨好的样子："怎么样，要不要考虑一下？你应该看云霓也不怎么舒服吧？也不会怎么样，就警告警告云霓，让她离崔致远一点就行。"

果然，在小说世界中，即便我不想按照"恶毒女配"的剧情进行下去，但还是会有外界的推力使我成为所谓的"恶毒女配"。

见我久久不说话，身前的徐萱又喊了一声："怎么样？"

我回过神来，看了眼徐萱和她身边的几个女生，轻轻叹了口气说道："我是不会同意的。而且崔致喜欢谁是崔致的事情，我觉得你们现在心里想的事，还是不要做为好。"

说完，我就转身准备回教室了，但是在教室的转角处，我看见了一道身影——是个穿着校服的女生，我在云霓身边看见过几次。

是听见说什么了吗？跑得还挺快的。

我收回视线。

等到放学的时候，崔致在教室的窗子外面等我。

我收着东西，突然想起来很久之前，崔致也是像这样站在窗外等我。

"对了，颜茴。"崔致懒洋洋地靠在窗外，突然回头喊我。

"怎么了？"我应了一声，微微抬起眼。

他微微敞开着校服,手上提着书包,低下头去的侧脸半笼罩在阴影中,此刻回眸看向我,那双琥珀色的眼眸,在光线下显得澄澈而温柔。

"今天有发生什么事吗?"

听到这话,我不由得愣了一下,半响,才缓缓回答他道:"没什么。"见崔致轻轻应了一声,我问道,"怎么了吗?"

"也没什么,就是今天我们的新邻居好像被女生拦住了。"站在窗边的崔致打了个哈欠,轻描淡写地说道。

我没有说话。我应该知道崔致为什么会这样问我的。

在这种明明不该茫然的时刻,我的心里却如同被击破冰层的湖面,雾气翻涌,其下如何深不可测,已经无从知晓。而那阵阵的疼痛与苦涩,让我陷入越发浓厚的沉默之中。

我扯了扯嘴角,但是还是没能笑起来,我只得先低下头,佯装不知地问道:"你都这么说了,应该没事吧。"

崔致微微笑起来,露出我许久没有见到的那一个梨涡来:"嗯……但是有人和我说是你指使的。"

听到这句话,我手上收书的动作顿了顿。

"那你觉得会是我做的吗?"我想抬起头,但是眼中无端的酸涩却使我不得不低着头,即便它会掉下来,但我更不愿意让崔致看见。

周围并不安静,虽然是放学时间,但还有些同学没有回去,他们还互相交谈着……明明并不安静的。

但我就是觉得,此刻我与崔致陷入了无比寂静的氛围之中。

而在这阵沉默之后,在我终于忍不住眼眶酸涩,几乎要落下泪

第八章　晚风拥云

来的时候，耳边响起少年熟悉的声音："我当然相信你。"

他的声音没有笑意，很轻，却沉沉地压在了我的心中。

明明那个笑容是属于崔致的，明明这个声音是属于崔致的，明明举手投足都和我认识的崔致一模一样，但是我却有些不认识他了。

我闭上眼睛。

他真的是我认识了整整十八年的崔阿致吗？

但就在我抬起头的瞬间，却似乎又有一道声音在我的耳边呢喃说服，这就是我认识的崔致。

是好像听不见的声音，但是又清清楚楚明明确确地出现在我的耳边，说着，这就是你认识的崔致。

这就是……我认识的崔致。

我一个头晕目眩，差点没有站稳，窗外的崔致忙伸手过来拉住我的胳膊。

"颜茴，你怎么了？"他隔着一道窗子拉住我的胳膊。

我借着他的力慢慢站了起来，轻轻喘出一口气来，脑子里几乎是一片空白——我刚刚在想什么？

"没事，先回去吧。"我轻轻挣开崔致的手，摇了摇头。

和崔致一起回去的路上，我俩都没怎么说话，等到出了学校之后，却有一道熟悉的身影站在门口。

是云霓。

可能是因为校服有些大，所以显得云霓的身材更为纤瘦，她背着书包站在那里，面色淡淡，有一种坚韧却又弱不禁风之感。

我下意识地看向身边的崔致，也是在这一刹那，我看见崔致微微亮起的双眸。

是找崔致的吧。

我冷冷看着云霓向我们走过来。

"崔致，我有些话想和你说。"云霓自然也看见我了，她的眉不由得皱了皱，但又很快舒展开来。

崔致似笑非笑地看着她，温柔的黑发下那双漂亮的琥珀色眼睛，就认认真真地看着身前的云霓："你有什么话想和我说？"

"我……"听到崔致这么说，云霓一时间像是不知道说什么好的样子，她扑闪着眼睛，那张向来清冷的面容上，无端升腾起红晕来，"总之，我有话想和你说，你能不能跟我来一下？"

这种清冷脆弱被打碎的感觉，或许正是最吸引崔致的地方。

崔致踢了踢脚下的小石子，一面抬起头来，含着笑轻轻应了一声："好啊。"说完，他转过头对我说道："颜茵，你先回去吧。"

"嗯。"我点一点头，看着崔致和云霓一同走开了。

看背影……真的很般配。

自从云霓出现之后，我看过多少次崔致的背影了呢？我没有特地去记，却觉得已经很多次很多次了。

我很小心翼翼地想着，或许那个小说中的颜茵也有过这样的经历吧，虽然不奢求相伴十八年的竹马对自己的心意有所回应，但是这样被排斥于世界之外的感觉……的确很糟糕。

所以她成了小说中的恶毒女配，对男女主的感情多加干预。

而我……好像也如那恶毒女配一般，只不过我是冷眼旁观，却仍旧心生妒意罢了。

第八章　晚风拥云

我回过神来，慢慢走在回去的路上。

但就在我想着这些事情的时候，一道声音在不远处响起："颜茴。"

我顺着声音抬起头——喊我的人竟然是云倚舒。

他穿着校服，一手提着书包，慢慢地向我走过来。

云倚舒和崔致不同，他的校服扣子扣得严严实实的，不笑的时候，眉眼俱冷，给人一种隐隐约约阴森的感觉。

我停下脚步，微微皱了皱眉。

见我不说话，云倚舒走到我身边，缓缓将手上提着的书包放在了地上，他的眼神中有着复杂的情感，我没有看懂。

他好像在透过我看着另一个人，而这使得他的眼眸极其深邃。

"听说今天下午，你让人去堵云霓了。"他看着我，忽然笑了一声，只是笑意转瞬即逝，取而代之的是无尽的寒意。

这个看上去彬彬有礼的俊朗少年，却给我一种极其危险的感觉。

我对上云倚舒的双眼，沉默片刻，淡淡说道："不是我。"

然而，我话音未落，一双手重重地按在了我的肩膀上，我来不及反应，便被推到了墙壁上。

"咝——"

背部与墙壁发生撞击，使得我的眉头皱得更紧，我不由得吃痛出声，抬眼看向按住我双肩的少年。

他的力度很大，一双手正紧紧地扣着我的肩膀，使劲地往墙壁上按。

"颜茵,你应该不会骗我的吧?"少年的瞳孔不断颤动着,他像是极力忍耐一般,紧紧拧着眉头,"我的妹妹,只能我一个人欺负。"

听到这句话,我终于想起了一件被我遗忘的事情。

当初京市云家出事,云倚舒带着云霓来到祝塘……而那使得云家大受打击的罪魁祸首,便是谁也没有想到的云倚舒。他用云家的力量,去培养属于自己的势力——云倚舒,绝对是心狠手辣之辈。

在这突如其来的沉默中,我突然笑了一声。

本来按住我肩膀的手松了松,云倚舒半合了眼,神色忍耐:"有什么好笑的?"

"我说……"我抬起眸,对上云倚舒的双眼,"你是喜欢你的妹妹吗?"

我重重地念了一遍"妹妹"。

肉眼可见的,云倚舒的脸色瞬间阴沉了下来。

据我所知,云霓虽然是云家的私生女,但是她和云倚舒并不是同父异母的兄妹。究其原因,不过是因为云倚舒并不是云家的血脉。何其可笑。

云倚舒也是知道了这一点后,才选择对云家动手的。

本来只将云霓看作玩具的云倚舒,因为其私生女的身份而觉得厌恶,但与此同时,云倚舒也知道了自己的身份,这使得他对于云霓的感情变得更为复杂。在一日日的相处之下,云倚舒慢慢动了心。

这些剧情,并不是我一时间就能想起来的,而是在我无意识的时候,突然闪现在我的脑海中。今天再次见到云倚舒,我便又想起了这些。

第八章　晚风拥云

就在我们两个人陷入僵持的时候，身后传来两阵脚步声，其中一道脚步声明显加快了速度。与此同时，响起了少年隐含怒火的声音："云倚舒，放开你的手。"

那人的脚步声越发逼近。

我微微转过头去，便看见了快步走近的崔致与跟在后面的云霓。

云倚舒没有等崔致走上前，已经收回了手，他弯下腰提起地上的包。

崔致冷着眉眼走了过来，而后一拳就要挥向云倚舒。

"阿致。"我喊住他。

听到我的声音，崔致的手顿了顿，停在了半空中。

云倚舒已经绕过他的手，直起身来，他看着崔致，声音平静："崔小公子是要打架吗？"

崔致冷冷地看着他，伸在半空中的手没有动。

我心里叹了口气，走上前去将他的手放下。

崔致转过头看着我，大大的眼眸中有着不解与愤怒，以至于眼角都有些发红。

"我没事。"我向着他摇了摇头，而后看向云倚舒，"请你和我道歉。"

云倚舒没有说话，只是面无表情地看着我。

"云倚舒，你不仅仅是云倚舒，也代表着云家。"我淡淡说道。

十九岁的云倚舒或许有些本事让云家陷入一时危机，或许明面上还是云家的继承人，但他终究还没有继承云家，还没有成熟到明白……

这里是祝塘，而我姓颜。无论颜家如何低调，但也是如崔家一般延续了百十年的江南望族。

估计也是想到了这一点，云倚舒动了动唇，吐出三个字来："对不起。"他那皱得紧紧的眉头仍然没有舒展，这时候显得极其冷静沉默的云倚舒，和刚才那个他，真是有着天壤之别。

只是说完，云倚舒却好像发现了什么有趣的事，在崔致身后的云霓还没有跟上来的时候，他又向着我走近了一步，突然淡淡笑了笑："颜茴，你真是一点也没变。"

他是什么意思？

我的视线从崔致身上转移到云倚舒的脸上，虽然不明白云倚舒为何要这么说，但我还是缓缓地笑了笑："我当然不会变。但希望你能变得成熟点，云倚舒。"

"颜茴，你和他说这么多做什么？走吧，回去了。"崔致接过我手上的包，看了眼云倚舒，眼含警告，而看见这抹意味的云倚舒却是只当不知。

身后跟上来的云霓忙喊住崔致："崔致，我和你说的话，你不要忘记了。"

崔致没有转头，只轻轻应了一声。

第九章

一步之遥

祝塘即将迈入夏天的时候，学校迎来了一年一度的音乐会。

往年，音乐会只会在学校的音乐生中举行，但是许多高一的学生都写了建议信，想要一同参与，人数一多，学校没有办法，便只能同意。这样的活动，本来在高二、高三中是禁止的，新校长到来后，对学生们倒是仁慈了一些。

只是虽然说的是高二和高三的学生都可以参加音乐会，但为了不影响学业，老师们也只让一些成绩好的同学报了项目。

我和崔致并不是一个班的，但是从前我与他经常会参加合奏比赛，因此这次的音乐会，年级里也把我和他一同报了上去。

因为学业越发繁忙，我们两个人已经很久没有合奏过了。幸好学校里是有琴房的，崔致便说周末的时候一同去练习。

"你有什么特别想弹的吗？"崔致坐在钢琴前面，随意地翻了翻乐谱，问道。

我摇摇头："都可以。"

他想了想，缓缓说："*Por Una Cabeza*，怎么样？"

"《一步之遥》吗？"我试了试琴弦，"好。"

这首曲子我和崔致之前一起弹过，但毕竟已经很久不练习，有些地方节奏把握得不是很好。

夏天的午后，总是给人懒洋洋的感觉，我和崔致练习了一遍，他转过头来，正想和我说些什么，隔壁突然传来了一阵乐声——是小提琴的声音。

这个旋律很熟悉，如果我没猜错的话，应该是《重逢有日》。

听着这个乐声，崔致想说的话咽了下去，他有些发愣地看着面前《一步之遥》的乐谱。

我喊了他一声："阿致，怎么了？"

"没什么，好像隔壁在弹《重逢有日》。"崔致淡淡地说道，手指跟着落在琴键上。

就像从前我与他一起合奏《重逢有日》时一般，在隔壁琴房再一次响起小提琴的声音时，他抬起手腕，落下下一个音符。

他表现得很随意，甚至只用了一只手，所以琴声很轻。

"可能也是来练琴的。"我听着轻轻的钢琴声，沉默片刻，而后缓缓道。

"嗯。"

一小段结束，崔致收回手，视线重新落在面前的琴谱上："好了，来练《一步之遥》吧。"

我垂下眼眸，缓缓拉动琴弦，而后，崔致的钢琴声跟上。但正如我想的那样，崔致的钢琴声有些合不上了。

耳边仍旧传来隔壁琴房的小提琴声，仍旧是《重逢有日》。

我突然停了动作，收起小提琴，看向一旁的崔致。

我的小提琴声消失了，崔致手下弹琴的动作却并没有停，他继续弹了下去。

耳边的《一步之遥》与若有似无的《重逢有日》相互交织。明明每一个音符都不同，节奏也不一样。但是《一步之遥》的弹奏者，仿佛偏要附和《重逢有日》的音调一般，因为只差那一步之遥，所以刻意放缓了节奏。

我的视线落在崔致的面容上，终于开口道："阿致，你的节奏乱了。"

或许是因为我刻意提高了音量，崔致如梦初醒一般停下了手上的动作，钢琴声戛然而止。

他转过头来，有些茫然地看向我："什么？"

"你的节奏乱了。"我认认真真地看着他，"你弹的是《一步之遥》，不是《重逢有日》。"

崔致这才反应过来，他低声道："抱歉，听着这首曲子，我有些走神了。"

我轻轻摇了摇头。

《重逢有日》这首曲子，对于崔致来说的确有特殊的意义，记得崔妈妈还在世的时候，便与崔叔叔一同在比赛中弹奏过这首曲子。等崔致和我练习到能够合奏之时，《重逢有日》也是崔妈妈和崔叔叔一同教导我们的曲子。因此崔妈妈病重之时，崔致才会那般失神地弹奏那首《重逢有日》。

正因为太了解崔致，所以我也知道，每次听见或者弹奏《重逢有日》，崔致总会想起崔妈妈。

崔妈妈离开的时候，因为病情太过严重，话都说不了几句，更

春日偶成

别说告别。

那日，少年在母亲的床头哭成了泪人，他紧紧握着母亲的手，低声喊她，酝酿了无数次的告别，最终也难以说出口。

再见再见，再次相见。可他与崔妈妈，又如何能够再见？

音乐会的前一天，崔致说他会早一些出门，让我不要等他，我轻轻应了一声，知道他或许是和云霓一同去了学校。

等到了出门的时间，我远远地便看到一道身影站在巷子口的梧桐树下，正抬着头看着什么。

我缓缓走过去，便看见这道身影转过了头。原来是云倚舒。

事实上，他给我的印象很奇怪。

小说中如何描述的云倚舒，我已不太记得，只深深地知道，他那名义上的妹妹云霓，是他唯一的软肋。从上次的事情中，我便能看出来了。

平常还算正常的云倚舒，在碰到和云霓相关的事情时，便如同变了一个人一样，冰冷、古怪，而且难以沟通。

经过那件事情，我如今见到云倚舒，也只当看不见。但就在我要路过他身边的时候，梧桐树下的少年突然开口喊住了我："颜茜。"

我并没有因为喊声而停下来，我甚至没有转过头看他一眼。

身后很快传来脚步声，紧接着，一只手轻轻地抓住了我的袖子。

我皱着眉头转过头，那只手也及时松开。于是我只能停下脚步，抬起眼看向他："云倚舒，你想怎么样？"

云倚舒有些沉默地望着我。

第九章 一步之遥

我冷冷地看着他,他的手垂在身侧,握成了一个拳头。

"我没有时间欺负你的妹妹,也请你不要来打扰我。"

"颜茴,和云霓作对有什么意思?"终于,云倚舒望着我,声音很轻。

听见他这句话,我差点笑出来:"我从来没有和云霓作对。"说到这里,我顿了顿,继续说道,"甚至,我都没把云霓放在眼里。"

不难想象,云倚舒的面色此刻变得有多阴冷,他紧紧皱着眉,双眸中倒映出我冷淡的神情。

但他似乎克制一般,伸出手揉了揉自己的太阳穴,缓缓说出一句话来:"云霓想要崔致。"

我掀了眼睫,静静地看着他,反问:"那和我有什么关系?"

作为攻略者的云霓和作为目标人物的崔致。

在小说的后期,云霓的确爱上了崔致。在经历那么多风风雨雨之后,云霓终于发现,无数次虚情假意的试探之中,隐藏着的是她真实的心意。

但……现在云倚舒和我说,云霓喜欢崔致,我的确不相信。

虽然我不记得云霓攻略崔致的目的是什么,但小说前期的云霓,只要能够达成目标,她能狠下心去做任何事,因此当她后期真正爱上崔致时,便营造了一种强烈的反转。

有心机,也足够狠心,但表现在人前的,永远都是清冷而脆弱的一面。

这种反差感,是小说女主最具魅力的地方。

"你和崔致……"

"你喜欢云霓吧。"还没等他说完,我已经先开了口,看着云倚舒愣住的神情,我抿了抿唇,笑道,"云倚舒,你还真是大度。"

上一回我这么问过云倚舒后,他的表情肉眼可见地阴沉。

但今天,再听到这句话时,云倚舒却只是紧紧皱了眉,并不像上回情绪那么激动。

他只是深深地看着我,留下一句:"颜茴,你会后悔的。"

虽然不知道云倚舒的那句话是否能应用于当下的情境,但我总有一种"它终于来临了"的感觉。

"颜茴?"耳边的声音唤回我的思绪。

我回过神来,看着身前面带愁容的老师,问道:"是崔致说他要给云霓伴奏的吗?"

老师叹了口气,他看了看我,又看了看手上的演出名单,迟疑道:"这倒也不是,只是……云霓说,崔致答应她给她伴奏了。正巧,她也演奏小提琴,她的节目《重逢有日》和你们的《一步之遥》是前后挨着的两个节目。本来云霓报名的时候,说的是独奏,年级里也安排上去了,谁知道她今天说改成了合奏。"

果然,那日在我们隔壁琴房练习的就是云霓。

我不相信她弹奏《重逢有日》只是一个意外。

但是,就算她知道再多有关崔致的事情,我也并不意外。作为小说的女主,她拥有最好的作弊工具——系统。

静静地听老师说完,我问道:"这样也是可以的吗?"

"什么?"

第九章 一步之遥

"临时改节目,也是可以的吗?"我重复问了一遍。

前后两个节目都是合奏曲,这在寻常的音乐会上虽然很常见,但是校园音乐会毕竟没有那么正规,更加看重节目效果。在非专业的学生面前连续表演两首合奏曲,并不是一个好主意,所以当初云霓报名项目的时候选的是独奏。

只是我想不明白,云霓为什么要这么做?

不言不语已是我能做到的最大让步。

自从云霓出现,开始进入剧情时,我也从未主动插手过她与崔致的事情,甚至已经做好了成为旁观者的准备。

我尊重崔致。

感情是双方的事情,如果崔致愿意,崔致喜欢……

想到这里,我的心狠狠一颤。

面前,老师面带愁容:"本来是不可以,而且我也明明记得,当初她申报的时候写的是独奏,但她今天和我说改成了合奏,我一看演出名单,云霓节目的独奏还真的不知道什么时候改成了合奏。"

是系统做的吗?

"只是云霓节目的合奏人选还没有定,她又指名说崔致会替她伴奏。"

"我和崔致的节目还是合奏吗?"

"我看看。"老师低头,看了一眼,颔首,"是,还是合奏。"

他把手中的演出名单递给我,我打开看了看,果然如此。

《重逢有日》和《一步之遥》一前一后,而演奏人员那一列中,云霓与我的名字相对,她的名字后面有空缺,下方正是崔致的名字。

"音乐会快开始了,结果突然出了这件事。"老师无奈地摇了摇头,"你先去吧,我等会儿去后台找一找崔致,问问他到底怎么回事。"

事实上,钢琴演奏人员给不同的小提琴手伴奏是件很正常的事情。

但从我开始学习小提琴,到自己能够独奏,再到能合奏曲目,站在我身边的人一直都是崔致。

就像小时候他和我说的那样,一个钢琴家只能有一个小提琴手,一个小提琴手也只能有一个钢琴家,所以站在崔致身边的一直都是颜茵,而给颜茵伴奏的也一直都是崔致。

就常理看来,这份要求似乎太过霸道,霸道到近乎错误。

但这份错误,却在我和崔致相处的十八年间,变成了彼此的心照不宣。以至于我从来没有想过,有一天,我和崔致,会有人先行纠正这个错误。尤其这个人,还是最早提出这一要求的崔致。

我掀开后台的帘子,转头问了问身边的同学有没有看见崔致。

同学沉思片刻,回道:"我刚刚还看见他和云霓在一起。"

"好。"我点一点头,正要离开后台,背后却传来了崔致的声音:"颜茵。"

我循着声音看去,崔致正与云霓站在一块儿。

崔致已经换了身白色西装,云霓则身着黑色长裙,两个人站在一起,宛如一对金童玉女。

灯光下,崔致的眉眼是那么熟悉。

不自觉蹙起的眉,笑起来就会出现的梨涡,殷红如山茶花的唇瓣……

　　少年长身玉立，此刻站在我面前，一如从前。

　　只是我总觉得，他似乎变成了一个我不认识的崔致。

　　但……怎么会呢？

　　我自嘲一笑，看着他："阿致，我们聊一聊。"

　　他神色自如，微微颔首。

　　身边的云霓淡淡地看着我，含着一丝歉意，开口道："颜茴，不好意思，我的节目突然调成了合奏。"

　　我抿抿唇，有些讽刺地笑了。

　　这一番话，我实在不知道怎么回才好，我也没有打算回答。

　　崔致跟着我去了角落，刚一站定，他便低声说道："颜茴，我可以给两个人伴奏的。"

　　在我知道演出节目单上云霓的独奏变成合奏的时候，我没有生气。

　　在我知道崔致愿意为云霓伴奏的时候，我没有生气。

　　但当我听到崔致说他可以给两个人伴奏的时候，我只觉得心中的怒火难以控制。

　　细细想来，这好像是我第二次真正地生崔致的气。

　　第一次生气，是因为崔致生病昏迷，但他不愿意告诉我。

　　第二次生气，便是现在——

　　他说，他可以给两个人伴奏。

　　"崔致，你知道你自己在说什么吗？"我合上眼，竭力控制心中的情绪。

"颜茵，我和你有合奏，但是云霓也需要一个伴奏，两个节目虽然一前一后，但是我可以做到……"崔致似乎不明白我为何生气，他想要和我解释。

"崔致。"我打断了他，睁开眼睛。

眼中的崔致，的的确确还是那个崔致，但为什么他给我的感觉，会如此陌生？

"你忘记你和我说过的话了。"

我明明觉得，自己已经能够风轻云淡地面对，但在这句话说出口的时候，我还是听到了自己声音中的颤抖。

多丢脸啊。

我突然有些茫然。

只是为了这么一件事，只是因为崔致要给其他人伴奏，只是因为崔致说，他可以给两个人伴奏，有必要吗？

这其实应该不算什么事的吧？明明一个钢琴家本就能够成为许多小提琴手的伴奏啊。

可是我的眼睛好酸，鼻子好酸，喉咙好酸，心也好酸。就好像下一秒，我就会在他的面前无法控制地流出眼泪。

我认认真真地看着他，颤抖着声音说道："一个钢琴家只能有一个小提琴手，一个小提琴手也只能有一个钢琴家。这是……你和我说过的。"

听到这句话时，站在我身前的崔致突然愣住了，他的视线忽然落到了我的脸颊上。

"颜茵，你是在，要小孩子脾气吗？"崔致的眼神温柔下来，他声音轻缓，浅浅露出了一个梨涡，"你应该知道，这是不可能的。我们长大了，颜茁，不是小时候了。"

是啊，不是小时候了。

所以现在这么幼稚、这么任性的颜茁，显得那么可笑。

就连我自己也不知道，为什么我会这么执着于一个错误。

我好像在强烈地期盼着，这个与我一同走过十八年的少年，还会做出曾经的选择。这样的我……又和恶毒女配有什么区别？

可是……我好像不得不在意，不得不质问。

我忍着眼泪，告诉他："可是这是你说的，这是你告诉我的，在云霓来之前，你也一直是这么做的。"

先提出要求的人，终于发现了这是一个错误。而早就意识到这是个错误的人，却在固执己见地坚持。

这到底，是对是错？

我不知道，我真的不知道了。

或许真的是我错了，一直想要回到从前的人，只有我。

"颜……"崔致看着我，语气无奈。

就在下一秒，他却突然捂住了脑袋，伴随着一个踉跄，他几乎要站不稳脚步了。

是他。那个本在心里沉睡的人突然醒了，甚至开始强烈地冲击这具身体。

他忙在心底道："崔致，你疯了？你在干什么？！"

"让我出去——"那人的声音在颤抖，甚至带了点哭腔。

"崔致，你现在精神力微薄，这样做的后果只会是两败俱伤。"

即便如此，这也使得崔致眼前一阵昏暗，他不得不倚靠着墙壁，头部剧烈的疼痛让他恨不得将整个身体一分为二。

"我和她说过，我只会为她一个人伴奏，我说过的。"沉睡许久的人，声音虚弱，但他想冲出来，毫不犹豫地想要重新占据这具身体。

他沉睡了太久，精神力十分微薄，但是他毕竟在这具身体里待了十九年。一时间，崔致直觉头痛欲裂，他低声吼道："你就是我，我就是你，崔致，你别再幼稚了行不行？我说过，我会给颜茴伴奏的。"

沉睡的少年就应该永远都沉睡下去——

"我答应小茴香豆的，我就永远都会做到！她如果对我失望了怎么办？我说过不会让她伤心的……"

"真是个疯子。"

他只能竭力安抚好神思恍惚的少年："一个钢琴家不可能只为一个小提琴手伴奏，崔致，你知道这是谬论。我们不是小孩子了，颜茴也只是伤心这一阵子，她很快就会忘记的。相处了整整十八年，颜茴怎么可能因为这件小事就对你失望呢？"

少年咬着牙，无比认真地告诉他："只要是小茴香豆，只要是她，谎言我也会当真。"

无论如何是劝服不了他了，崔致只能暂时妥协："就算我让你出来，以你的精神状态，恐怕也坚持不了多久。"

"让我出去——我答应过她的，我只会为她一个人伴奏。让我出去，让我出去啊……"

第九章 一步之遥

崔致拧了眉,同意让沉睡的人暂时回到这具身体。

原就精神力脆弱的少年,硬要继续消耗精神力回到这具身体,那么下一次沉睡的时间,会变得更久。

但,这样……也好。

见崔致本想说些什么,却突然踉跄着倚靠在墙上,面色苍白、呼吸急促,我顿时慌了神,忙上前扶住他:"阿致,你怎么了?"

伴随着少年急促的呼吸声,他额头的汗水缓缓滑落。

现在虽然是夏天,但后台都开着空调,绝不应该如此。

就在我想要转头喊医护人员的时候,本被我扶着的人,突然伸出手来,轻轻地拍了拍我的手背。

我看向他,他原本紧闭的眼睛已经缓缓睁开,那双温柔的琥珀色眼眸,此时正一眨也不眨地盯着我。

"小茴香豆。"

他的声音很轻,很虚弱,像是从天际吹来的风,因为距离遥远,所以听不真切。

而在意识到他喊我什么的时候,我整个人都愣住了。

崔致已经很久没有这么喊我了。

我的视线落在他仍旧苍白的脸颊上。与此同时,他看着我,浅浅地露出一朵梨涡。

明明都是笑,明明都是那一朵梨涡,但给我的感觉,却完全不一样。

刚刚还觉得有些陌生的少年,此刻又回到了从前的模样。

为什么？

我愣愣地看着他："阿致，为什么你……你有没有事？怎么脸色这么苍白，要不要找医生来看一看？"

最后脱口而出的，仍旧还是关心。

在我的心底，崔致永远都是重要的。

时光能够柔化所有的一切，那十八年的陪伴不是假的，是崔致一直陪在我的身边。

虽然有时候他比我还娇气，虽然有时候他比我还任性。但他永远都站在我的身前，永远都会保护我。

那可是十八年啊……

所以就算他揭穿了谎言，所以就算我为他感到心痛，我也永远不会对他失望。

睫毛如坠落在崔致眼上的蝴蝶，轻轻掀动双翼，他向我眨了眨眼："小茴香豆，我没事，你别担心。"

"你答应过我的，有不舒服的地方，一定会告诉我的。"

我看着他。

他还在说没事，还在让我别担心。

可是他如果能够看到自己的面色，就会发现，他的痛苦是一点都遮掩不住的。

"我知道。"他弯着眼眸，"小茴香豆，我答应过你，难受的话我一定会告诉你的，但我现在，真的没事。"

我抬起眼，无奈地看向他。

"我也答应过你，我只会，给你一个人伴奏。"崔致把手放在了我的头上,轻轻摸了摸,像安抚小猫一样,对着我一字一句地说道。

听到这句话,我有些惊讶,甚至无意识地蹙了眉:"为什么……变了?"

明明刚才还在说我幼稚,说我们已经长大了,为什么现在又这么说?

就好像变了一个人。

想到这里,我眼前的景象忽然朦胧成了一片白光,光芒闪烁的一瞬间,身前的崔致忙抓住我的手。

"小茴香豆,怎么了?"

白光持续的时间其实很短,短暂到好像并没有发生这件事。

听见崔致的声音,我缓缓舒展开眉头,却似乎忘记了刚刚在想些什么,便轻轻摇了摇手:"只是突然有些晕,没关系。"

"真的没事吗?"他有些紧张地问我。

"真的。"

"崔致——"就在这时,不远处传来了云霓的喊声。

我转过头看向她。

云霓站在光下,一身黑裙越发显得整个人亭亭玉立。

她的视线先是落在我的身上,而后凝在了崔致搀扶着我的手上。

"等会儿就到我们的节目了。"她淡淡说道。

崔致本在看着我,听见云霓的声音,他面无表情地抬起头来,轻轻扯了扯嘴角:"什么我们的节目?"

闻言,云霓蹙眉:"你答应过我,给我伴奏的。"

"我说过,"崔致声音平淡,"我只会给小茴香豆伴奏。"

听到这句话，云霓的眉头皱得更紧，她完全不明白，为什么只这么一小会儿的时间，崔致就突然改变了态度。

不应该啊，崔致对她的好感度明明已经很高了。

这段时间，通过系统，她轻松地掌握了崔致的喜怒哀乐。

她知道崔致的母亲能激发他心灵中最脆弱的地方，所以她把自己的身世也告诉他，并利用《重逢有日》这首曲子引起崔致的注意力，加上平日里的一举一动，她相信崔致已经对她感兴趣并且有了好感，剩下的便是一次次地试探颜茵在崔致心中的地位——

颜茵，这个在崔致身边十八年的青梅，是她攻略崔致的难关之一。

但是经过这么多天的相处，云霓知道，颜茵对于崔致的确很重要，但这个重要，也仅限于兄妹之情罢了。而颜茵对崔致……就算隐藏得再好，也是会露出破绽的。

所以云霓打算通过这次的事情，让崔致的这个所谓青梅彻底死心。

一切正如她所料，在她的请求下，崔致只是考虑了一会儿，便同意了给她伴奏。

对云霓来说，虽然她暂时确定了颜茵不会对她的攻略产生大的影响，但是按照云霓的性格，为了达到心中的目的，任何会造成攻略失败的可能，她都会斩草除根。

"系统，崔致是怎么回事？他刚刚不是答应给我伴奏了吗？怎么现在又反悔了？"她慌忙问系统。

"抱歉，这个系统也不知道。"机械一般的声音回应着。

第九章 一步之遥

"那崔致现在对我的好感度是多少？"

"崔致现对宿主云霓好感度为……抱歉宿主，出现了某种异常，暂时无法获取准确的好感度。"

云霓气笑了："是你让我攻略的崔致，现在你说你不知道他怎么了？好感度也检测不出来？"

系统的声音没有丝毫的情绪变化："作为本世界的世界核心，气运最强的两个人会影响这个核心的形成。两人中，一个是宿主您，一个便是攻略目标崔致。系统只是一串世界气运的代码，所以只能为宿主提供部分攻略手段，攻略目标是否成功，还要靠宿主自己努力。"

这段话云霓早不知道听了多少遍，此时她只觉得一阵烦躁。

现在是指望不了系统了。她回过神，抬起头望向正挽着颜茵的崔致："崔致，你真的不遵守我们之间的约定了吗？"

云霓的声音很轻，睫毛微微掀起，露出那双如同含着露水的眼眸来。

黑裙娉婷，颜色清冷。这样一个美好的少女，似乎任何人都会为之心动。

"我不会帮你伴奏的。"崔致望着云霓，眼中毫无波澜。

云霓还想说些什么，崔致又加了句："从前、现在、未来，都不会。"

听到这句话的时候，云霓的脸色有一瞬间阴沉，但作为女主，她控制情感的能力极佳，她的视线轻飘飘地从崔致的身上落到我的身上，语气变得很无所谓："是吗？崔致，话可不能说得太早。"

她微微笑了一下，神色自如地转身离去。

拥有系统的云霓的确可以有这种自信。而事实也证明，即便暂时失去了男主的帮忙，女主身边也总会有护花骑士。

云倚舒和云霓一同上场时，俊男靓女的组合，引得台下一阵欢呼。

只是这样一来，高二年级的演出就会连续出现两场合奏了。

我坐在后台的等待位置上，轻轻叹了口气。

离开了一会儿又回来的崔致小心翼翼地坐到我的身边："别担心，我刚刚和老师沟通过了，他说可以帮我们往后调一个次序。"

我抬头看向他，崔致的面色很不好，在昏黄的灯光下显得极白。

"你的脸色不好，是不是还不舒服？"

崔致微垂眼看着我，唇角梨涡浅浅："没有，和你在一起，我觉得很好。"

我低下头，想了想，声音低低地问他："我今天是不是有些任性？"

"什么时候？"他有些困惑。

"我说，你只能给一个人伴奏的时候。"我低着头，看着旁边崔致的手。

此时他的手正交叉放在膝上，十指修长白净，在光下盈盈如玉。

我等了会儿，却没有听见回答。我正要抬头问崔致，他那放在膝上的手却忽然地抬了起来。

下一刻，他的手掌有些颤抖地挡在我的面前，遮住了我看向他的视线。

手掌纹路很浅,我眨了眨眼睛,不解地问:"阿致?"

他却扭了头去,声音有些紧张:"别看。"

"什么?"

我听见崔致深深地呼出一口气,那挡在我面前的手,这才缓缓放了下去。

"别看什么?"

他的侧脸皎洁如月,眼睫微垂着落下深重的阴影,唇瓣如月下的山茶花,轻轻抿着。

少年深深地吸气,呼气,好不容易克制住了心中的悸动,平复下狂跳的心脏。

就算只是面前人的一句普普通通的问话,他便能感到十足的心动。他觉得,自己是真的病了。

只是小茴香豆的表现和话语,当真让他觉得欢喜。

他只给小茴香豆伴奏的话,小茴香豆会不会也觉得欢喜呢?

崔致想要这么问,但在话语即将出口的刹那,一阵剧烈的疼痛猛地涌来,他感到一种被人紧抓住咽喉一般的窒息。这种窒息,让他几乎要晕倒过去。

但他绝不能在此刻倒下……

他还要给小茴香豆伴奏啊。

他不能被她发现。

崔致别过脸去,看向拉着红色幕布的舞台。

"没什么,小茴香豆。"他低声,带了难言的悲愁,他一定要坚持,至少撑到结束。

听到崔致这么说，我微微愣了一下。

就在即将再次陷入沉默之时，身旁的崔阿致开了口："一点也不幼稚。"

声音很轻，如风一样，随时会消失的轻。

我低头，笑了笑："知道了。"

云霓与云倚舒的表演结束时，台下掌声如雷，他们从后台下场，云霓丝毫没有注意我与崔致投去的视线，倒是云倚舒看向了这边。

崔致迎上他的视线，不自觉地微微皱眉，他低下头，凑在我的耳边轻声道："小茴香豆，你有没有觉得，云倚舒，很眼熟？"

我点头："是，我也觉得有些眼熟，但那时候他说他从未来过祝塘。"

"我总觉得，或许在哪里见过他。"崔致认真地思考了一下，强调，"肯定是什么不好的记忆，所以忘记了。"

我失笑："你小时候便很是健忘，阿致，你又给自己找借口。"

"你记性好，我就不需要记着。"崔致丝毫没有被戳穿的羞愧，他迎上我的眼笑得月牙弯弯。

"如果哪天我记性不好了怎么办？"

"那会到什么时候？八十岁、九十岁、一百岁……"

我眨了眨眼，感慨一声："原来我能活到那么久。只是到了那个年纪，怕是什么都会忘记了。"

"可以啊。"崔致轻轻笑着，"只要别忘记我就好了。"

"到时候，把你忘记。"我托着腮，望向前方的帘幕。帘幕后，

第九章 一步之遥

新节目登场了,掌声与乐声交织,十分热闹。

"我一个人,想做什么,就做什么。"

崔致眼含笑意地看着我,沉吟片刻,又问:"你有什么特别想做的吗?"

"阳光很好的时候,在树下晒太阳;下雪的时候,在窗里看雪。"我认真地想了会儿,告诉他,"住在祝塘也好,但我也想出去转转。听说无量山的樱花很好看,什么时候能去看看就好了。还有酒——你知道的,爷爷看得很紧,肯定得毕业之后才能尝一尝到底是什么味道。"

他仔仔细细地听着,渐渐地,那梨涡便成了酒窝,看得人心里沉醉。

"原来是这么简单的事。"

我摇了摇头:"许多简单的事组合在一起,便不简单了。"

崔致便也学我,摇了摇头:"小茴香豆,一个人做或许难,但两个人做,便简单多了。"

说到这里,他的声音突然放轻,轻到我几乎没有听清他说了什么。

"如果,那个人还是我的话。"

只是那个人,或许真的不能是他了。

崔致咬着牙上了台,他坐在钢琴前面,疼痛难忍。

按着黑白键的手指在颤抖,连眼前乐谱上的音符都在扭曲。

崔致不停地告诉自己,他绝不能在这里晕倒,他知道,倘若这次晕倒，那么自己即将陷入更长时间的沉睡，这是他能争取到的、为数不多的见到小茴香豆的机会。

舞台明亮，光打在崔致身上，光影迷乱，让他一阵头晕目眩。

耳边开始响起小提琴的声音——是今天要演奏的《一步之遥》。

一步之遥、一步之遥……

他跟随着小提琴乐声的引导，颤抖着手指按下第一个键。

手指触碰到琴键，崔致的手慢慢稳了起来。就像从前无数次合奏时那样，无论状态如何，崔致都希望能够将最好的一面展现在小茴香豆面前。

他不知道自己什么时候会昏迷过去，不知道自己什么时候才能再次醒来，这样的崔致，还有什么办法能够长久地陪伴在颜茴的身侧？

乐曲渐入高潮，这首帕尔曼版本的《一步之遥》，像是黄昏闲庭散步时，见夜凉如水、灯火如昼。

我拉动琴弦的动作逐渐变快，崔致的琴声也适时地跟上小提琴的节奏。直到音乐放缓，在这乐曲声中，我突然听见了崔致的声音。

舞台并不大，我站得与崔致很近，当他开口时，虽然有乐曲声，但我仍听得清晰。

"小茴香豆。"

他的声音似乎已经有些吃力。

我微微侧头，看见他按下高潮部分的最后一个键。

不知从什么时候起，崔致已经不再看琴架上的乐谱，他的视线落在我的身上。

当他的手指抬起，我忽然看见了那不自觉颤抖的手指。

"我……好像有点难受。"

这是崔致在我面前晕倒时说的最后一句话。

他想，这回没有瞒住小茴香豆，她也不必再生气了。

我亲眼看着崔致合上双眼，向后倒去。

伴随着大厅中响起的嘈杂声，老师和医生立刻冲上了舞台。

我几乎愣在原地，握着小提琴的手指，如同刚刚崔致的手指一般，在不自觉地颤抖。

又是这样……崔致又一次，晕倒在了我的面前。

"哐——"小提琴摔落在地面。

第十章

七夕节会

那天的音乐会，终究以混乱结束。

晕倒后不久的崔致，在医院中缓缓醒来，与上一次昏迷时不同，这次的崔致精神状态好了许多。

虽然医院仍旧没有查出导致他昏迷的原因，但是这次清醒后的崔致却表现得像从未昏迷过一般。即便如此，崔致还是被崔爷爷要求在医院里待了几天。

这些日子里，云霓来探望过一次。这当然不算什么新奇的事情，只是同她一起来的，还有云倚舒。

她丝毫没有提及音乐会的事情，而是有意无意地说起了不久之后的七夕节。

"祝塘的七夕应该很热闹吧？"

"还好。"崔致淡淡地回答道。

我本站在一旁浇花，又想要打开窗户让阳光更好地照进来。只是窗户的开关有些高，我踮了踮脚也没有碰到。

"你从前过过七夕没有？"云霓仍在问崔致。

崔致沉吟道："小时候，我和颜茼曾陪父母一同搭过香桥。"

他们在说着话，我难免有些走神，一面又四处寻找有没有空的椅子。

就在这时，耳畔响起少年冷淡的声音："你想做什么？"

我循着声音看过去，原本坐在云霓身边的云倚舒，不知什么时候走到了我的身后。他低垂着眼看着我，神色很冷淡。

按理说，经过从前的事，云倚舒不应该主动和我搭话。毕竟在他的心里，我是个喜欢欺负云霓的人。所以我只当没听见他在说什么，移开了视线。

只是就在我以为云倚舒会顺势走开的时候，他沉默半晌，又开口问了一遍："颜茵，你想做什么？"

我怀疑云倚舒的脑子是不是真的有着什么奇特的构造，毕竟之前他还堵住我，威胁我说我会后悔，现在他却像什么都没有发生过一样。

"我想开窗。"我缓缓看向云倚舒的侧脸。

云倚舒察觉到我的视线，便也转过了头，在和我对视的那一瞬间，他迅速抬眼并"嗯"了一声。

他个子很高，与崔致差不多，自然能够轻松地够到窗户的开关。

而就在云倚舒伸出手准备打开窗户的开关时，我微微抬起头，看着他轻声道："云倚舒，你是不是有两个人格？"

听到这句话，云倚舒的手差点没抓稳窗户的开关，他紧皱着眉看向我："什么？"

声音中……竟然有一丝慌乱。

看着他的动作，我微微一笑："开个玩笑而已，别放在心上。"

他将视线迅速从我的身上移开，然后将窗户推开，一阵风从窗外吹了进来。

"为什么要开这样的玩笑?"

云倚舒低下头,声音也一同低沉了下来,似乎并不想让云霓听到这句话。

"你忘记了前几天对我做的事情了吗?"我将放在窗台上的浇水壶重新提起,"你的态度,还真是千变万化。"

他没有说话,我抬起眼,看见他的眼睛正一眨不眨地盯着我。

云倚舒的神色已经恢复了往日的冷淡,他惯常用那张面无表情的脸面对着所有的人,装作一副彬彬有礼的模样。

云倚舒的仪态的确很好。

毕竟,现在的云倚舒还没有被揭穿私生子的身份,他这么多年来受的也一直都是云家继承人该有的教育,仪态又怎么会不好呢?

只是,云倚舒总是给我一种熟悉的感觉。

我浇完花,云倚舒还站在一旁,他好像正在看着窗外,我随着他一起看向窗外,却只看见了停在电线杆上的飞鸟,再远一些,便是隐隐可见的顾山。

"你真的从没有来过祝塘?"我问他。

他沉默不语。

就在这时,身后,本来在和崔致聊天的云霓,突然开口喊了云倚舒:"哥哥。"

云倚舒听见声音,便转了身,向着云霓走去:"怎么了?"

我托着腮仍在看着窗外,只是心中有些困惑——

我看见了。

如果……我没看错的话。

方才站在我身边的云倚舒，在听到云霓声音的那一瞬间，他的眉头几乎是下意识微微皱起——好像有些疲倦。

为什么？

"七夕的时候，一起去看香桥会吧。"云霓看向云倚舒。

云倚舒自然不会拒绝云霓。

"崔致，你呢？"云霓转过头，问崔致。

崔致看了看云倚舒，又看看云霓，微微挑了挑眉："我都行。"

"那和颜茴一起去吧。"云霓勾起一个笑，声音是难得的温柔，"不然七夕节的时候一个人过，多尴尬啊。"

本来背对着他们的我，无奈地叹了口气。

"不用带上我。"我开口道。

"颜茴，正好很久没有去过香桥会了，一起去看看吧。"正在这时，床上的崔致说道。

听见他的声音，我转过头去看他。

自从颜阿姨去世之后，我和崔致的确没有再去过香桥会。

从前每逢七夕，我、崔致以及两家父母，都会一同去香桥会帮忙搭香桥。

"你想去……"

你想去的话，我可以陪你。

但我想说的话没能说出口，因为我看见云霓突然凑近了崔致，附在他耳边说了些什么。

在云霓挂着浅淡的笑意抬起头看向我时，崔致的面容上，也轻轻漾起了梨涡。

但我，是多么不想看到那朵梨涡啊……

我慌忙移开视线，说道："你想去的话，可以和……云霓他们一起去。"

"正好那日有时间，颜苣，一起去吧。"崔致的笑还没隐下去，所以连带着声音都含着笑意。

只要不看着崔致，我就不会觉得他是为云霓而笑。

我深深地吸了口气，正要拒绝，却听到云倚舒在旁边开口道："原来颜苣同学，还挺胆小的。"他顿了顿，继续说，"连香桥会都不敢去吗？"

我一下子便听懂了云倚舒的言下之意——他在说我胆小，说我不敢面对崔致和云霓。

明明是激将法，但听到他这么说的时候，我却冷静了下来。

于是我笑了一声，摇头，声音温和，不甘落后："我当然没有云倚舒同学胆大。不过既然你这么说了，去就去吧。两位云同学是客人，参观祝塘的香桥会，我自然也要尽到地主之谊。"

云倚舒和我对视一眼，没有再说什么。

倒是云霓，她的视线在我和云倚舒之间转了一圈，略微有些困惑。

云霓呼唤了一声系统："系统，哥哥现在对我的好感度是多少？"

"云倚舒现对宿主云霓好感度为 90。"

好感度是 90，还是这么高。

听到这个数字，云霓放下心来。

刚刚和崔致聊天的时候，她就发现了云倚舒的异常，还以为好感度有了什么变化……

将一个面无表情、不会把她当作妹妹的人，变成对旁人冷淡、只对自己温柔的存在，云霓是想了很多的办法的。而经过攻略之后，现在的云倚舒可以称得上是一位合格的骑士。

而且……云倚舒其实也挺可怜的。云霓漫不经心地想着。

一开始因为她是私生女而对她万分厌恶的云家公子，到头来却发现他自己也是私生子……

小心翼翼地维持着云家下任继承人身份的云倚舒，应该很害怕私生子的身份暴露吧。所以他患得患失，不愿意轻易相信人。

就连云倚舒对云霓这高达 90 的好感度，也是云霓花了将近两年的时间才刷出来的。

想到这里，她又问系统道："崔致的好感度呢？"

"崔致现对宿主云霓好感度为 70。"

70 啊……比起云倚舒对她的好感度要少得多。

但是毕竟时间还短，能将好感度从许久没变的 60 涨到 70，果然上次她和崔致一起去医院是值得的。而且，云霓还得要谢一谢颜茴——

要不是上次颜茴对她冷言冷语，崔致也不会在知道她去医院是为了看母亲之后，因为怜惜而大幅度地增加好感度。

只是……

"现在还是无法检测出颜茴对我的好感度吗？"

第十章 七夕节会

"抱歉宿主,出现了某种异常,暂时无法获取准确的好感度。"

知己知彼,方能百战不殆。依靠着系统,不管是攻略目标崔致,还是哥哥云倚舒,云霓几乎能知道所有人对她的好感度。

但是,颜茴是个变数,颜茴对她的好感度只在两人第一面的时候检测到过,此后数次,系统都说检测出现异常,无法获取。

颜茴的确是一个很会隐藏情绪的人,但也不应该无法被检测到。

她不仅对攻略目标而言十分重要,有时候甚至也能够推动自己对崔致的攻略进度,是个重要的角色。

不过这也没什么……

这次七夕节,又是一个增加崔致好感度的机会。

祝塘的高中放暑假会晚一些,但是七夕节的时候,大家基本都是放假状态了。

七夕,正是夏天中最热的时段,无论是翠叶,还是蝉鸣,都让人有些头晕目眩。

祝塘的七夕节,每隔一年便要大办一次,不管是香桥还是其他什么,在七夕的前几天便会有人布置起来。如从前举办的那些传统节日庆会那样,七夕的时候,庆会会由崔、颜这等望族人家协同举办。已经流传许久的传统风俗,会由他们带领着年轻人,在这种特殊的节日,重新进行学习。

随着时间的消逝,如搭香桥、结红头绳、接露水、洗发等一类风俗,都是依靠着祝塘的这些人家才一代代流传下来的。在父亲受伤之前,此类活动,颜家这边基本都由母亲出面,只是现在他们两个人都在泸州，颜爷爷便以学业为由，暂且将此类活动的组织交给了颜家的其他人。至于崔家，人丁并不旺盛，崔爷爷又向来严肃，将此视为重任，在崔妈妈死后，这类活动他都亲力亲为。

据崔致所说，崔爷爷今天也亲自去了举办七夕节活动的场地，指导着传统仪式的进行。

"他也该把这些教给你了。"

说话的人是云霓，今日她穿了件裙子，仍旧是黑色的。

这个颜色好像格外适合她，衬得肌肤如同美玉一般，加之她容色清冷，灯光摇曳下，又添了一抹难言的妖冶。除此以外，她的手上还提着一只白色的包。白色与黑色，这是最简单的色彩搭配，但由云霓穿来，却格外亮眼。

行动间，她腕上戴着的手链会叮当作响，声音不大，却听得人心里痒痒的。

作为女主，云霓的容貌或许不是顶尖的，但气质必定是最吸引人的。而被吸引的人中，自然也会有男主。

我的视线缓缓从旁边的少年身上移开，投向夜色中缀着的几颗摇摇欲坠的星星。

今晚的星星很耀眼，就像是少年未曾发现的自己的心意一般。

他会用带着妒色的眼神看向走在云霓身边的云倚舒，也会在云霓看向他的时候耳朵通红。而当云霓从门后出来时，少年骤然亮起的眼睛与忽然升腾起红晕的脸颊，将那暗藏的情愫暴露无遗。

没关系的，颜茜。我反反复复地告诉自己，你应该早就知道会这样。

第十章　七夕节会

所以我最终没有拒绝云霓的提议。

如果仅仅是因为云倚舒的激将法，我当然不会上当。在云霓提出一同去香桥会时，我就知道，这或许会是她与崔致发展感情的剧情。

虽然直到现在我也没有想起小说中是否有这个情节，但这些已并不重要了。

因为如果崔致不愿意，对云霓也不感兴趣的话，那么这段时间他根本就不会与云霓有接触。

即使系统能给云霓提供了攻略的捷径，但它应该总不能控制崔致喜欢上云霓吧。想到这里，我在心底轻轻叹了口气，我真是想得太多了。

如果亲眼见到男女主的发展，我或许……也能尽快放下对崔阿致的心意吧。

就把他当作……哥哥。

我不由得苦笑。

一旁的崔致回着云霓的话："我还有许多不明白的，爷爷不放心交给我。"

"你是他唯一的孙子，他今后也只能交给你吧。"云霓笑了笑。

就像那日在医院一样，如今的崔致和云霓身边仿佛有一道墙，这道墙阻断着除他们以外的所有人。他们两个变成了一个圈，一个单独的世界，好像谁也无法融入。不管是我还是云倚舒，都只是站在一旁的点缀。

路上，崔致有时也会转过头来和我说些什么，声音轻缓，眉眼

221

含笑。

不过,我知道,他是因为另一个人含笑,也的确只把我当作妹妹来照顾。

祝塘的水和桥很多,有的房子也是绕水穿桥的。在七夕这天,基本上家家户户都会挂上彩灯,远远望去,只觉得天上银河在水,地上彩灯在天,天与地之间从无边际,屋顶便是唯一的交界。五彩斑斓的灯光交织在白墙黑瓦上,好不热闹。

香桥会便在这座小城的中心举办。祝塘的人口不算多,但若把外来游览的人也加进来,这数字就极其可观了。因此这时候的祝塘中心几乎人山人海,车马难行。

幸好搭建的香桥是放在水中央的亭子里的,若是想要观香桥,不论是站在两岸还是从横跨水面的桥上眺望,总会有观赏席位。

除此以外,庆会的摊位上多了几样七夕才有的特产,红头绳便是其中一样。与从前不同,现在就连最普通的红头绳,也都翻了各类花样,放在摊位前,引得许多小姑娘驻足挑选。

云霓四下看了看,望见红头绳,微微笑着看向崔致:"我小时候也曾有过红头绳。"她的笑中多了几分苦涩,而崔致自然知道她的言下之意。

他们两个人,一个母亲早逝,一个母亲成了植物人。

崔致静静地看着云霓,心中涌着难言的温柔,他轻声问道:"你想要吗?"

"可以吗?"云霓抬起眼,四处彩灯悬挂,映在她的眼中,好像也有了光亮，绚丽得惊人。

"当然。"崔致点了点头，似乎是云霓一直瞧着他，他的耳朵有些红了，便侧过头来，又问站在身旁的我："颜茴，你要……"

没等崔致说完，云霓已又开了口："这送红头绳会不会有什么说法？"

闻言，崔致愣了愣。

"除了父母，是不是只能送心上人？"

云霓说这话的时候，并没有看着崔致，她只是微扬起头，好像在望着不远处水面上的香桥。

话音刚落，不仅是崔致，就连我和云倚舒都看向了她。

云霓应该知道她说这话是什么意思。

一下子，四人间的氛围突然变得莫名暧昧。只是这暧昧，也只存在于云霓与崔致两人之间。

"阿致，我去那边看看，你陪云同学逛吧。"我终于受不了这个氛围，率先打破了这突如其来的安静。

我没有说是哪个云同学，但崔致想要陪的云同学也只有一个云霓。

没有谁能够亲眼看着自己的心上人去喜欢讨好另一个人，我也不例外。

但喜欢永远无法强求，所以我已决定只当旁观者，只做那所谓的"妹妹"。

心中惊涛骇浪，承载着喜欢的小船摇摇晃晃。而令我痛苦的是，这无法平息的滔天巨浪中，那艘小船终究无法被吞没。

"那注意安全,今天人有些多,不要走散了。"身旁的崔致如此叮嘱,我抬起眼,正对上云霓的目光。

她的眼神非常平静,只是唇角微勾,似在嘲笑。

我移开视线,点头,抿着唇浅笑:"我好歹也是祝塘人,阿致,你忒瞧不起我。"

听到我的话,崔致有些愣住,随即反应过来,无奈地摇头,缀在唇边的梨涡隐隐约约。

我转身离开,突然听到身边同样响起脚步声。

我抬头,看见云倚舒的侧脸。

在云霓身边如同隐形人一般的云倚舒,几乎不会主动说话。但此刻他微低了头,看着我:"神奇,你的笑没了。"

我下意识地皱眉。

他伸出手指,隔空指了指我的脸颊:"你刚刚还冲着崔致笑吧?怎么转了个身,你的笑就没了?"

本来我独自一人走路的话,还需要挤一下拥挤的人群,但云倚舒站在我身边,或许是因为身量较高,没办法让路,路人只得主动避开,倒是让我走得轻松许多。

"我还真是佩服你。"我的声音很轻,但我相信身旁的云倚舒能够听到。

我选的是一条与崔致、云霓两人相反的路。只要我不转身,我便看不见他们。

当然,今日七夕节,这么多人,就算我转了身,我应该也是看不到两人身影的。

第十章 七夕节会

至于云倚舒，我不明白他为什么会跟上我。

云倚舒似乎听懂了我的意思，他嘴角噙着淡淡的笑意，却又问："佩服什么？"

"佩服你的拱手相让，进退自如。"对云倚舒，我并没有什么好语气，"为他人作嫁衣，原来这就是云家下任继承人的风范。"

在听到"下任继承人"的时候，云倚舒嘴角的笑意慢慢消失了。他看了我一眼，又收回视线："你好像知道一些什么。"

"我只知道，你喜欢云霓，却又能把云霓主动推给别人。"

"你对崔致不是这样？"

"见笑，我还做不到进退自如。"

他便突然问我："那你觉得，我该如何？"

"为什么要我觉得？你与我向来无关。"我有些惊讶地回答他。

人声喧哗中，云倚舒似乎说了什么，只是周围声音实在吵闹，我只模模糊糊地听见一句："只要是妹妹想要的，我都会帮她。"

祭拜之礼开始了，领头的是崔爷爷。

我站在岸边看了会儿，等看见崔爷爷离开了亭子，开始焚烧香桥，这才转身。

不远处的摊贩正在高声吆喝，细细一听，原来卖的是糖人。

他的摊位上除了糖人，也有不少其他东西，譬如冰糖葫芦。

我心下一动，正准备走过去的时候，身边一直静静站着的云倚舒忽然伸出手来拉住了我。

他的力气不算大。

我困惑地蹙眉："云倚舒？"

"你想去哪里？"云倚舒声音低沉，完全听不出喜怒哀乐。

"我不会去打扰云霓的，你放心吧。"说着，我从他的手掌中挣开手腕，向着卖糖人的摊位走去。

或许是今日的香桥会上各类摊子齐全，这个摊子前并没有什么人排队。

见我过去，正在吆喝的摊贩立时笑着问道："姑娘，想要些什么？画画儿、写名字的糖人，还是巧果、冰糖葫芦？"似乎要将摊上的所有吃食都报上一遍名字。

我看着稻草靶子，想着吃什么口味的好，瞧见晶莹剔透的冰糖橘子时，却突然想到了崔致。

冰糖橘子，这是崔致最喜欢吃的。

小时候，他被没收零花钱，只能央着我偷偷买，后来一起去集会与庙会，他也总馋这酸甜的味道。

我一时间有些愣神。

摊贩见我没说话，又看着稻草靶子，便又斟酌着问："小姑娘，想吃冰糖葫芦吗？各种口味都有……"

"一串原味的。"耳畔蓦地响起云倚舒的声音。

我愣了愣。

此刻听到他的声音，只觉得，这声音竟是如此熟悉。

不是因为这是云倚舒的声音，而是因为这说话的语调。就像从前我多次觉得云倚舒很熟悉那般，我紧紧皱着眉，思考着原因。

到底是为什么？到底是谁呢？

一旁的云倚舒却已经付好了钱，接过包着糯米纸的冰糖葫芦。

身后又有其他人来买巧果，云倚舒将我轻轻拉到一边，把手中的冰糖葫芦递给我。

"给你。"他说完，又补充了一句，"你之前让给我一串，这串当作我还你的。"

手里被塞了一串冰糖葫芦，我微微抬起头，因为两人的身高，我几乎是仰着头的。

路边有灯，眼前的一切都极其明亮，包括面前的少年——

清秀英气的五官，常常无甚表情。乍看疏离的眉眼中，又满是隐忍。

好像从前的那个我，也像……

我握着手中的冰糖葫芦，融化了的冰糖不知何时顺着木棍流淌下来，有些黏手。

"舒云。"

时隔将近十年，我又一次喊出了这个名字。

那个从京市转来却在两年之后离开祝塘的转学生，那个和我一同站在舞台上当着路人甲的舒云。

因为时间实在遥远，记忆又逐渐模糊，我的确很难想起这个在回忆中有些沉默的男孩。

所以在见到云倚舒的第一眼，我只隐隐约约觉得他眼熟，但一直都没有想起来。原来，云倚舒就是舒云。

在我说出这个名字的时候，云倚舒的眼中微微亮了亮。

"这么久你才想到。"他有些自嘲似的笑了笑。

可是,这不应该啊。

一出生便被视为云家下任继承人的云倚舒,怎么会在小时候就来到祝塘呢?

"你怎么会没有在云家……"我下意识脱口而出。

虽然我知道云倚舒一直接受的是云家继承人的教育,但小孩子就是小孩子,可当年还是小学生的舒云,却已拥有超出同龄人的成熟。

他的"不用了""不听了",在我的回忆里,实在是印象深刻。

从前的我,因为少时的遭遇才变得沉默安静,不敢索取。那么小时候的云倚舒呢?他难道当真就那般成熟吗?

没有被揭穿身份、养得金尊玉贵的云家小公子,怎么会……

云倚舒只是淡淡地看着我手中的冰糖葫芦,说了声:"要化了。"他顿了顿,像是解释一般,说道,"因为那时候父亲和母亲总是吵架,我就被暂时送到了祝塘,随母亲姓舒,后来母亲离开,我回了云家,这才又改姓云。"

听到这番话,我这才想起云倚舒的身份。

他的确是私生子,但并不是云父的私生子,而是云母的。

当年云父云母是商业联姻,感情并不和睦,几乎是各过各的,但云母隐藏得好,生下云倚舒后只说是云父的孩子,便也无人怀疑。

我开始怀疑,是不是云倚舒在小的时候便已经知道了自己私生子的身份?可这样的话,不就与小说剧情有所不同了?

明明在原剧情中,云倚舒是在云霓回到云家之后才知道自己的真实身份的……

也许是我多想了吧。

我轻轻叹了口气，只觉得沉重。不管怎么想，这些似乎都与我无关。

"你在想什么？"

或许是我沉默了太久，云倚舒侧过头来，将手上的纸巾递给我。

我这才发现手指上已沾上了融化的糖浆。

"在想这一切似乎和我没什么关系。"我接过纸巾，看着手上的冰糖葫芦发呆。

他的声音如往常一般冷静："你不想吃吗？"

"突然不想吃了。"

忽然之间，我不知道该怎么对待云倚舒了。

小的时候，我和舒云的关系只能说是尚可，阿致常与他吵架，我也只能在其中调和。如今再见，他却已成了原小说中的男二。

不管是由于女主的针锋相对，还是他那堪称古怪的性格，云倚舒都是我想要远离的人。

听到我这么说，云倚舒伸出手，将我手中的冰糖葫芦拿了过去。

他低下头，在我还没有反应过来的时候，咬了口快要融化的冰糖葫芦。

可能是因为比较酸，我看见云倚舒的眉头微微地皱了皱。

他慢慢地咀嚼着，吃完一颗后，说道："你好像并不想知道云倚舒就是舒云。"

"不管我想不想知道，云倚舒都是舒云。"

我重又看向水面，水面上，花灯已经被点亮，天空中零星的孔明灯正在飘扬。

傍晚的昏黄终于被夜晚的黑色所替代，黑夜中，每个人的五官都变得模糊难认。情侣们手牵着手走在花灯下，挤在人群中相视而笑。为人们送上祝福的香桥将要燃烧殆尽，线香的气味飘散在水上，气雾朦胧犹如镜花水月，祝塘真正成了江南。

云倚舒不再说话，他开始一颗一颗地吃着自己买的冰糖葫芦。

我的视线从水上掠过，而后轻飘飘地落在桥上。

匆匆一瞥，世人面孔众多，一辈子都记不住几个，但我却偏偏在那人群扎堆的桥上，看见了崔致与云霓。

他俩并肩站在桥的正中央，那里是桥面最高的地方，据说设在那里能够得到上天最好的祝福。

明明有那么多人站在桥上，我却偏偏只看见了他俩。

我突然笑了起来，低低地。

云倚舒听到笑声，顺着我的视线抬头看了过去。

"你看到了？"他的声音没有任何情绪变化。

多巧啊，我在心中感慨了一声，云倚舒也像我一样，在人群中看到他们了吗？

"好像，只能看见他们。"我低声笑着，回答他。

那遥远的桥上站着的，是崔致和云霓，是男主和女主，是我的心上人和他的心上人……

我笑着笑着，眼睛便酸涩起来。可我不想哭，于是只能继续笑。大脑拼命告诉心脏，不要难过，好像只要这样，眼泪就永远不会掉下来，心也察觉不到一丝酸痛。

第十章 七夕节会

明明我今天来的目的就是这样——

不是为了香桥,不是为了花灯,不是为了冰糖葫芦……我只想要自己死心。

在我的视线中,少年少女忽然看向对方。

水上,燃尽的火星像夜色中掉落人间的星子。他们便在这波光粼粼之中,静静地望着彼此。

我看不清他们的视线,却又清楚地知道接下来会发生什么。

灯花如昼,一阵风来,裹着云倚舒的声音:"颜茵。"

我已经转过了身。听见他的声音,我仓皇地抬起头,对上云倚舒的眼。

他紧紧蹙着眉,向来冷静的眼眸,此刻有些愣住了。他甚至比我还要慌乱地迅速低下了头。

风交织在我的身边,甚至吹进了我的心头。我背对着那座桥,放在身侧的手无意识地颤抖。

我本是来死心的,我应该要转过身的,应该亲眼看看……

只是我的腿好像软了一般,连站稳都有些困难。

人来人往中,我看着远在天际的孔明灯的亮光。耳边,云倚舒的嗓音缓缓地响起:"颜茵,你哭了。"

我摇摇头,抬着眼望着远处的灯火,说:"不是的,只是灯光太亮。"

云倚舒终于合上眼,静静地听着身边人的呼吸声。

从前说冰糖葫芦太冰,今日说灯光太亮。

这次的谎话……他不喜欢。

第十一章
恶毒女配

香桥会结束时已经有些晚了。

回去的时候,崔致的脸微微泛着红,云霓的发间多了一股红头绳。

见到我和云倚舒,云霓面容上仍旧是淡淡的笑意,只是忽然走到云倚舒身旁,踮着脚附耳和他说了些什么。

我看见云倚舒的眉又一次蹙紧了。

和上次一样,他的眉眼间又一次溢满我不理解的疲惫。

崔致在这时候侧过头看向我,淡淡地笑着,脸颊有些红。

虽然在笑,但我瞧不见那朵梨涡,于是胡乱地想,也许是因为崔致只有一个梨涡,而那唯一的一个,现在没有朝向我。

"今天玩得开心吗,颜茵?"他的眼睛好亮。

在这双明亮的眼睛的注视下,我什么都忘记了。我只是像从前一样,向他温和地点头,温和地笑,好像我真的玩得很开心一样。

"阿致,你开心吗?"我唯一想问的,也只剩下这句话了。

可能是我的问题有些奇怪,崔致眨了眨眼,然后点头,吐出两个字来:"开心。"

于是,我笑着避开他看过来的视线,轻声说:"开心就好。"

周围的一切都很安静,连蝉都在沉默着。

在这片安静之中,我的记忆里突然闪过了已经许久没有出现的小说剧情——

那是颜茴坐实"恶毒女配"这个身份的情节。

背地里多次阻拦男女主无果之后,颜茴生出了前所未有的歹毒心思——她要云霓彻底消失在她和崔致的面前。所以,七夕节的晚上,看着越走越近的崔致和云霓,颜茴终于下定决心,出钱请小混混绑走了云霓。

作为拥有系统的女主,云霓怎么可能就这样轻易被绑走?只是这时候,云霓不愿意让崔致为难,因此她只借助系统通知了哥哥云倚舒。在这个过程中,匆匆赶去的云倚舒愤怒地告知了崔致真相,为了云霓,互相看对方不顺眼的两人决定一同前去救出云霓。而对于崔致和云倚舒来说,揪出幕后黑手是一件很轻松的事,加上在这次事件中,被嫉妒冲昏了头脑的颜茴不像从前一样小心翼翼,留下了许多把柄,很快便被抓住了。

这次事件后,崔致彻底对这个一同长大的青梅失望了,两个人就此形同陌路。

七夕节的晚上……

云霓是今年刚刚转来祝塘的,转学这年的七夕,不就是今天晚上吗?

在这段重要的剧情中,绑架云霓的主谋是颜茴。

可是现在的我没有一丝一毫想要绑架云霓的心思,难道……剧情真的变了吗?

第十一章 恶毒女配

十六岁生日的那个晚上,因为我插手了原剧情,崔叔叔没有死去,而是变成了植物人,一躺就是两年。但与此同时,如同代价一般,和崔叔叔一同出门的我的父亲,也在鬼门关走了一遭,直到现在还有严重的后遗症。

在那之后,我再没有主动改变过剧情,不仅是因为不敢再牵连其他无辜的人,也是因为我想起重要剧情的时间点,都是在剧情将要发生的时候,而这些记忆每每在我尚未察觉之时便随风散去,不留痕迹,我只能匆匆记住一些模糊如云雾的剧情。

而这些看似与原剧情不同,却又与原剧情紧密相连的变化,我也只能认为是无意识改变的情况,一如蝴蝶效应,实际上根本没有跳出原本的剧情框架。

只是,刚刚在我的记忆里闪过的剧情和现在所发生的一切完全毫无关联,既然如此,这段剧情还会发生吗?

周围的一切都如此静谧,带着夏日祝塘的慵懒。我无法相信这个剧情会发生在这样的夜晚。但是我的心中似乎有一个声音告诉我,该来的终归会来。

云霓和云倚舒说完话,又走到崔致的身边,她抬头看了眼天空:"今天天气很好。"

"可能因为是七夕。"

"天气这么好,最好不要下雨了吧?"这时候,云倚舒突然开口。

我看向他。

他的神色依旧冷淡,让人瞧不明白他心里到底在想什么。而云倚舒刚才拧起的眉头也已经恢复了往日的舒展,似乎一切只不过是我的错觉。

回答他的是云霓含着笑意的声音:"有时候,夏天下雨,才更有意境。"说到这里,她向跟在身后步子变慢的云倚舒眨眨眼。她难得做出如此娇俏调皮的动作,云倚舒的面容上浮现出一瞬的呆怔,而后反应过来,没再看云霓,只是低低地"嗯"了一声。

我不知云霓和云倚舒这对"兄妹"在打什么哑谜,只能在心中轻轻叹了口气。

这段剧情不发生还好,但如果它偏偏就发生了呢?

我攥了攥手指,有微痛的感觉,我的确是真实存在的。那么,今晚的我,当真会依照剧情派人去绑架云霓吗?

我的脚步越来越沉重了,本来落在后面的云倚舒跟了上来,经过我的时候,他突然问道:"颜茵,今天晚上你开心吗?"

这句话似曾相识,刚刚崔致也问了我,只是我没有回答。而现在,云倚舒又问了我一遍。

我压低声音,抬起眼来:"如果我说,不开心呢?"

他微微一愣,在跟上云霓之前道:"我希望你能享受今晚。"

享受?如果云霓不出什么事,我今晚或许还会开心一些。

这段剧情使得崔致与颜茵从此分道扬镳,甚至导致颜家的清誉毁于一旦。而在这段剧情之后,云霓的攻略任务几乎完成,而剩下的进度……

我虽然记不真切,但隐约还有印象,那是原剧情最后的高潮部分,男主从此对女主打开心房,象征着女主陪伴着男主,两人共同走向完美结局。

第十一章　恶毒女配

想到这里，我皱了皱眉，如果我不参与这次绑架，绑架是不是就不会发生呢？那么我需要做的，就只有离云霓远一点。

不管我愿意不愿意，一切都在持续地推动着剧情的发展。崔致会慢慢接受云霓，云霓也会在未来逐渐爱上崔致。

只要崔致愿意、崔致开心……我是不会插手他们两个人的事的。

就在这时，走在前面的云霓像想起来什么一般，忽然停下脚步，摸了摸自己的手腕，一脸惊慌："等等——我的手链丢了！"

站在她身边的崔致首先反应过来："是你妈妈送你的那串手链吗？"

云霓在随身带着的包中翻了翻也没有找到，眼中一瞬间便含了泪，点头："对，就是我妈妈送我的手链。怎么办，好像不知道丢……"

"是不是在香桥会丢了？当时那么多人，可能也找不到了。"云倚舒道。

"可是这串手链对我很重要，哥哥，你知道的。"云霓慌张地咬着唇，神情全然不似往日的清冷。

崔致想了想，安慰道："香桥会有人捡到的话，会送到失物招领处去，我陪你去找找吧。"

"那就去找找吧，也可能是在回来的路上丢的。"云倚舒点了点头。

我下意识地蹙了蹙眉。

如果崔致和云倚舒都陪着云霓去的话，一个是男主，一个是男配，她应该不会出现什么问题。

那么只剩下我自己了……

239

我垂下眼睫，深深地吸了口气，而后大步向前，开口和崔致说道："那我就先回去了，你们去找吧。"

许是三个人都没想到我会这样说，崔致愣了愣，而后点头说"好"。

一旁的云倚舒没有说话，他的视线落在不远处的路灯上，像是在发呆。

"颜茴，路上要小心，回去之后记得给我留言。"崔致像是想起什么，又补充道。

我颔首："好，阿致，你回去的路上也要小心。"

要离开的时候，我犹豫了一下，还是提醒道："对了，香桥会人员众多，不乏有些不怀好意的，现在正是散场的时候，云霓同学，你回去找手链的时候，记得不要走散了。"

不知道是不是我看错了，在我说出这番话后，我似乎看见云霓似笑非笑地扯了扯嘴角，但再看向她时，她却又是那副含着泪的慌张模样。

带着一丝探究，云霓终于还是开口，声音难得孱弱："颜茴，你晚上一个人回去，会很危险的吧。要不你还是……"

我干脆利落地打断了她："我从小就是祝塘人，自然知道回去最安全的路。你的手链比较重要，不用担心我。"

只是我终究忘记了，有些话是不能说的。一旦说出口，这些话，或许就成真了。

好黑……

第十一章 恶毒女配

一片昏黑。

耳边好像有水流的声音。

我费力地睁开眼睛,却发现眼前如同黑夜一般。

迷迷糊糊的状态之中,我想要站起身,却发现我的双手不知被什么紧紧绑在了身后。

耳边的水声仍旧清晰,我慢慢从这种迷糊的状态中挣脱出来,用力地晃了晃脑袋,这才发现原来有条厚厚的黑色的布遮挡住了我的眼睛,布条似乎是在脑后紧紧地打了结,我没有办法扯下来。

唯一没有被绑的便是脚。

但我现在浑身无力,不知是不是吃了什么,双腿酸软,只能倚靠在身后的东西上。

后面似乎是袋子,装着的不知是沙子还是什么,因为夏天的衣服比较轻薄,所以硌得背部很痛,但这种切肤的疼痛至少让我越发清醒。

我深深地呼吸了一口,开始回想昏迷前到底发生了什么。

和崔致他们分开之后,我的确是挑了一条最为安全的路回家的。

这条路并不是我往常回家走的小巷子,路边还有路灯和监控,于是我便放下了心。而且这么多年来祝塘的风气一直很好,从没有发生过类似的事件。

我一边想着剧情,一边往回走。

在我经过一个红绿灯的时候,身边空无一人,一辆车忽然停在我旁边,在我还没有反应过来的时候,有人冲下来将我蒙住眼睛带到了车上。

在这个世界生活了十八年,我从没有经历过这种事情,我甚至没有明白发生了什么——

按照原剧情发展,被绑架的不应该是云霓吗,怎么会是我?这难道也是剧情变化后在这个世界中的呈现吗?

我努力地平复心情,想让自己冷静下来。

虽然我的眼前蒙着黑布,但如果外面是白天的话,不可能一丝光也透不进来,那有很大的可能性,现在还是晚上。

虽然不知道自己为什么昏迷了一段时间,脑袋里也感觉昏昏沉沉的,但我推测自己昏迷的时间也许并不长,现在应该还是七夕这天的晚上。

我闭着眼,轻轻地嗅着空气里的味道——

很熟悉。

粗糙的、隐隐含着些泥土的清香。

要是我没猜错的话,这是水稻的气味。

江南地区的水稻一年两熟,现在是八月份,已过了收水稻的时间了,也就是说这里应该有水稻,譬如我身后倚着的这些。

祝塘现如今农业并不发达,虽然有的人家会自己种种蔬菜水果,但也仅限于此,大部分良田都被一些人承包了,进行集中种植。而收割后的水稻会被放入粮仓进行存储。

寂静的一片黑色中,水流声显得十分明显。

我喘了口气,努力地回想着——

祝塘的粮仓说多不多,说少不少,但是有水的话……

第十一章 恶毒女配

记起来了,这里应该是顾山山脚下的一处粮仓。顾山靠近乌水,夜晚水流湍急,所以会传来水流的声音。

我小时候总是与崔致经过这里去教堂学琴,所以对这里的粮仓有些印象。

这个仓库是祝塘最远的一个仓库,把我带到这里的人,究竟会是谁呢?

在等待了不知多长时间之后,周围开始有鸟啼声,眼前的黑布里也慢慢渗进了一丝光亮。一夜未眠的我微微抬起头,意识到这是天要亮了。

周围还是没有人声,只有我轻缓的呼吸。

我的腿恢复了一些力气,于是我小心翼翼地撑着身后的袋子一点一点站起来。

没有双手的辅助,此刻我的双腿几乎支撑不起身体的重量,身体不自觉地前倾,就算依靠着袋子,也很难让自己站起来。

但如果我不站起来,就只能坐在这里漫长地等待。

我不知道什么时候才会有人发现我消失了。

在这一瞬间,我想到了阿致,随即苦笑一声,很快就劝服自己忘记这个想法。

所有的故事里,女主总能迅速找到男主,同理,能被男主迅速找到的,也只有女主。

我不能坐以待毙。

我长长吁出一口气,而后将身体慢慢地挪到袋子旁边,让上半身距离袋子更近一些。在身体完全贴在袋子上之后,我咬紧牙,腿上发力。

有了袋子作为支撑,腿部再不断用力,我终于能够缓缓地站起身来。但由于裸露的胳膊在粗糙的袋面上摩擦过,手臂很轻易便破了皮,持续的摩擦让伤口不断沁出血来。

这样带来的疼痛是层层递进的,我下意识拧紧了眉头。

在最后气喘吁吁地站起身时,我都能够感觉到手臂上缓缓流淌下来的鲜血。

但我现在管不了那么多,我站起身,听着外面似有若无的水声,以此来判断乌水的位置。只有知道了乌水的位置,我才能大概判断粮仓大门的位置。

这个粮仓其实并不太大,我听着流水的声音小心地顺着袋子摸索着,慢慢地,身侧的袋子消失了。现在是白天,没了装着水稻的袋子,眼前的光线更加明亮了。即便我戴着布条,也有不少光渗透进来。

"咝——"

就在这时,我的手臂却突然撞到了一样锋利的器具,一下子便划破了皮肤,这和刚刚被袋子磨破皮肤的感觉完全不同,我一时没忍住,疼得直皱起了眉头。

应该是收割水稻的工具之一。

我背对着小心翼翼地用手指沿着刚刚划破皮肤的地方的边缘摩挲。

是墙壁,好像有什么挂在了墙壁上。

第十一章 恶毒女配

既然如此……我动了动被绳子绑得紧紧的手。

虽然这些绳子捆得我的手腕很紧,但因为数目少又很细,所以带给我更多的感觉是勒。

我抬起头,四下听了听,并没有听到人的声音。于是我往后退了一步,更加靠近那把似乎是悬挂在墙壁上的工具。

只是在这个过程中,我的手臂或手指难免会不小心碰到工具,锋利的工具便一下子就将我的皮肤划开一个伤口。

如此反复,此时又是夏天,天气正炎热,虽说这地方是一个粮仓,还阴凉一些,但时间久了,也还是闷热不堪。很快,我的手臂和手指上被划破的伤口就开始隐隐发热,额头上的汗水不自觉地往下流淌,我难忍疼痛,终于还是轻轻呻吟了一声。但比这个更紧要的是赶紧把手上的绳子割开。

时间一分一秒地过去,捆住我手腕的绳子开始有所松动,我稍稍挣脱了一下,两只手之间的空隙便大了许多,但还是没有办法将手完全从绳子中挣脱出来。

或许是因为现在的我力气的确快要用尽了,我蒙着眼,几乎无法控制自己流着汗喘气。

就在我将要把绳子割断的时候,我突然听到了脚步声和说话的声音。这些突然响起的声音距离我很近,但不知道是从哪里传来的。

如果不是我现在站的地方距离门很近,那就是我附近有窗户——

要是没有这些能与外界相连的门或者窗户,按照一般粮仓墙壁的厚度,我是不可能听到这么明显的脚步声的。

我蹲着身子,疲惫地半垂着眼,这种精疲力竭的感觉,使得我

245

已经开始有些意识模糊了。但与此同时，身上的伤口却又反反复复地作痛，火辣辣的刺痛之感不断促使着我清醒。

屏住呼吸，我凝神静气地听着脚步声。

听着这阵脚步声，来的应该不止一个人。我不知道脚步声的主人是仓库的主人、经过的路人，又或者是……将我绑过来的那些人。

如果是后者的话……

我将自己慢慢往后缩去，尽量用袋子遮挡住自己的身体。

那阵脚步声终于停下了。

要是我没猜错的话，脚步声停下的位置，几乎就在我的身侧。

随着脚步声的停下，说话的几人也闭上了嘴。

他们在做什么？会进粮仓吗？

我的心跳个不停，在这片堪称静默的环境中，我好像只能听见自己怦怦的心跳声了。

在这静默中，我的耳朵忽然捕捉到了很轻微的响声。

是那种伴随着人的动作，而无意识发出来的声音……"丁零"。

或许是因为眼睛被蒙住，我不得不依靠耳朵去捕捉身边的信息，因此听觉似乎都提升了不少。

有风的声音。虽然细微，但是不知从哪里吹进了风，风经过我的身边，将那细微到几乎不可捕捉的声音送到了我的耳畔。

是"丁零"的一声。

如果我现在不是因为疼痛而出现了所谓幻觉的话，那么我的确清清楚楚地听到了这如同铃铛一样的声音。

第十一章 恶毒女配

时间其实没有过去很久,仿佛就在旁边的脚步声又重新响起。

脚步声由近至远,直到在我的听觉中完全消失。

当脚步声消失之后,我也听不见那如同铃铛一般的声音了。

不仅如此,好像就连风声也消失了。

在我耳边若有似无的声音,现在只剩下流水声。

我又等待了一会儿,确定没有其他声音,才又缓缓挪到刚刚的地方,继续用工具磨绳子。

不知道过了多久,绑着我手腕的绳子终于被磨断了。我迅速用手解开了系在脑后的黑色布条。

布条解下来的一瞬间,整个世界都亮堂了起来。而已经有一段时间没有接触过光亮的我,很是不适应地眯了眯眼睛,开始打量四周的景象。

狭小,堆满了装着稻谷的袋子,有些稻谷还溢了出来。

如我所想,这里的确是一间粮仓。离我不远的地方,是两扇紧挨着的玻璃窗户。

我的视线落在这紧紧关上的玻璃窗上,转头又看了眼四周,并没有发现其他窗口。那么刚刚吹在我身边的那阵风是从何处来的?

我摇了摇头,让自己别再乱想,或许这风是从什么狭小的缝隙中钻进来的,当务之急就是离开这里。我快步走向粮仓的大门,即将要推开大门的时候,我的手悬在半空,顿了顿。

犹豫片刻后,我转过身,还是选择了那两扇离地面较低的窗户。

窗户是从内部锁住的,所以我很轻松地打开了窗户,然后小心翼翼地踩上了窗台。我四处看了看,并没有瞧见什么人,于是我用了点力气,向外跳了下去。

一瞬间,整个世界在我眼前开阔明亮起来。水声、树叶声,偶尔的鸟啼声,每种声音都让我有一种如释重负的感觉。

这里的确是顾山。

顾山脚下的粮仓并不是私人粮仓,或许正是因为这一点,才让那些绑我的人有机可乘。

昨晚一闪而过的剧情仍然清清楚楚地存在于我的脑海中,我不知道这算是剧情发生了还是没有发生。如果算的话,连我自己都被绑架了,我又怎么去绑架云霓?这段剧情触发的条件到底是我,还是云霓呢?

虽然想过可能是我想太多了,但以防万一,我还是准备去其他几个粮仓看一看。

困住我的那间粮仓旁边,还有几间仓库。这些粮仓都是同种类型的构造,那么应该也会有窗户。

就在经过我刚刚跳出来的那扇窗户时,我不经意地侧头看了一眼窗户,便猛地怔在了原地——

这扇窗户建得距离地面很近,而且开口很大,所以仓库里的任何事物几乎一览无余。而这"一览无余"中,自然也包括我刚刚作为倚靠的那堆袋子。

我的手指不禁颤抖起来。

我稳下心神,微微踮起脚尖——我的视线之中,出现了悬挂在墙壁上的镰刀,也出现了水稻堆之后的空地。

从我此刻的视角看过去,是能够清清楚楚地看到我刚刚所躲藏

第十一章 恶毒女配

的地方的。

既然如此……

我想到刚刚的那阵脚步声和突然停下的说话声。

如果我能够看到的话,那么刚刚那些经过的人,难道没有看到我吗?没有看到我无意识颤抖的双肩以及竭力隐藏在身后的快要磨断的绳索吗?

我只能在心中安慰自己,或许他们的确没有看到,但心中的声音却不停质疑着,怎么可能没有看到?可如果看到了,他们又为什么要装作没看到?

无端升上心头的恐惧,使得我的心脏如同被一只手紧紧攥住。

我艰难地移开视线。

不要想那么多了,赶紧离开这里才是最重要的。

我本来打算将旁边的粮仓都偷偷看一眼,但没想到,从隔壁粮仓的窗户外,我看见了被绑在里面的云霓。

云霓好像昏迷了,正躺在沙袋上。眼睛、手腕,甚至脚踝处,都用绳子绑住了。

我蹙了蹙眉。

和崔致、云倚舒在一起的云霓还是被绑架了,那将我与云霓一起绑到这里来的人究竟是谁?又有什么目的?

如果我和云霓都被绑了,那么昨晚的剧情到底是改变了,还是没有改变呢……

此刻,我想知道的答案实在是太多了。但我知道我现在不能够长久地停留在这里,我得去找能帮忙的人,得去报警。于是我没有迟疑地转过身，向着来路跑去。

这里是老城区，住在这里的祝塘居民很少，我跑下桥，却在下一刻腿一软，整个人都跌倒在了地上。

我用手撑了撑上半身，一时间竟然没能爬起来。

无论我怎么安慰自己，对于这种情况，我的确还是害怕的。而一旦逃出了这种状况，我的力气便仿佛同时被抽走了。湿软干燥的泥土和鼻尖新鲜的空气，让我在远离那间仓库之后，终于有了一种恍如隔世的感觉。

只是，一想到云霓还在那里，我咬咬牙，吃力地想要站起来。

与身体一同摇摇欲坠的，是我的视线。

就在这个时候，我突然听到不远处传来了脚步声。

是绑架我的那群人吗？

我慌乱地爬起身，一抬眼，看到了一道熟悉的身影。

那人本在奔跑，看到我后，他停下了脚步。

他的发丝凌乱，脸颊因为奔跑升起红晕，那紧紧皱在一起的眉头，反映着少年的着急与心慌。

我手忙脚乱地在少年身前站定。

"阿致。"

喊出少年的名字时，我听到自己沙哑到不行的嗓音。

而他，只是紧紧皱着眉看向我："颜茴，你怎么在这里？"

我没明白他在说什么。

崔致往前一步，视线在我的手臂和身上停留片刻，但很快便移开视线:"还有你的身上,是怎么回事?"

"我……"我张了张嘴。

他却忽然又说:"你是不是刚刚和云霓在一起?"

"我刚刚的确看到了云霓。"

还没等我说完,崔致只听见"云霓"两个字,便像是被触发了什么开关一般,那双本来温柔的琥珀色眼眸,立时如同冰封了一般。

"颜茵,你既然和云霓在一起,你为什么没有和她一起出来?"

"我们被绑在不同的房间,我怎么……"

"既然你自己能够出来,你也看到了云霓,为什么不带她一起出来?"

他好像根本听不懂我在说什么。如此愤怒着急,十八年来,还是第一次。

这么多年,我从未看见过他这副模样。听着他的声音,我甚至连意识都开始有些涣散了。

在我耳边说话的人是谁?真的是那个崔阿致吗?我现在身处的世界,真的是真实的吗?

前所未有的疲惫涌上心头,我在蒙眬中看着他:"阿致,你是不是根本就不知道我也被绑架了?"

崔致的声音戛然而止。

他明明就站在我的身前,我却觉得,自己真的离他好远好远。

"我……"他开了口,却没有回答我,而是再次提起云霓,"云霓一个人待在那里不安全,我现在去救她出来。"

他的声音低沉了许多,也冰冷了许多。

头晕目眩中,我低声说:"那你一个人去,就安全了吗?"

听到我说的话,崔致微微转过头来,声音很轻,但每一个字、每一个词,都像是重锤一般,狠狠地敲打在我的心上。

他说:"所以,这就是你一个人逃跑的理由吗?"

就算世界上所有人不相信我,但和我一起长大的崔阿致也会相信我。

在这十八年的时间中,我从来没有怀疑过这一点。

而现在,我只能泣不成声地看着他离开,我的话他不会听,我的解释他不会相信。

我一遍又一遍哭着说,我没有故意抛下云霓,可是你让我一个人又该怎么办?我这样努力才逃出来,可是你却从未发现我也曾消失不见!

而他只会问我,这就是一个人逃跑的理由吗?

"我不要救云霓了,我不要看见崔致了,你们想怎么样就怎么样,想如何就如何吧,我和这一切有什么关系?"

我哭得上气不接下气,泪水如潮水一般。

眼泪明明是滚烫的,但从脸颊上坠落时,那种感觉,却是从未有过的冰凉刺骨。好像那滴泪落在了我的心上,刺进了我的骨头里。

我泪流满面地拼命向前跑,我想,我谁也不要救谁也不要管了,可到底还是按照记忆,寻找着住在这里的居民——

我没有一个人逃跑,因为我没有想过放弃云霓。

就算她是女主,就算她注定会和崔致在一起,但她没有真正地

第十一章 恶毒女配

伤害过我,崔致也喜欢她……

而我,不会对一个遇难的同学熟视无睹。

但是,就这一次了,只有这一次……

终于,在敲响一户人家的门后,一个人走了出来,尖叫了一声:"小姑娘,你怎么啦?手臂上怎么都是血啊?"

我有些反应迟钝地低下头看了一眼自己的胳膊。

这时我才发现,不知何时,我的胳膊,从肩膀到手腕,狰狞地盘踞着凝固的血痕和因为撕裂而涌出的新鲜血液,就连我自己看了都心惊。再加上我此刻泪流满面的样子,看上去一定形容可怖吧。

我勉强地撑起一个笑来:"伯母,你别害怕,这是我自己弄伤的。"我告诉她我被绑架了,麻烦她报一下警。

对方仍然吃惊得难以从我的身上移开视线,她想要扶我进屋,我摇摇头:"我没事,麻烦伯母先报警,我还有个同学也在那里,我怕她有危险。"

警察过来的时候,他们震惊地盯着我,又认了认,惊道:"是颜小姐吗?"

听到他们这么问,想来应该是有人发现我失踪并报警了吧。

我无力地点了点头,便听见一位警察说道:"你受了这么多伤,赶紧去医院吧,我们会救出剩下那位同学的。"

"是有人报警了吗?"

"是的,昨晚就已经有人报警了,颜小姐你也认识,就是崔家的小公子。"警察应声,突然想起什么,又说,"还有一位姓云的同学,

253

几个小时以前也来报警了。"

　　警察顿了顿,继续说道:"只是崔小公子报失踪的女孩姓云,我们没想到颜小姐你也……后来这位云同学倒是报警来找你了。"

　　说不清心中是什么感觉。听到警察这么说,我理所应当地苦笑,心头有个声音轻声说,果然是这样。

　　崔致没有发现我的失踪。

　　崔致第一时间寻找的,是云霓。

　　我颤抖着唇瓣,只觉得浑身发冷。

　　"颜小姐,你还好吗?"警察小心翼翼地问道。

　　"我还好,我先领着你们去仓库吧。"

　　"不用了,你说的仓库我们知道在哪儿,你还是快去医院吧。"一位警察递上纸巾,"还有……别害怕了,你已经哭了很久了,眼眶都红了。"

　　原来我还在不自觉地流泪。

　　我接过纸巾,说:"谢谢,谢谢你。"

　　将云霓率先救出来的人不是警察,而是崔致。

　　他背着毫发无伤的云霓,从桥的那一头缓缓走来。

　　云霓仍闭着眼,仿佛沉睡,她的脸颊依然白净,身上的黑色裙子仍旧美丽。

　　而我与她不同,浑身上下狼狈至极。

　　我远远地看着,突然觉得这一幕很眼熟。

　　少年背着少女,从顾山乌水间行过。

第十一章　恶毒女配

我疲倦地想，这是在剧情中曾发生过的吗？

崔致终于经过了我的身边，他甚至没有看我一眼，只是轻声道："颜茵，你让我……有些失望。"

这声音响起的时候，我听到了铃铛一般的细碎响声。很轻，但也很耳熟。

我的视线缓缓地落在云霓的手腕上——她找回了母亲送给她的手链。

原来是这样。一切不过是一场精心安排的戏码。

我微微笑着，流着眼泪。

所以最终，我还是成了恶毒女配；所以最终，一切剧情，都将步入正轨。

对方根本不是要绑架我，甚至对方是故意放我走的。不论是我那没有绑起来的双脚，还是从窗户口便能看到的清清楚楚的视角。

在我用工具割破绳子的时候，对方便已经发现了，但并没有阻止我。

那突然丢掉的手链和风送来的铃铛的声音，让我最终明白过来。

背后的人，是想看我与崔致分道扬镳，还是想看崔致为了云霓不顾一切呢？

我不清楚这次的事件到底是云霓还是云倚舒的主意，但一定都和这两人脱不了干系。那晚两人的悄悄话，如今想来，或许说的就是这件事。

只是，我也知道这事不会有结果——

红绿灯路口的监控突然出了故障，云霓独自寻找手链时恰好进入监控死角。

最后，只有几个小混混被抓了起来。

他们拒不承认有人指使，只说自己突然想要零花钱，便随便绑了两个女生。

所以，即使我是颜家的人，在没有证据的前提下，也只能将小混混定为是嫌疑人，更何况他们也已认罪。

从派出所出来之后，爷爷便让我住回老宅，那里更加安全。

我向爷爷微微笑着，轻轻拍拍他的手，说今后应该不会有这样的事发生了。

"也是，犯人都已经抓到了。只是小茴，再怎么样你也要注意安全，实在不行，爷爷给你配几个保镖啊！"

爷爷发愁地叹了口气。

我无奈地笑了笑："不用的爷爷，这事您也先别告诉我爸妈，不然他们在泸州得多担心。"

真凶当然不会只是那几个小混混，真正的幕后黑手是还在表演着梨花带雨的受害者，只是拥有系统加持的她永远都不会被推到人前。

当然，也可能云倚舒才是始作俑者，我没有忘记他曾经和我说的那句话——只要是妹妹想要的，他都会帮她。

现在，云霓最想要的，便是崔致。

想清楚这些的我，突然不愿意住在那所我住了十八年的房子里了。又或者说，我暂时不愿意看见崔致，也不想看见云家那对兄妹了。

第十一章 恶毒女配

于是我答应了爷爷,先在老宅里住上一阵子。

因为那日的事情,我有好几晚都气喘吁吁地从噩梦中惊醒。

我无数次回想起有关那天的事情,不论是那流淌着鲜血的手臂,还是那蒙住眼睛的黑布。

除此以外,还有崔致的脸和话语,他那样冷淡地看着我,那样冷淡地对我说失望。

一切想来,似乎都是梦一样。

第十二章
浮云遮眼

这件事不知怎么传到了许多人的耳朵里。

即便是在风俗朴素的祝塘,也会有不少人热衷于这种茶余饭后的谈资,尤其是涉及崔家、颜家这种大家族。

过去的两年,崔家先是失去了崔妈妈,后来崔叔叔也因为车祸变成了植物人,崔致又多次无缘无故地陷入昏迷,主家人口越发稀少,众人逐渐起了分家的念头。在这样的情况下,崔爷爷当机立断,将崔致再次昏迷的事情隐瞒了下来。

崔致曾在学校里昏迷,又多次住进医院,彼时崔爷爷并没有公开内情,只是向校方申请了休学。于是,不少人纷纷开始揣测,一些闲言碎语就这么传了出来——

譬如是崔爷爷惩罚太过严厉才导致崔致晕倒,又或者崔致休学是因为做了什么坏事被关了起来……

每当崔致醒来,再度出现在众人面前,这些流言蜚语便会暂且消停一阵子。

许是这次事情闹得有些大,谣言便又静悄悄地传遍了整个祝塘。

一开始,对于这件事情的叙述,只说是有两个女生被绑架,后来有人提起在现场看见了崔致,便发展成崔致成了小混混,参与了绑架。

谣言越来越离谱，我第一次听到的时候并没有放在心上。直到后来，这种话语传到了爷爷的耳朵里，当他疑惑又惊讶地询问我这件事的时候，我才察觉到了不对劲。等到开学的时候，这些谣言甚至连同学们都有所耳闻了。

"听说高三年级的崔致认识好多小混混，暑假的时候还犯了事……"

"我也听说了，你说这是真的吗？"

"应该是真的吧。"

即便只是从走廊经过，我有时候也能够听到类似的议论。以至于我去办公室的时候，连班里的老师都有意无意地向我打探这些信息是否属实。

我当然立刻否认："这种谣言太荒唐了，实在离谱。"

老师摇摇头："人们总是只愿意相信自己想要相信的，谁又会管是真是假呢？"说着，他小声告诉我，"颜茵，我知道你是和崔致从小一起长大的，这段时间，你劝劝崔致，让他老实一些吧。"

我不由得皱紧了眉头，下意识地问道："老师，听您的意思，难道学校……"

能让老师这么提醒我，想必学校方面是要做相关的处置了。

老师忙挥挥手："我什么都没说，你就当我什么都没说过。"

这么看来，是真的了。

但是这些事情崔致从未做过，学校又怎么会……

只因为流言蜚语，便能将一个人定罪吗？

第十二章　浮云遮眼

　　于旁人而言，这些流言或许是小事一桩，但崔、颜两家是祝塘赫赫有名的世家，说古板也好，恪守传统也罢，对这样历史悠久、家底丰厚的家族而言，最重要的便是家风清誉，学业好坏反倒次之。

　　在长辈们的心里，学业好，那便好，学业不好，那也是个人的造化。即便如此，在我和崔致幼时能够说出完整的话后，家里便已经周密且系统地安排起了各式各样的学习。

　　说到底，类如颜家、崔家这样的家族，享受荣耀的同时，也承担着传承的责任，这不仅需要耗费大量钱财，也需要许多专业知识与精力。作为这类世家的后人，如果连自己的学识修养都达不到标准，又如何将老祖宗的东西传承下去？

　　便是如此，一切学识在清誉面前，也是不值一提的。若是声名毁了，不说家里的长辈会议论，就连祝塘的其他人也会对这个家族产生不信任。

　　因此对于崔致而言，这些流言蜚语的影响力是极大的。

　　升入高三之后，考试便成了一件很频繁的事情，当天就有一场重要的联考。

　　从老师的办公室回来之后，眼看着时间来不及了，我便打算等上午的考试结束后再去找崔致。

　　只是在考试结束之后，在我去崔致教室的路上，我突然听见有人在旁边热烈地议论着什么事，是关于云霓和崔致的。

　　我皱了皱眉，忙拦住其中一个同学问道："同学，你们在说什么？"

"什么？"这位同学打量了一下我。

"就是崔致……"

"哦——"这位同学恍然大悟地说道，"你说崔致吗？他今天上午逃了考试，和云霓一起出去了。"

听到这话，我愣住了："逃了考试……吗？"

"对啊。"同学啧啧感叹，"没想到啊，之前崔致就总休学，现在直接逃了这么重要的考试，不愧是崔家的人，真够大胆的，也不知道学校会怎么处理。"

"谢谢。"

还没等这位同学感叹完，我已经转过身，快步走向崔致的教室。

怎么会这样？崔致怎么会翘掉这一场考试？

我想起上午老师和我说过的话，只能不断地安慰着自己，只是一场考试，应该没什么关系的。

脚步太慌乱，我跟跄了一下，差点摔倒，旁边有人及时扶住了我："颜茴。"

我魂不守舍地抬起头，才发现是云倚舒，皱着眉将手臂抽出来之后就准备离开。

身后，云倚舒没有跟上来，但我突然想到了什么，转过头去问他："云倚舒，崔致不去考试的事情，和云霓有没有关系？"

他站在不远处静静地看着我，什么话也没有说。但从他的沉默中，我知道这件事一定和云霓有关。

"你可真是个好哥哥。"我讽刺地留下一句话，而后转身离开。

如果和云霓有关，那么，这件事情在原剧情中就有发生过吗？

第十二章 浮云遮眼

这一场考试……

我好像忘记了什么重要的剧情,是什么呢?

我正往崔致的教室走,一个与崔致同班的同学正好出来,看见我后,他忙喊住我:"颜茴妹妹!"

听到他的声音,我忙停住脚步。

"你怎么来了?我们班班主任正好要找你呢。"他报了办公室的位置,让我赶紧过去。

这样看来,肯定是要说崔致的事了。

等到了崔致班主任的办公室,他正在办公室里走来走去的,很焦急的模样。

"老师。"我喊了一声。

"颜茴你来了。"班主任重重叹了口气,"崔致今天逃了考试的事情你知不知道?"

我沉默片刻说道:"我也是刚知道。"

"这孩子怎么会变成这样呢?虽然休学过几次,但是成绩一直没落下,可现在呢?居然翘考试。"班主任揉了揉太阳穴说道,"人家云霓是第一次,就算处分也不会太严重,但是崔致……"

说到这里,他压低了声音和我说道:"颜茴,你应该知道的吧,这么久以来,学校也不想相信那些谣言,但崔致这么一闹,事情再假,在别人眼里也成了板上钉钉的事了,到时候,学校无论如何都要拿出一点态度来了!"

我紧紧攥着拳头,强挤出一抹笑来:"我知道的,老师。"

"颜茴,你和崔致从小一起长大,除了你,我也不知道谁能找到崔致了。这会儿正好午休,你出校门一趟,赶紧把崔致找回来吧。就算是只参加下午的考试也好啊。"

"……好。"

可是,我要去哪里找呢?

这个问题出现在我的脑海中时,我蓦地想起了崔妈妈去世那天。

那天,我几乎没多想,下意识地便找到了躲在教堂的崔致,就好像心有灵犀一般。

但是现在,我已经越来越不明白崔致了。

有时候,他好像还是从前的那个阿致,会向着我温柔地露出那朵梨涡,会轻声地喊我"小茴香豆"。可更多的时候,不管是他想要,还是我自己做了选择,他与我都已渐行渐远。

可就算我在心中说服了自己无数次,只当个旁观者就好,但当崔致真的遇到困难的时候,我却还是无法控制地一而再再而三地想要帮他。

这里是祝塘啊,是我和崔致一起长大的地方,这里的每一处都有属于我们的回忆。

他曾趴在摇篮上指着我牙牙学语,叫我"小茴香豆";曾小心翼翼地攥着我的手,看我走出第一步……祝塘的风、祝塘的云、祝塘的石板路,都藏着他和我的过去。

对我来说,他不仅仅是我的青梅竹马、我的心上人,更是我生命中,唯一可以碰触到的光明。

但我知道,崔致和我,已经不是当初的阿致和小茴香豆了。

第十二章　浮云遮眼

现在的我,再也没有办法像从前那样肯定地说,阿致一定就在那里,我知道的,他一定就在那里。

这一切,到底是我变了,还是崔阿致变了?

这场考试的重要性,我不相信崔致会不知道。可他现在还是逃了考试。

就因为对方是云霓吗?

我不知道了,我已经不知道该怎么做了。

那天,我在小时候一同去学琴时必经的桥上找到了他。

看到那道熟悉的身影,我的神情有一瞬间的恍惚,仿佛回到了初初学琴的时候。

小时候的阿致跑得很快,每每经过这里,总是他在桥头,我在桥尾。阿致总会说着"小茴香豆,你好慢哪",然后停下脚步,跑回我的身边。

时至今日,又是夏秋交替时,梧桐灿烂,阳光晴朗,我站在桥下,如同许多年前一样。

这里的风景还是那么静谧,乌水依旧静悄悄地往前流淌,顾山沉默地望着世间,小船飘飘悠悠,如水中琥珀一般的浮藻。

只是,从前那个会陪着我一起站在桥上看风景的少年,那个会对我笑出一朵浅浅梨涡的少年,已经不见了。

水波轻拂,梧桐叶落,如今,少年站在桥上,背对着我,将另一位少女纳入眼中。

那微微露出来的侧脸上,琥珀色的眼眸被长长的睫毛遮掩。我望见他的红唇，如桃花一般，缀在瓷白的面容之上。而他面前的少女，又是几时羞红了面颊呢？

崔致对待云霓的特殊，我是早就知道的。

睫毛微颤，一瞬间，接下来的剧情，突然出现在了我的记忆中——

崔致旷考，只不过是因为今天是云霓的生日。

在云霓上次"救下"崔致之后对崔致所说的话，便是希望崔致能够在她生日的时候陪她一整天。而在后来七夕节发生的绑架案之后，崔致也终于答应了帮她实现这个心愿。

因为这次旷考，崔致会受到严重的处分，加上之前多次的休学，学校方面顶不住非议，只得将崔致开除。崔家那边听说了这件事之后乱成了一锅粥，有心之人拿这件事做文章，认为崔致没有资格接手崔家，逼得崔爷爷将崔致逐出崔家。而正在气头上的崔爷爷虽然暂时没有答应这个提议，却不再允许崔致去祭拜原文中已经去世的父母。

后果比我能够想象的严重许多。

哪怕情节有所改变，但崔致难道仍要走上一模一样的道路吗？

原本，就算云霓是有目的地攻略崔致，但只要崔致能够开心的话，我没有任何理由去插手。但是，为什么这些攻略都要在伤害崔致的前提下发生呢？

难道就因为他是男主，崔致就必须遭受这样的坎坷吗？

而知道这一切真相的我，又该怎么插手呢……

七夕节后，想要远离云霓的我、拼命逃出仓库的我，终究被视作了"恶毒女配"，崔致对我已然失望。而故事的发展，也似乎并没

第十二章 浮云遮眼

有因为我的插手改变分毫。就好像不管我怎么做，即便事情发生的过程不同，结果也不会产生任何变化。

一只小小的蝴蝶扇动翅膀的时候，真的能够带来风吗？

我背对着桥上的人，心脏被攥紧般疼痛。

我该怎么办，我能怎么办？

"……颜茴？"

就在这个时候，身后传来了少年的声音。

我顺着声音转过头，有些迷茫地抬起眼。

少年正微微皱着眉看向我，那向来风轻云淡的面容上，有着片刻的诧异。穿着白裙的少女恍若娇柳一般，站在少年的身旁。

云霓看着面前的颜茴，在心里问道："系统，怎么每次都有颜茴来打扰我们？"

"抱歉，这个系统也不知道呢。"

"现在崔致对我的好感度是多少？"

"崔致现对宿主云霓好感度为 99。"

听到这个数字，云霓微微勾了勾唇。

"现在可以知道崔致对颜茴的好感度吗？"

"抱歉，这个系统暂时无法探知。"

"阿致，你下午会回去考试吗？"

在这突如其来的静默中，我抬起头看向崔致。

崔致沉默片刻，说道："今天是云霓的生日。"

旁边的云霓笑了一下，看着我说道："很抱歉，但是今天崔致归我。"

我顺着声音看向云霓："你知道今天有考试吗？"

云霓神色不变："所以呢？"

"你知道你们这样旷考的后果会是什么吗？"我努力地控制着情绪，问道，"你们要庆祝什么我不管，但是为什么非要旷考出来呢？难道考完试后不可以吗？难道就没有其他的时间了吗？"

我知道我的情绪可能没有控制好，整个人几乎气得发抖。

听到我这么说，云霓的神情一下子就变了，她那本来清冷的面容上，眼眶微微地红了。

虽然不知道原因，但是崔致看见了。他看了眼云霓，又看了眼我，轻轻叹了口气："我们没有庆祝什么，今天是云霓的生日，但也是她母亲出事的日子，我们一起约好了……"

"崔致，"云霓打断崔致的话，红着眼看向我，"你说了她也不明白的。"

"那你明白吗？还有崔致，你明白吗？最近有关你的谣言还有学校的态度，我不相信你不清楚。这样的情况下，你今天还和云霓一起旷考。"我冷下声音，看着崔致，"你们已经在一起一上午了吧，下午的考试总可以回去吧？"

他不会想不明白这一切。

我陪伴十八年的少年，不会是那么愚蠢的人。

崔致没有说话，旁边的云霓拉了拉他的衣袖："崔致，我不会回去的。你答应我的，你也会遵守约定的吧？"

她的声音中，有着难得的示弱。

崔致本来微微皱着的眉果然舒展开来，他低头看了眼云霓，软下声音道："我会遵守约定的。"

"颜茴，这只是一次普通的联考，而且你也知道那些仅仅只是谣言，学校为何要对我做出惩罚？"他顿了顿，继续说道，"我的成绩你知道的，所以你也不用担心了。"

崔致的声音很冷漠，他和我说话的样子，如同面对陌生人说话一般。

我明白为什么。在他的心里，他觉得我丢下了云霓，不再愿意相信我。

我一直强忍的情绪终于爆发了："崔致，你是越活越回去了吗？你知道这件事会有多严重的后果吗？就算被退学也不要紧是不是？你为什么都不能对自己负责呢？你觉得谣言只是谣言，可是谣言也是压垮人的一根稻草，之前的事，众人已经议论纷纷，就算我相信你，和你相熟的人相信你，但其他人呢？崔致，你是不是根本就没有为崔家考虑过？"

崔致和云霓现在发展到了什么地步我不知道，只要崔致愿意，我也决不会插手他们之间的感情。但是现在，曾经那样成熟、那样让人安心的崔致，现在却一次次做出让我无法理解的行为。这样不合逻辑的事情，为什么就发生在了我身边呢？

这是剧情设定，是系统规定，还是崔致真的变了呢？

不知何时，我的眼泪已经止不住了，我气得浑身颤抖："崔致，你能不能仔细想一想？"

见到我这个样子，崔致似乎是想要说些什么，他张了张嘴，脚下却突然一个踉跄，几乎没有站稳。

他皱着眉闭上眼睛，又睁了开来："颜茴……"

云霓转过头看着我，冷冷地道："颜茴，你凭什么来管崔致？你是他的谁？青梅竹马吗？那不就是十几年的邻居，你就真以为你是崔致的亲人了吗？还有，崔致怎么就不替崔家着想了？再说了，崔致的爷爷真的关心他吗？！他根本就不是一个合格的长辈！每一个人都是独立的个体，你是不是还活在……"

"云霓！"崔致打断她。

我看着崔致，视线有一瞬间的模糊。

是我没有控制好自己的情绪。我是站在已知者的角度上来看待问题的，但崔致和云霓不是。

云霓是带着攻略的目的靠近崔致的。而崔致，也在这一次次的相处过程中越发在意云霓。

那我呢……

我陪伴崔致的十八年，难道就是假的吗？

我忍下眼泪，颤抖着声音问他："崔致，你是真的不会回去了吗？"

崔致看着我，琥珀色的眼睛漂亮得和初见一般，只是那朵梨涡，不会再向我轻轻展开了。

"抱歉……颜茴。"

那一日，直到考试结束，崔致都没有回学校。

我站在院子里，看着从前崔致最喜欢爬上的矮矮的墙，那如阳光般灿烂的爬墙虎,就在风中轻轻摇曳。

从前的无数次心动,变成了现在的无数次心痛。

分道扬镳……或许真的是我和崔致最好的结局了吧。

从那一天起,我和崔致便再也没有见过面。

不知道过了多久,学校宣布了对崔致的记过处分。

出人意料的是,崔爷爷在这件事发生之后亲自去了一趟学校,然后崔致自请退学了。

崔爷爷说,崔家向来家风清明,他没有这样不知廉耻、不守礼节的孙子。崔致不愿意好好读书,那就不必让他继续读下去了。

我回老宅的那一日,爷爷说到这些事情时轻声叹息:"崔致这孩子,怎么就变成这样了呢?"

彼时我正陪着爷爷下棋,听到他说起这些,我下棋的手指微微一顿,但并没有说什么。

"那些确实只是谣言……看来崔老头这次是真的生气了。"他淡淡道。

我犹豫了一下,还是问道:"爷爷,崔爷爷那里有说什么吗?"

"说什么?"颜爷爷下了一颗棋子,"你崔叔叔和崔妈妈那里,都不允许崔致再去了。"

我沉默片刻,缓缓道:"爷爷,这件事,崔爷爷已经告诉崔致了吗?"

颜爷爷抬起头来,看了我好一会儿,没说话。

我低下头去。

"这些事崔致都没有和你说吗?"颜爷爷意味深长地看着我,"你和崔家那小子，发生什么事了？"

"爷爷。"我喊了他一声，但不知道说什么好。

见我这副模样，爷爷只摇了摇头，不再说话。

傍晚时分，用人上茶的时候，突然小声地说道："颜小姐，崔公子在外面呢。"

我抬眸看了眼窗外——

江南多雨，即便是秋天，天气也总是喜怒无常。之前还是艳阳高照的晴天，不知从什么时候开始下起了雨。

"崔致……在外面吗？"

"说是因为那件事，正跪在崔家门口呢。"用人凑在我的耳边小声说道。

我的心不经意地揪了一下。

"下着雨……吗？"

用人点一点头。

坐在对面的爷爷叹了口气："我都听见你们说的了。好了，颜茴丫头，你要是关心崔致，就去看看吧。"

用人尴尬地直起身子。

而我只是怔怔地看着放在桌子上的果盘，摇了摇头轻声说道："爷爷，我不能去。"

爷爷愣了愣，有些生硬地转移话题："丫头，吃不吃橘子？现在这个时节，橘子最新鲜了。"

果盘里的橘子个头大，圆溜溜的，看上去橙黄灿烂，好像一个个小太阳。

第十二章 浮云遮眼

"这是承包田的果农那里送来的,尝尝看,挺甜的。"爷爷继续说道。

"好。"我拿起橘子,小心翼翼地将皮剥开,耳边忽然传来一阵雨声。

或许是刚刚雨下得不大,我在屋中并没有听到雨声。但现在,这雨声却猝不及防地变大了,几乎要响彻整个世界。

坠落在窗户上的雨珠,一颗接着一颗滚落,发出"嗡——"的一声长长的震动。

橘子剥完,我却只是看着手上鲜嫩的果肉沉默不语。

明明已经说过不再管崔致的,明明已经想要置身事外的。

但这个世界上所有的一切好像都在提醒我、告诉我,我其实根本无法放下崔致。

我颤抖着手指,将一瓣橘子塞进嘴里。

爷爷说的没有错,橘子真的很甜。

外面的雨下得很大,我站在屋檐下,雨珠纷纷溅落到我的身边。

天色阴沉,雨幕如织,深灰色的云朵与细密的雨珠占据了整个天空。

这样的傍晚,周边的喧闹声,却比这雨声更为嘈杂。

"崔小公子跪在那里多久了?"

"有一阵子了,崔老爷也真够狠心的,说谁也不允许给他撑伞。"

"他旁边站着的……崔小公子就是为了那个小姑娘吧……"

"嘘!"

屋檐下的用人们看着雨中的两道身影，小声地交头接耳，见我撑了伞出来，便忙止住口，不再说话了。

我下了台阶，站在屋檐垂雨的地方，静静看着雨中的身影——

跪在雨中的崔致，与站在他身边同样没有撑伞的云霓。

那纤瘦的少年，喜欢穿着一切鲜艳颜色衣服的少年，此刻却仿佛融入了阴沉的雨幕之中。浅灰色的开衫被雨水湿透，低垂的眉眼因在细密的雨中，让我看不清他的神情。

在这一片静默中，突然响起了开门的声音。

听见这声音，少年慌忙抬起头，露出那张好看的面容。

是崔爷爷出来了。

管家给崔爷爷撑着伞，崔爷爷只是面无表情地看着跪在门外的崔致。他的眼神很冷淡，就好像这跪在雨中的少年当真已不再是他唯一的孙子了。

雨水打在崔致的脸颊上，他张了张嘴，声音沙哑地喊了一声："爷爷。"

崔爷爷没有回应他，只是抬起头看了眼天空，而后侧过身，指着崔家的大门，声音是难掩的悲怆："崔致，你本是崔家的后代，崔家未来的继承人。可你的母亲因病去世，你的父亲现在躺在病床上人事不知，你也因为我的要求自请退学了。如今，我更是不允许你去看望你的父亲母亲，你是不是觉得自己很冤枉、很委屈？是不是觉得你命运凄惨，受尽了一切苦难？是不是觉得发生在你身上一切都值得被人同情怜惜？

"所以你开始肆意妄为，无视崔家的传承清誉，明知自己谣言缠

第十二章　浮云遮眼

身，多少人等着看你的笑话，却还肆意旷考，不把学业当作一回事。你是觉得有崔家在你的身后，就能肆无忌惮，是不是？！

"从小到大，我亲自请了良师教导你，也从未在可行之事上约束过你。我希望你能够成为真正有担当的人，而不是像现在这样毫无责任心，尽做出些有辱先人之事！崔致，你让我、让崔家对你十九年的教导，到最后，是竹篮打水一场空！"

崔爷爷越说越快，最后，声音都开始颤抖。

崔致跪在雨中，只是拼命摇着头，哭喊道："不是的，爷爷，不是的，崔致没有不尊重您，也没有无视崔家。爷爷，是崔致错了，是崔致错了！"

"崔致，我……会慎重考虑，你是否还能留在崔家。"崔爷爷站在台阶上，深深地呼了口气，身边的管家忙扶住了他："崔老……"

崔爷爷摆了摆手，不再看崔致一眼，转身回了宅子。

门被缓缓关上。

崔致跪在雨中，一动不动，雨水坠落在他的额头、鼻尖、唇瓣，他恍然不知，只是高声喊道："爷爷，是崔致错了，崔致错了！只求您允许我去看爸爸和妈妈……崔致从来没有不尊重崔家，不尊重老祖宗……是崔致的错，一切都是崔致的错。求您，求您不要对阿致失望……"

他不知喊了多少遍，声音早已沙哑，身体在雨中颤抖着，如被风卷起的树叶，飘落无根。因为哽咽，他甚至已经说不出一句完整的话，被雨呛了一口，随即开始猛烈地咳嗽，连带着身体也更加猛烈地颤抖起来，他只能用手强撑着地面。

我看着眼前的一切，视线早已模糊，我对自己说，是崔致做错了，我……也不应该再去管他了。

他的身体还在风雨中摇摇欲坠，苍白的面颊上，滑落的不知是雨水还是泪水。

为什么，还是走到了这一步呢？

我颤抖着手，斜落的雨伞面上，雨珠便滚落在了我的手背上。

"崔致，我们走吧，你别跪了。"身旁的云霓拉着崔致的衣服，急声喊道，"他是你爷爷，你也不是他的囚犯，他怎么能决定你能不能去看望叔叔阿姨呢？"

跪在雨中的少年恍若未闻，依然沙哑着声音高声喊着："爷爷，求求您，允许崔致去看爸爸妈妈吧——"

系统："崔致现对宿主云霓好感度为100。"

系统："请宿主劝服崔致离开崔家，请宿主劝服崔致离开崔家，请宿主劝服崔致离开崔家……"

脑海中不断响起的系统的声音，让云霓倍感烦躁："我一直在劝他啊，但你看他像听我话的样子吗？可是明明好感度已经100了啊！"

"崔致，我们走吧，现在雨下得太大了，你会生病的。"云霓放弃了和系统交流，继续完成系统交代的任务。

她很不理解，觉得那崔家的家主完全就是胡说八道。

只是因为一些无足轻重的谣言就不相信自己唯一的孙子，云霓实在想不明白祝塘的世家为何如此古怪，和京市的云家远不相同。

第十二章　浮云遮眼

泼天财富、滔天权势，这才是想要流传后世的世家需要的。只是固守在祝塘，守着所谓的传承和清誉，这种家族有什么意思？

"崔致，你别担心，就算你不是崔家的人了，我也会一直陪着你的，好吗？我们可以一起努力，不用再受他们的白眼。"她蹲下身，尽量放缓声音。

我远远地看着云霓和崔致，一瞬间想起了原文最后的剧情——

在崔致与崔家决裂的过程中，云霓教导着崔致真正脱离崔家，迅速成长。而经此一事之后，孤立无援的崔致和有着相同遭遇的云霓，也终于明白了彼此的心意，携手走向更光明的未来。

这段突然出现在记忆中的情节，让我不由得紧了紧握着雨伞的手。

多可笑啊！

因为生病失去母亲，因为车祸导致父亲人事不知，连仅剩的亲人也要就此断绝关系，难道必须这样，崔致才能真正成为男主吗？

成为男主之后的崔致，还是我认识的那个阿致吗？

"崔致，你看你都在这里跪了这么久了，你爷爷还是没有回心转意，我们走吧。"云霓拉着崔致站了起来，耐心地劝着他。

崔致只是迷茫地看着她，又仿佛是透过云霓在看向另一个人，这让云霓感觉很不舒适。

"崔致，我们走吧，别管他们了。"

我再也看不下去，大步向前，用尽了力气，抓着雨伞走向崔致。

他眼神迷茫，仿佛看见了我，又仿佛没有看见我，只有口中不断呢喃着什么。

身边，云霓拉住他的手正打算离开。

"崔致。"

我撑着伞，站在雨中静静地看着浑身湿透的少年。

听到我的声音，崔致仿佛从梦中惊醒一般，那沾染了雨水的睫毛轻轻颤抖着，露出琥珀色朦胧的眼眸。

"颜、茴。"他张了张嘴，吐出我的名字。

我攥紧手指，直直地看着眼前这个无比陌生的少年："崔致，你真的知道错了吗？"

"颜茴，你能不能别再管崔致的事了？"云霓忙站了出来，拦在我的身前。

"崔致，你知道你要对自己的行为负责吧？"我没有看她，只看向云霓身后的崔致。

少年抬起眼来，看着我，喃喃道："颜茴，我已经很久没有见过你了。"

是。不论是有意还是无意，这些日子我都在避着崔致。

我不想再面对这样陌生的崔致了。因为在意，所以无法面对，也不敢诉说。这段太过珍贵的关系，如今反而让我束手束脚起来。

我绕过云霓，将手上的雨伞塞到崔致手中。

崔致的手很凉。我收回手，往后退了一步，任由冰凉的雨水坠落在我的身上，掩藏起落下的眼泪，倘若掺杂了雨水，对面的少年就不会看到了吧？

第十二章　浮云遮眼

"崔致，崔阿致，我是真的不想再见到你，也不想再管你了。"我没有控制住，哽咽的声音将我的心暴露无遗。

"崔致现对宿主云霓好感度为100。"

"你以为我为什么要管你？"我闭上眼睛，只觉得浑身无力，我以为我会嘶吼，最后却那样平淡地说出深藏心中的秘密——

"崔致，我从来……都不想当你的妹妹。"

"崔致现对宿主云霓好感度为0。"

"可是你说过，你只把我当妹妹。所以我想，当妹妹也好。只是我可能太高估自己了。"我含着泪笑了笑，"明明自私地想用妹妹的身份留在你身边陪着你的，但现在，也许你已经不需要我了，而我好像永远也做不到冷眼旁观。"

"崔致现对宿主云霓好感度为100。"

"崔致现对宿主云霓好感度为0。"

"崔致现对宿主云霓好感度为100。"

"崔致现对宿主云霓好感度为0。"

"系统，怎么回事？系统？"

听到脑海里不断响起的机械音，云霓有点慌了，她忙在心里问道："系统，发生什么事了？"

"警告！警告！崔致状态不稳定——"

"警告！警告！"

"系统开始自动修正……"

281

阵阵的雨声中,颤抖着手握住雨伞的少年,用那熟悉极了的悲伤的眼神看着我。

我抬起手来,努力地擦拭着面颊上的雨水,或许也掺杂了泪水吧,因为此刻我眼眶里的泪,已经止也止不住了。

"对不起,阿致。"

一声闪电亮起,我下意识地看向天空,那云翳之上,耀眼而明亮的光闪过天际,将眼前的一切朦胧景象都撕裂开来。

少年站在我面前,泪如雨下,呢喃着:"对不起,对不起……小茴香豆,对不起……"

我没有意识到,少年的神情已几近崩溃。

"崔致,你不应该对我说对不起,你应该对你自己、对叔叔、对阿姨、对崔爷爷说对不起。"我摇了摇头,冰凉的雨水就这样砸到我的脸颊上,生疼生疼的。

"崔致……"云霓忙喊出声,想要拉走少年。

崔致却直接甩开了云霓的手,看也没有看她一眼,他忍着剧烈的头疼,紧紧握着手中的雨伞,望着我。

"系统!你快点阻止他,系统!"见崔致这副模样,云霓心中有种不好的预感,她忙呼唤脑海中的系统。

"系统自动修正中……"

"警告!警告!"

"小……"

雨伞轰然坠落在地,溅起水花。苍白的少年,就这样直直地摔

第十二章 浮云遮眼

倒在地，闭上了双眼。

"阿致！"

"崔致！"

少年摔倒的一瞬间，我几乎是下意识地看向云霓。

此时惊慌失措的云霓，仿佛在和什么对话一般，我突然想起这么长时间以来崔致曾多次昏迷，心里好像终于明白了什么。

明明有的时候我已经察觉到不对，明明有些剧情我曾经记得很清楚，但是每逢关键时刻，我却总会忘记这些细节。

因为那遮住我的眼睛、混淆我的视线的，是系统。

虽然不知道是什么原因，但当遮住我眼睛的无形的双手消失后，蒙在我意识之上的迷雾骤然消散，我突然想清楚了许多问题。

崔致的昏迷，医院都查不出症状，唯一的解释，便是与原小说中的系统有关。算一算时间，他第一次昏迷，便是在女主将要得到系统之时。而这一次，崔致昏迷时，云霓的表现让我更肯定了这种猜测。

但是，为什么云霓的系统会使崔致陷入昏迷之中？明明是促进男女主情感发展的工具，为什么会做出伤害男主的行为？

我百思不得其解，只能守在崔致的床前，看着他闭着眼睛，满头大汗，心里同样不好受。

崔爷爷派来的医生住在了家里，他轻轻敲门喊我下去。

"病人的情况可能不太好。"医生看着我摇了摇头，"虽然昏迷的具体原因查不出来，但是病人的身体机能明显在受损状态。"

与之前几次昏迷后精神明显好转的情况不同,这次昏迷后,难得醒来的时候,崔致的情绪变得容易失控。他变得很易怒,房间里零零碎碎的东西,也总是被他砸了一地。迅速消瘦下去的身体与反复无常的情绪,使崔致的精神变得非常不好。

正和医生说着这些情况的时候,我听见二楼又传来了砸东西的声音。

"不好意思。"我忙和医生说了一声,匆匆赶上楼去。

"啊——"

与东西破碎的声音一同响起的,是少年痛苦的呻吟声。

我拧了一下门把手,门没有开,我忙喊他:"阿致,你开门。"

痛苦的呻吟声与砸东西的声音戛然而止,一阵慌乱的脚步声慢慢靠近。

少年好像倚在了门上,我能听见他急促的呼吸声。

"阿致,你哪里不舒服吗?你开一开门。"我拍了拍门,喊他。

"……"

"阿致。"我喊着他的名字,声音却有些哽咽,"你是不想再见我了吗?"

门的另一边,终于响起少年慌乱的声音:"不是!不是的,小茴香豆,当然不是……"

他现在又叫我"小茴香豆"了。

"颜茴""小茴香豆"……这些称呼在我的记忆中反复响起,那种陌生又熟悉的感觉,仿佛在提醒我什么。难道……

就在这时,门后的少年缓缓道:"小茴香豆,我不是我自己了。"

第十二章 浮云遮眼

我的脑海中闪过一种不可思议的想法。

崔致第一次昏迷后醒来的时候，他曾经说过，狡猾的女巫想要说服他，睡美人想要代替他，而他既要和女巫吵架，让她去找别人当王子，又要和睡美人打架，谁输了谁就要继续睡。

那时的我只以为这是大病初醒的崔阿致做过的一场可怖的梦，但是现在想来，在云霓和系统出现之前，这一切便已经有所预兆。

毫无疑问，在阿致的描述中，"女巫"与"睡美人"是同一阵营的，他们都在威逼利诱崔致，让他"继续睡下去"。

如果女巫指的是系统，那么睡美人呢？在崔致的身体中，是否存在着另一个崔致？如果真的是这样，也就是说，每当崔致睡着的时候，这具身体便会由所谓的睡美人进行控制。

想要代替崔阿致的睡美人，是谁？

一个虽然有一些地方与崔致截然不同，但拥有着我与崔致的一切记忆与经历的人，或者一种意识。

能熟知崔致所有记忆与经历的只有系统，而系统愿意帮助的，或许并不是那个与我一起长大的崔阿致，而是只为了原文剧情存在的崔致，又或者说，是原小说剧情展开之际，由系统生成的崔致。

如果真是这样，那么当云霓来到祝塘，一切剧情即将开始的时候，由原文生成的崔致便开始与阿致争夺身体了，那时候，阿致便是因此而痛苦。倘若一方成功，那么另一方势必就会陷入沉睡，而我时常感到怪异，其根源便是在于，我面对的，本就是两个不同的崔致！那个所谓的系统的力量，一直在阻止我去发现两者的不同。

原来是这样！

所以我才没能发现后来的崔致与和崔阿致之间的不同。

所以即便我再努力改变剧情也无法阻止故事的发展。

只因为不知从什么时候起,我认识的崔致已经在他自己的身体中陷入了沉睡。

只因为在这个世界里,不论是我还是崔致,都是系统运转过程中需要修正的错误。

第十三章
系统法则

崔致再次陷入昏迷。

能够占据崔致的身体这么长时间，系统的力量自然远超阿致。在这个争夺过程中处于下风的阿致，会怎么样？会输吗？

可是……

是崔阿致真真切切地在祝塘生活了十九年。

是我真真切切地与崔阿致一同长大。

难道时间真的作不得数？难道我们存在的意义都是虚假的？一切为了剧情让步，一切为了适应人设而存在？

我守在崔致的床前，看着他面色惨白汗如雨下。

于是在那个午后，我去了云家。

云倚舒开了门，看见是我，他微微一愣。

"云霓应该在家吧。"我没有看他，视线绕开云倚舒，我看见了站在院落里的云霓。

她本来背对着我，此时听到声音便转过了头。

云倚舒"嗯"了一声，他仍旧挡在我的身前，没有让步。

"让开。"

"你找云霓什么事？"

我冷冷地看了眼他:"你可真是尽职尽责。"

云倚舒看着我,张了张嘴,似乎是想要说些什么。

而此时,不远处的云霓和我对视一眼,已缓缓道:"哥哥,让她进来吧。"

听到这话的云倚舒,却仍旧没有动。他只是低头看着我,蹙眉:"颜茴,有什么事,可以好好说。"

我沉默不语地将他挡在我身前的手推开,直接进了院子。

云霓眼中满是讽刺,她转过身:"来吧,到我房间说。"

云霓的卧室里很简洁,几乎没有什么装饰品,唯有一张放在床头的照片,里面是一个小女孩笑着依偎在女子的怀中。小女孩的眉眼很像云霓,应该就是云霓小时候,至于那拥抱着她的女子,想必就是云霓的母亲了。

云霓见我看着那张照片,微微笑了笑,介绍:"这是我妈妈。"

我抬起眼:"听说你妈妈现在是植物人。"

云霓仍旧微笑着看着我,她伸出手,将那张照片拿了起来,温柔地摩挲:"不,她一定会好的。"

我看向她,反问:"那崔致呢?"

她摩挲着照片的手指微微一顿。

"崔致?"云霓的声音在房间中轻缓地响起,充斥着冷意,"这不都是因为你吗,颜茴?如果不是你说了那些话,我早就把崔致劝走了。可是现在呢?我听说他还在昏迷,这一切,你满意了吗?"

她的声音里俱是不满。她从未觉得她有任何错处。

"崔致的身体是因为你才这样的吧。"

不知为什么，当我真的站在这个所谓的女主面前的时候，本来满腔怒火的我，却慢慢地冷静了下来。

"你在说什么……"云霓的话并没有说完，因为她突然想到了系统说过的类似"自动修正"的话。

难道崔致的身体是因为这个原因才出了问题？她不由自主地皱了皱眉，神情有一刹那的慌乱。

系统并没有告诉她这件事情。

"我知道你拥有那样东西。"

恶毒女配站在女主的面前，静静地说出自己的宿命。

而在这句话落下之后，整个房间里都陷入一片静默。没有任何人说话，连心跳都似乎要停止一般。

云霓起初不解其意，却在这片静默中突然明白了什么。她满脸震惊地抬起头看着我，连瞳孔都在因为震惊而颤动。

她后退一步，紧紧地盯着我："我不明白你什么意思。"

"云霓，通过那样东西，你到底想得到什么？"

我一动不动，心中是前所未有的平静。就在这个将一切都准备说出来的时刻，我甚至感觉到了轻松。

十八年来，我曾经无数次地纠结过所谓恶毒女配的身份，也在云霓来到祝塘之后选择在剧情中沉默不语。

只要崔致愿意，只要崔致喜欢，那么男女主的感情发展，我没有插手的权利，也不会插手。我会静静地成为妹妹、成为女配，我会一声不语地看着他们，看着一切走向那个既定的"光明的未来"。

但是当我得知，这一切都有可能是虚假的，连同我和崔致一同长大的十八年时光也被完全否认，甚至崔致会就此长久地陷入昏迷、沉睡不醒的时候，我突然想，在这个故事里，靠系统捏造出来的感情，难道就是真实的吗？

云霓面上已经逐渐冷静下来，但她仍在心中疯狂地问着系统："系统，颜茵说的话是什么意思？她是不是知道你的存在了？怎么可能？怎么可能呢？"

"抱歉，这不属于系统的工作范围。"

回答她的机械音同样透露着慌张。

云霓追问道："还有崔致的身体……按照颜茵的说法，是你让他变成这样的？"

机械音没有响起，系统似乎在沉默。

"系统，到底发生了什么？"

系统再次开口时已经镇定下来，恢复到原来平淡无波的声调。

"作为本世界的世界核心，气运最强的两个人会影响这个核心的形成。两人中，其中一个是宿主您，一个便是攻略目标崔致。系统只是一串世界气运的代码，只能为宿主提供部分攻略手段，攻略目标是否成功，还请宿主自己继续努力。一切攻略的选择都由宿主云霓自行决定，系统不会多加干涉。宿主的每一个想法和行为，都将会影响攻略的结果。"

"你的意思是，崔致的身体变差，是我导致的？"

系统却只是重复道："一切攻略的选择都由宿主云霓自行决定，系统不会多加干涉。宿主的每一个想法和行为，都将会影响攻略的结果。"

云霓在心中冷冷笑了笑："系统，如果不是你的诱惑，我会选择攻略吗？"

"系统只是一串世界气运的代码，一切攻略的选择都由宿主云霓自行决定……宿主，请别忘记你的目的。"

听到最后一句话的时候，云霓面无表情地攥紧了手中的照片。

为了这个，她不惜付出一切，就算牺牲别人……也无所谓。

心中，机械音再次响起："请宿主云霓警告颜茵，让她不要再干扰你的攻略，否则原崔致的后果……"

在云霓沉默不语的时候，我就猜到她或许在和系统对话。

如果说不害怕，那是不可能的。原文中的系统，对于任何人而言，都带着一种来自未知世界的恐惧。

但我在心中无数遍告诉自己，你不是原文的颜茵，你不是那个恶毒女配。

如果系统真的有那么强大的力量，如果系统真的能够改变一个人的感情，那么我就不会来到这个世界，也不会成为这个世界的"颜茵"。

面前的云霓终于抬起了眼，她缓缓露出一抹笑："颜茵，我还真是小看你了，你是怎么发现我拥有那样东西的？"

"云霓，在你身边的崔致和与我一同长大的崔致，根本就不是同一个人。"我静静地看着她，"他现在的身体状况已经很……"

已经想清楚这一层的云霓，自然知道那是系统"自动修正"的结果。

她打断了我，淡淡道："既然你知道我拥有这样东西，那我不妨告诉你，颜茴，崔致，我势在必得。"说到这里，云霓饶有趣味地看着我，"你应该也发现了吧，你认识的那个崔致力量薄弱，根本就不足以支撑那具身体，这样互相折磨下去，最后消失的会是谁呢？"

"折磨？"我扯了扯嘴角，"本来不该存在的东西抢夺了主人的位置，这就是你们的道理吗？"

"这是这个世界的道理。"

"这具身体，是崔致走出了第一步，是崔致生活了十九年，而不是你们捏造的那个替代品。就算他拥有崔致的记忆和经历，替代品终究只是替代品。我也不相信，你拥有的那样东西，真的能将一具身体最原始的灵魂驱散。"

其实，最后几句话说出来的时候，我并没有多少底气。毕竟我并不了解系统，但我必须通过一言一行去判断云霓和系统的态度。只有这样，我才能确认他们的底线与崔致的安全。

当云霓紧紧拧起眉头的时候，我想，我或许猜对了。

但这个时候，云霓却又似笑非笑地看着我："既然是这样，颜茴，我就不妨告诉你——的确，我们没有办法把原来的崔致驱散。但我们有的是方法折磨他，让他比现在还要痛苦。你说的没错，一具身体无法将最原始的灵魂驱散，但是一具身体却可以走向毁灭与死亡。崔致想要出来，你觉得我的那样东西会那么简单地就让他出来吗？更何况如今掌握主动权的灵魂，是站在我这一边的，最后就算两败俱伤，也不过是让他自己结束自己的生命。"

说到最后几个字的时候，云霓加重了语气，面上却仍然挂着淡淡的笑意。

这一刻，我的心中却涌出难以言说的愤怒，我闭了闭眼，本想着努力克制自己的情绪，但到底还是没有忍住："云霓，对你来说，只要能得到你想要的，做什么都无所谓吗？"

云霓愣了愣，但她很快就反应过来，有些困惑地看着我，轻声道："我的确是这样的。但颜茵，就算崔致离开了，和我又没有关系，是他自己不肯放弃这具身体，非要出来，如果他乖乖地在那具身体里睡去，他怎么会消失呢？"

"原来你是这么想的。"我听着她的话，低低地笑了笑。想到还躺在床上昏迷不醒的少年，想到他现在也许就在进行着一个人的斗争，只觉得心脏处传来一阵剧烈的疼痛。

他在一个人斗争，在一个人抢夺本来就应该属于自己的东西。

他一定知道，作为代价，他必须付出生命。

但是造成这一切的人，却并不这么想。

"可是这具身体本来就是崔致的。"在云霓有些吃惊的视线中，我哽咽着、颤抖着声音说道，"就像和他在一起了十八年的人是我一样。是我陪他一起长大，我和阿致之间拥有的，是整整十八年。而你只是出现了半年，就想要占据他所有的心。你们让他成了所谓的目标，你想把他心中除了你以外的所有人赶走。凭什么？！云霓，你告诉我，凭什么？！他笑的时候、哭的时候、生病的时候、母亲去世的时候、父亲出事的时候……在他身边的都是我，明明都是我啊！"

说出这些话的时候，我已经分不清自己在想什么了。语序颠倒，毫无逻辑，仿佛只是将心中所有的委屈与愤怒统统倾倒出来。

站在身前的云霓看着我，眼神中充满了怜悯，她仿佛是一个真正的救世主，缓缓说道："可是颜茵，只要有我在，他就永远不会看到你。我不仅知道他的每一个喜好，我还能知道他时时刻刻的喜怒哀乐。你说我只出现了半年，但是你知道吗？你花费十八年去做的事情，我只用一秒钟就能了解。"

听到云霓的话，一种难言的悲伤使我整个人都在战栗。

虽然我不愿意承认，但就像她说的那样，我花了十八年才认识了解的崔致，对于她来说，甚至不需要半年，她只需要一秒钟——

这就是女主，这就是系统。

"如果你离开，或许有的时候他还能出来，再玩玩青梅竹马的把戏。但如果你一直这样百般阻挠我，那么，那个不能被我攻略的你的阿致，就会和这具身体一起，永永远远地消失在这个世界上。"云霓的笑容慢慢消失，她缓缓走到我的身边，声音冷漠地说，"颜茵，他们两相争斗，我们谁也无法坐收渔翁之利。你是想让崔致永远消失在这个世界上，还是让他安安静静地睡着？你的离开，对你，对我，对崔致，都好。"

"为什么是我，怎么会……一定是我？"

云霓怜悯地看着我："原来你没有明白……没关系。颜茵，只要你离开，只要你消失在我和崔致面前，这一切就都解决了啊。"她顿了顿，眼睛一眨不眨地盯着我，"只要你在崔致身边一天，崔致就会像现在一样，深受折磨。是你的存在，让那个原本的崔致想要出来，是你的出现，让原本可以好好休息的崔致，拼了命地争夺回不该属于他的身体。所以最后的结果，也要由你自己承担呀。"

是这样啊。

拼命解释的崔阿致，是因为我才想要出来，也是因为我再一次精疲力竭。

我该怎么选择？我又能怎么选择？

那么努力活下来的崔阿致，还没有亲眼看到父亲醒来的崔阿致，一个人伤痕累累对抗的崔阿致……

我怎么忍心、怎么忍心？！

我突然想起那部舞台剧，那部名叫《睡美人》的舞台剧。

生日宴上，那个被女巫诅咒的王子是那么可怜可爱。他的父母不忍他承受悲惨的命运，便恳求善良的仙子赐下最后一个祝福。

于是仙子祝福道，不是死亡，而是沉睡。

不是死亡，而是沉睡……

恍恍惚惚之间，我听到自己的声音说："云霓，你就不害怕，我把你拥有的那样东西，公之于众吗？"

云霓笑了笑。

"颜茴，如果我出事，那么崔致，绝不可能独活。"

崔致仍旧没有醒来。

我在他的房间里坐了一个晚上，摆放在我膝盖上的，是崔致曾经经常练习的钢琴曲。那首《重逢有日》，是他翻看次数最多的一曲。

手指轻轻落在这首乐谱上，一滴泪同时落下。

在这样的迷迷糊糊中,我似乎睡着了。耳边好像有少年轻声呓语,他在说,小茴香豆,你答应过会一直陪着我的。

我想,那或许是作不得数了。就算我不在你的身边,也一定要好好地生活下去。

不是死亡,是沉睡……

只是这个人,终究不会是阿致了。

他仍能是崔致,却不再是我的阿致。

但我是这样自私地想你活下来,想你就算沉睡,也不要永永远远地消失在这个世界上。

所以我在梦里,泪眼蒙眬地对着眼角通红、唇瓣颤抖的崔致说,对不起啊,阿致,对不起。

从梦中醒来时,我的面颊已经一片冰凉,我动了动手指,突然发现不知何时,躺在床上仍在昏睡的崔致,正紧紧地握着我的手。他那张熟悉的、漂亮的面容上,双眼虽然仍旧静悄悄地合着,但眼下似乎有泪痕。

我轻轻叹了口气,阿致,不要哭啊。

其实我一开始就应该看透的。

相伴的这十八年里,我几乎知道有关于崔致的一切事情。

他喜欢的、不喜欢的、擅长的、不擅长的……

睁着琥珀色的眼睛说要把妈妈的订婚戒指送给我的阿致。

坐在有着爬山虎的墙上对我明媚一笑的阿致。

在我最害怕的时候紧紧握住我的手让我不要担心的阿致。

崔致和颜茴，已经认识这么久、这么久了……

在崔致十九年的时光中，有着我十八年的陪伴。

在我十八年的岁月里，是崔致一路陪我走来。

那年星光与烟火之下，脆弱而美丽的少年，是那样认真地问我："小茴香豆，你会永远陪着我的，是不是？"

当年我毫不迟疑地回答他"是"，如今看来，却要毁约了。

"阿致……"

我温柔地抽出被少年紧握的手，而后凑在他的耳边，闭上眼，落下一滴泪来，我轻声道："接下来的路，我不打算陪你走了。"

回到颜家后，我将东西都收拾了出来。

五颜六色的兔子灯、西园寺的平安符、夫子庙的雨花石……我把它们整整齐齐地封存在了箱子里面。

风从窗户中穿进来，窗帘遮蔽着外面一切的景象，包括对面的那扇窗户。

而我的视线，最后落在了那台黑色的台式电话上。

十八岁这年的秋天，在即将入冬的时候，我去了泸州。高考前的时间，我都会待在泸州。

这里和祝塘完全不一样，无论是气候、风景，还是人。

小年夜前的一天，爷爷给我打电话，说崔致醒了，他声音忧愁，问我要不要回去。

我愣了愣，摇头，只是电话那头的爷爷一定看不见。

母亲喊我去吃年夜饭，父亲坐在桌前，笑眯眯的，只是红了眼眶。

自我来到泸州，他们从未问过我怎么会来，又为何要来。我像是找不到归路的雏鸟，终于能在这里暂时停歇。

我仍旧时不时向爷爷询问崔致的消息，同时央他，千万别同崔致说。

春节来临的时候，我知道他的身体逐渐好了起来，知道他又恢复到了往日的神采。

但那或许已经不是我认识的崔阿致了。

泸州和祝塘一样，冬天不爱下雪。但春节的时候，我早上起身后，却发现窗外堆满了雪。

晚上，母亲带着我一起放烟花，父亲便捂着耳朵坐在轮椅上，乐呵呵地笑。

烟花在天空绽放的时候，我看见栏杆外面站着一道身影。

我走到栏杆前，那人背对着我，手上提了什么东西。

他的头发和衣服上沾了刚刚落下的雪花，但手中提着的东西，却被保护得好好的。

我静静地看着他，喊了一声："云倚舒。"

他有些僵硬地转过身，看见我时，视线躲避了一下。

就像我从前说过的那样，云倚舒这个人是真的很奇怪。他千里迢迢从祝塘赶来泸州，手上还提了个没有点燃的孔明灯。

烟花一个接着一个升空，热气散在空气中，宛如升腾的烟雾。

云倚舒的视线先是落在我的身上，又匆匆挪开。他看看天空，看看烟花，又看看手上的孔明灯，然后低声说："小时候我不能吃冰糖葫芦，不能演主角，后来我便不想再吃、不想再演了，是不是很愚笨？"

我知道他说的是曾经作为"舒云"的时候。

"云倚舒，我一直觉得你很聪明。"

小时候便拥有超出同龄人的成熟，在原剧情的结局中，以私生子身份力排众议，照旧继承了云家。

他从来都不笨。

"发现错误的时候，我总是想，那就让它继续错下去好了。"云倚舒笑了笑，带着一丝苦涩，"真的假的，我何必分得这么清楚？"

我沉默地望着他，就像我不明白云倚舒为什么要来，云倚舒也不明白自己为什么会站在这里。

他想起那天醒来时没有找到颜茵的崔致，谁也不理，只是在窗口坐了一整天，然后当着所有人的面，忽然钝钝地开口问："颜茵呢？"

云霓没有说话，站在旁边的人都没有说话。

是云倚舒开口回答："她去泸州了。"

少年垂下眼，开始静静地哭，声音很轻，不成语句地说："原来颜茵真的离开我了，我还以为是做梦呢……"

那天之后，崔致又变成了原来的崔致。

云倚舒不明白，颜茵走就走了，离开就离开了，自己为什么要来？

旁边的人没有说话，云倚舒却像是有满肚子话要说："你知道吗颜茵，上一次你和云霓被绑架，其实……是我找的人。"说到一半，他还是改了口，眼神中有些迷茫，"我曾经说过，只要是云霓想要的，我都会帮她。"

我问:"为什么?"

他突然笑了起来,眼中含泪:"因为我喜欢她,因为我喜欢她,因为我……必须喜欢她。"

过了这么多年,云倚舒恍然之间发现,自己竟然还是从前的那个舒云,那个胆小的、沉默的舒云。

在他逐渐意识到有什么不对的时候,在他发现自己就像两个分裂的人的时候,他最终还是选择了接受。

寂静的风雪中,不断传来鞭炮的响声与孩子的笑声。

云倚舒转过头,终于看向我。他眼里的情愫,直到现在,我都不曾明白。

"你离开前给崔致留言了吧?"云倚舒长长地叹了口气,无奈地微笑,"抱歉,在去看崔致的时候,我把它删掉了。"

在听到电话里少女的嗓音的时候,他就像一个小偷一样偷走了这个不属于他的留言。

那是他曾经听过无数次的乐曲,名叫《重逢有日》。他偷偷地录了音,却又卑鄙地将电话留言删除了。

这首曲子并不长,却反反复复弹奏了三遍。而在这首曲子终于结束的时候,录音中沉默了三秒,只有少女轻轻的呼吸声,仿佛近在耳畔。

时间终于快要到了。

——哪怕整个世界都对我说不,我也会,永远喜欢你。

云倚舒卑劣地想,或许她根本不想让这个人听到。因为她知道,已经变成另外一个人的崔致,不会听完这段整整六分二十三秒的录音。

没有来电显示,没有问好,没有称呼,崔致会知道这个人是颜茴吗?

颜茴又确定,她留下的这段留言,到底是要给谁听吗?

这段六分二十三秒的录音,云倚舒听了一遍又一遍,听到他发现夜已经深了的时候,他坐上了前往泸州的飞机。

在天空中最后一朵烟花熄灭的时候,云倚舒将手上的孔明灯递给了我。

"从前把你和崔致的孔明灯扔掉,这个,就算还给你吧。"

他最后看了我一眼,而后头也不回地转身离开。

…

第十四章

燕子回时

泸州的大雪下了好久好久。一直到年初十的时候，这场雪都没有停下来。

这日母亲出门买菜，回来的时候和我感慨："外面的雪下得真的好大，听说大部分交通工具都停了呢。"

"这雪下得真是奇怪。"父亲坐在沙发上摇了摇头，喊我，"小茴，爸爸今晚给你做长寿面吃。"

我笑着点头。

屋子里装了暖气，熏得人直犯困。我走到窗户前面，想要拉开帘子看一看外面，身后突然响起母亲的声音："小茴，要不要来帮妈妈择菜？"

我收回手，刚想转头应声说"好"，不知从哪里来了一阵风，忽然将面前的帘子轻轻地掀开了一角。

我抬眼看着恢复平静的窗帘。

身后，母亲仍然在说话："今天买了好多菜，都是你喜欢吃的。"

我犹豫了一下，而后微微侧了头回答母亲："妈妈，你等我一会儿。"

屋外仍旧是一幅冰天雪地的模样，静悄悄的。

春日偶成

  我微微蹙了眉，正要关上帘子，忽然看见楼下信箱旁有脚印。脚印从信箱处开始延伸，一点一点消失在雪地里。

  我转头，问道："爸爸，今天有收到信吗？"

  父亲摇摇头："今天天气这么恶劣，送信人肯定也休息了。"

  "也是，这么大的风雪，出来送信也太不安全了，况且已经很久没有人写信给我们了。"母亲端着水果，轻轻放在桌子上，"小茴，吃不吃橘子？"

  我的视线落在屋外那排脚印上。

  风雪漫天，脚印由深变浅，即将被风雪掩盖。我不由得想到了崔致第一次昏迷后醒来的那个冬天。

  我拉上窗帘，穿了外套，匆匆忙忙地出了门。

  信箱里已经积了不少雪，这封信被压在下面，看雪量，似乎已经是好几个小时之前送来的了。

  外面的风很大，刮得人脸生疼。我被冻得缩了缩，而后取出信来。前后翻了翻，我才发现，这封空白的信封，什么都没有写。不仅没有邮票，连收信人和寄信人也没有。这是怎么寄到这里来的？

  我缓缓拆开信封，捏着信封的手指开始发抖。

  信封打开的瞬间，一阵风吹过，信封里放着的枯萎的花瓣便如同飞雪一般开始四散开来。我慌忙伸出手抓了抓，却也只抓到一片。

  信封里只剩下花茎和一张纸。花瓣也早已枯萎，轻轻触碰，便碎成了粉末。

  这似乎是山茶花。我将那张纸拿起来看，正面写了一句诗：一去二三里，八九十枝花。

第十四章　燕子回时

翻到后面时，也只有一句话：祝塘虽好，只是冬天太冷。

我在雪地里忽然失声大哭起来，一边哭，一边紧紧抓着那封信和花。崔阿致，你实在是个骗子。祝塘与泸州相隔一千八百公里，你却说一去二三里。明明只送了我一枝枯萎的山茶，又说什么八九十枝花。

我不知这骗子是如何来了这一千八百公里外的泸州，又是如何偷偷地离开。他不写邮编，不写收件人，不写地址，只仗着我一定知道他是谁。

如果只是想偷偷地看一眼，又何必留下一封信？如果真的想见我，又何必一声不响地离开？

我抹着眼泪，匆忙回到家里，冲进母亲的怀中，哽咽地说："妈妈，我想回祝塘，就现在。"

什么系统，什么云霓，我都不管了，只要能再看他一眼，哪怕一眼，就好。

到达车站的时候，售票员听闻我要去祝塘，说了一句："上一班去祝塘的车延迟出发了，刚刚才走，可惜你没赶上。"

我微微愣了愣，问："原本是什么时候的车？"

"本来应该两个多小时以前就出发的，但那时候雪太大了，就延迟了。"

两个多小时以前……

崔致前不久才来，他若要回去，一定会坐这班车。幸好现在雪下得小了一些，我便买了最近的一班车。

父母送我上了车,叮嘱道:"回去,有什么事,好好地和阿致说。"

我点头。

十九岁生日这天,我在车上度过了长长的一夜。

我想回去问问崔致,说好要送我八九十枝花,现如今只有一枝,该怎么算?

到站后,我刚刚下车,就接到了爷爷的电话。

"颜茵,不好了!"电话里爷爷的声音很是紧张,除了爷爷的声音以外,另外一道声音更是让我惊讶——

"颜丫头,不好了,阿致那小子,他、他……"

是崔爷爷的声音。

崔爷爷的话还没有说完,声音便戛然而止了,电话那端传来用人惊惶的喊声——

"崔老爷子,崔老爷子!"

我握着手机,一时间有些无措,忙问道:"崔爷爷,您怎么了?"

还是爷爷接过了电话:"颜茵,崔致那小子不知道去了什么地方,回来之后就拉着那个姓云的姑娘去了古楼的楼顶,现在谁劝也不下来。我看他像是心存死志,大有诀别之意啊!"

"什么?"我被这个消息惊得回不过神来。

怎么会这样?

阿致应该只比我早到祝塘几个小时,怎么会突然……他明明还去泸州看我了,明明……

哦,是这样啊。

他不是去看我的,他是去和我告别的。

第十四章 燕子回时

在一来一回三千六百公里的路途中,在去和我告别又回来的时间里,他都没有放弃这个念头……

爷爷忧心忡忡地叹气:"你现在在泸州,又不能立刻飞到祝塘来,可是除了你,我实在想不出还有谁能劝崔致了!他要是有什么差池,这让你崔爷爷和崔叔叔怎么办……"

"我现在就在祝塘,爷爷,我这就过去。"

还没等颜爷爷说完,我便急忙挂了电话。

我紧紧抓着手中的信封,拼命向那座古楼跑去。祝塘无雪,但我脚步慌乱,恍若在雪地般难行。

祝塘今天的天气很好,站在古楼上,远远地就能看到顾山。

"这座古楼已经有很多年历史了。"

少年穿着鲜艳的粉色卫衣,迎着风站在楼顶,微微笑着,露出那浅浅的、漂亮的梨涡来。

他低下头,和身旁的人继续轻声说着:"我家小茴香豆最喜欢站在这样高高的地方,看好看的风景。不过这里好像不够高,是不是?"

"崔致,你想要做、做什么……"身旁的少女颤抖着唇瓣,紧紧地盯着他的一举一动,生怕他做出什么事情来,"你、你不是喜欢我的吗?你为什么……"

"好了。"少年打断她的话,温柔的琥珀色眼眸中含着不容置疑的情绪,"不要再说这种让我觉得恶心的话了。"

他微微蹲下身子,直视着少女,温柔地笑着说道:"喂,你很想让我喜欢你是吗?那让我猜猜看,你是用了什么方法,创造了另外一个我呢?"少年微微眯起眼睛,摸了摸下巴,思索道,"你是有什么东西,让我必须喜欢上你吗?"

云霓使劲地摇着头,她看着眼前的少年,眼神中满是恐惧,连一丝声音都发不出来了。

她不知道崔致为什么会变成这样,当初那个精致漂亮的少年,此刻让她害怕得浑身发抖。他竟然直接打晕了云倚舒,把她带到了这么高的楼上!

云霓颤抖着唇,小心翼翼地看着崔致:"不是的,崔致,你误会了……"

她突然想起颜茴,便模仿着颜茴的语调,轻声喊道:"阿致,你冷静一点。"

少年却陡然变了神色,原本温柔的神情一下子凌厉起来,他用手狠狠地掐住云霓的脖子,冷冷地道:"谁允许你这么叫我的?云霓,谁允许你叫我阿致的?只有小茴香豆才能叫我阿致。你是什么人啊,也配这么叫我?"

他轻声笑起来:"云霓,你为什么要出现在我的身边呢?"

"系统,系统,这个崔致他疯了啊!崔致完全疯了,你看他!怎么办啊系统,你告诉我该怎么办啊?!"云霓一面慌忙抓下崔致的手,一面在心中疯狂喊道,"他是真的想让我死啊,系统!怎么办啊?!系统!系统!"

"崔致现对宿主云霓好感度为100。"

"崔致现对宿主云霓好感度为-100。"

第十四章 燕子回时

"崔致现对宿主云霓好感度为100。"

"崔致现对宿主云霓好感度为-100。"

系统没有回复，机械音如同癫狂了一般，伴随着电流的声音，在云霓的脑海中不断响起，却连一句完整的话都说不出来。

"剧情混乱，系统自动修正中……"

"剧……情……混……乱，系……系……"

是崔致，绝对是崔致！

察觉到系统不对劲的云霓，下意识地抬头看向崔致。

少年收了手，嘴角缓缓流下血来，那本就如桃如樱的唇瓣，更加鲜亮殷红。

他毫不在意地拭去唇角的血迹，对上云霓的视线，笑了一下："你的那个东西，好像越来越不好用了呢。"

"崔致，你别这么想，你看下面，那么多人呢，你别做什么傻事。"云霓害怕得声音一直在颤抖，她看着崔致，慌乱地贴紧冰凉的墙壁。

崔致淡淡看了眼古楼下面——

这座古楼素日没什么人游玩，此刻下方却围了许多人。

他不在意地转过头来，认认真真地看着眼中含泪的云霓，轻声说道："你在害怕？"

云霓颤抖着抬起头。

"你为什么要害怕啊？

"你和那个东西，这样摆弄着我的人生，我都没有说害怕，你为什么要害怕呢？

"我失去了母亲，失去了父亲，如你所愿，我好像连我的爷爷也

313

失去了。到现在，就连小茴香豆也不要我了。

"我只是想要一直陪在小茴香豆的身边……

"怎么就这么难呢？"

少年微微笑着，弯弯的眼眸如月牙一般。

"就算我不是我了，我也想要一直和小茴香豆在一起。"

"可是为什么，连我的这点小小的心愿，你和那个东西，都要夺走呢？"他的声音惆怅起来，像是失去了心爱的宝物的孩子一般委屈，那睁大的眼眸中，轰地落下一滴泪来。

"我明明，都已经让给另外一个崔致了。"

"崔致……"云霓呢喃着，"你别冲动，崔致……"

突如其来的力量将她狠狠地摁在了墙上。崔致就这样缓缓将少女拉起，直到她能够看到古楼下方的景象。

他对着身子颤抖不已的云霓，微微笑着说："我只剩小茴香豆了啊。"

他的手一用力，云霓的身体便距离楼边更近了一步，云霓不由得尖叫起来："崔致，你别这样崔致！我求求你放过我吧！崔致！我求求你了！"

楼下的人见到这样危险的景象，也纷纷尖叫了起来。

崔致恍若未闻，他只是温柔地看着云霓，说道："明明是你们先想让我死的，我只不过……想找个人陪我而已。云霓，你不是说，会代替颜茴陪在我的身边吗？好啊，那你就陪我一起吧。"

"可是我是为了要救人啊！系统和我说，只要我攻略了你，我妈妈就能回来！崔致，崔致，你也没有妈妈了，你一定能理解我的这份心情啊！崔致！你知道的，最近我妈妈身体状况越来越差，所以你一定能理解我的吧崔致！"慌不择路之下，云霓把所有的事都说了出来，"我只是让颜茴离开你，这样你才能顺利被我攻略，我……我也只是想让我妈妈回来啊！"

那双握着她衣领的手指慢慢变紧。

而少年的声音，恍若风中柳絮："云霓，你的母亲几天前就已经去世了，起死回生，你觉得可能吗？"

云霓被扼住喉咙，几乎发不出声音，她只能不断地摇头，挤出话来："不是的，她没有死，没有……她只是状况差，她、她没有死……"

少年半合眼，像是在回忆，唇角扬起似有若无的笑意。

"我昨天见到小茴香豆了。祝塘到泸州，好远啊，我坐了好久好久的车，走了好久好久的路。我本来想在昨天和她说句'生日快乐'，可是我不敢……她不想见我怎么办？她不愿意见我怎么办？

"你以为颜茴离开我，我就能被你攻略，可是你不知道，不是颜茴离不开我，是我离不开她，所以我宁愿放弃我自己……"

可结果呢？

那个一直陪伴在他身边的少女，终究还是挣开了他的手，说："阿致，接下来的路，我不打算陪你走了。"

为什么？凭什么？！他好好的人生，怎么就要被云霓、被所谓的系统这样利用呢？

他看着远处的风景，听着耳边若有若无的嘈杂声，想，就这样吧。

就在这时候，一道熟悉的声音突然传入耳中——

"阿致！"

崔致下意识地循声看去。

我站在不远处，看着崔致以及旁边好像已经吓晕的云霓，颤抖着声音道："阿致，你不要这么傻，阿致。"

那少年，站在风中，含笑看向我："小茴香豆，你怎么来啦？"

我一步步靠近，摇着头："阿致，我回来了，你不要这样，我害怕，你下来，好不好？"

"小茴香豆，我不想再让人控制我了。"

这一瞬间，我眼中的崔致，仿佛又变回了当年那个跨在爬山虎墙头上，冲着我笑得眼眸弯弯的男孩子，那么明亮、耀眼。

他看了眼云霓，又看向我，温柔地笑着："如果是小茴香豆说的，我一定会照做的。只不过，我有一个秘密，好想告诉你。"

少年露出那清甜的梨涡，笑得如枝上桃樱，盈盈娉婷。

"颜茴，我……"

少年往后退了一步，心事淹没在我撕心裂肺的喊声中——

他微微笑着，闭上眼，展开了双臂。

"小姐，到了。"

在春天再一次到来的时候，我回到了祝塘。

司机就停在了门口，我说了声谢谢，然后下了车。一下车，便看到一道熟悉的身影等在门边。

"崔叔叔。"我挥了挥手，笑着喊了一声。

第十四章 燕子回时

一个多月前，崔叔叔苏醒了过来，现在恢复得很好，像从前一样。

"小茴，"崔叔叔笑着接过我手上的包，"虽然南大离祝塘很近，但这样一周回来一次，不会太辛苦了吗？"

"没事，坐车一会儿就到了。"

我的视线落到崔家旁边空闲的房子上，那里已经空无一人了。

经过崔致那件事之后，云霓精神失常，云家连夜派了人来，将云霓和云倚舒两个人接走了。云倚舒小心翼翼地维持着继承人的位置，却在云霓被送进疗养院后，被其他人揭穿了私生子的身份。

云家好一场乱战。

但云倚舒毕竟是云家培养了将近二十年的继承人，无论哪一方面都极其优秀，云家并不舍得丢掉这颗棋子。只是崔、颜两家从旁助力，昔日云倚舒对云家做过的事，便再一次被放到了台面上来。

接下来的事，我已经不再关心了。那个所谓的系统，似乎也从那日之后便销声匿迹了。

当剧情变化到达高潮却被打破后，接下来的剧情发展如蝴蝶效应一般纷纷破碎。系统消失，女主提前离开……现实生活，也不再是虚假的小说世界了。

当虚假和真实融为一体，终究还是真实容纳了虚假。

所以在一年之后，病床上的崔叔叔便醒了过来。

如果崔致知道这个消息，一定会很高兴的吧。

只是……崔致也已经沉睡一年多的时间了。

那一日，崔致从古楼上坠落下来，幸好楼下的警察已经提前做好了防护，所以崔致并没有十分严重的外伤。但是，从那一日起，崔致以植物人的状态沉睡至今。

转眼之间，我已经进入了大学。

春天，再一次来临了。

我去崔家看了看崔致，他仍旧如睡美人一般静悄悄地躺在床上。

我托着腮，看了一会儿"睡美人"，又给他床头的花换了水。轻轻把帘子拉开来，午后微醺的阳光，便温柔地洒进了房里。光线落在睡美人的额头上，显出浅浅的金色。

他呼吸平缓，连睫毛都保持着一个弧度，就好像久久无法苏醒的睡美人一般，漂亮、温柔。

"阿致。"我戳了戳睡美人的脸颊，"看，春天到了，爬墙虎又长起来了。我现在也能爬到墙壁上了。"

"所以你什么时候醒过来看一看呢？如果可以的话，在春天……"就好了。

见了崔致之后，我便回了隔壁的颜家。

自从父亲身体好了之后，便喜欢上了和母亲一同出去旅行，我看了看院子里因为久久没有人住而疯长的杂草，轻轻叹了口气。

院子里的树下，杂草长得茂盛极了。我拿了个小铲子，蹲下来慢慢地铲树下的杂草。

在连续铲了几株之后，铲子像是碰到了什么坚硬的东西一样，发出了"吭"的一声。我不由得皱了皱眉，用铲子在周边又挖了挖。

渐渐露在泥土外面的，是浅褐的流光一般的颜色，好像是坛子……

我放下铲子，干脆用手将坛子旁边的泥土拨了开来——果然是

第十四章 燕子回时

一个坛子,里面像是装了酒。

我用力将这坛酒取了出来,看到正面贴了一张大大的红纸,写着"女儿红"三个字。

原来是女儿红。

我将这酒翻过来,又看见一张小小的红色字条——

年初十,崔致埋,赠予心上人:颜茵。

年初十,赠予心上人……颜茵。

我突然想起十八岁生日的时候,那从颜家院子里出来的有些灰头土脸的少年。

原来是这样,原来是为了埋这个。

那红色的纸上,墨色的字迹上,蓦地坠落下一滴泪珠。

我忙将纸上的泪珠轻轻擦去,但那些字还是被晕开了一些。

"这个笨蛋……"我轻轻呢喃一声。

女儿红一打开,便有浓郁醉人的酒香扑面而来。我本不喜欢喝酒,但不知为何,却喝了一口又一口。

午后时分,阳光正盛,我倚在树边,微微闭了眼睛喝着酒。温暖的光线柔和地洒在了我的身上,让我更加醉醺醺的。

不知道过了多久,等到太阳慢慢倾斜,院子了有了凉意的时候,半醉半醒之间,我仿佛看到有人正在靠近我。

蒙眬之中,我勉强睁大了眼睛,看着眼前的人。

一个影子,两个影子,三个影子……

仿佛有熟悉的声音，轻轻在我耳边响起："怎么……喝酒了？"

"是……阿致埋的。"我抱着这坛酒，笑得眼眸弯弯的，"说送给我的。"

那声音含了笑，如我刚刚喝的那坛女儿红一般，醇厚得醉人。

"明明是……送给心上人的。"

我微微抬起眼，有些吃力地嘟囔道："我就是、就是阿致的……"心上人啊。

只是我还没说完，那靠近的人突然覆上唇来。

是软的，温柔的，如樱如桃，春花坠落，夜莺飞去。

我分不清醉人的是那坛女儿红，还是唇齿间羞人的回味。

这有着熟悉的、清甜的橘子气息的人，便这样温柔地抬起我的脸，在微凉的阳光下，与我交换着彼此灼热的温度。

在这醉人的气息中，我被吻得几乎喘不过气来。

那漂亮的眉眼、深酿的梨涡、殷红的唇瓣，便在这春光之中，晃眼明媚。

"喘、喘口气……"我真的快要喘不过气了。

那人又轻轻笑了一声："小茴香豆，你知道我最喜欢的一本小说吗？"

"什……"

在我思索的时候，他已经轻轻握住我的手，用手指轻轻写下一个字。

这春日来临之际，草长莺飞之时，少年握住我的手，在我的耳边，轻声说道："颜小姐，我也，赠你一个'好'字。"

第十四章 燕子回时

十九岁时崔致许下的心愿,因为那突然炸开的烟花,至今只有他一人知晓——

那时,他认真地看着对面的心上人,想道:诸天神佛,崔致祈祝,崔致与颜茁,即便不偕老,也要共白头。

今年春风,曾几多情,多情不过少年郎。

有朝一日,崔致颜茁,春至偶成。

(正文完)

番外

青梅白头

当我再次踏入这座缠绵的江南水乡，正是冬春交替的时节。

春节的欢快逐渐远离尘世，迎来的是新一年的忙碌。空气中仍旧残留着烟火的味道，那些五颜六色的彩纸仍留有痕迹。

我紧紧裹着围巾，站在桥上看了一会儿风景，偶尔有孩子从身后经过，挥舞着不知是坠落还是折断的柳枝，言笑晏晏。

其中有个认识我的本家的孩子，小男孩扯一扯我的衣角，细声细气地说道："颜姐姐，你怎么又在这里发呆呀？"

旁边的小姑娘不屑地"喊"了一声，说道："你真笨！肯定是在看风景呀！"

我不禁莞尔。

在这桥上，究竟能望见什么样的风景呢？

是那些还未曾苏醒的不太茂盛的杨柳，还是远处……那烟雾缭绕的墓园？

不受控制的，我想起那一年站在桥上的少年，以及站在桥下强忍着眼泪的十八岁的我。

少年正是风华正茂的时候，那样明媚的色彩，无数次、无数次地，在我的记忆中点燃。

又想起那一年，那跌落枝头的粉色芙蓉花，好像闭上眼，再睁开时，少年便会又一次微微笑着，绽开那浅浅的梨涡，轻声唤着我"小茴香豆"。

他曾那样温柔地说："我有个秘密，好想告诉你。"

是"我喜欢你"？还是埋在树下的"赠予心上人：颜茴"？

明明已经过去这么久了。

崔叔叔醒了过来，我上了心仪的大学，云霓精神失常，云倚舒被揭穿了私生子的身份。接下来的事……

我眸光淡淡。

那个所谓的系统消失得一干二净，而沦为弃子的云霓落得个"精神失常"的结局。

我不知道云霓的病是因为当年的事，还是因为系统的消失，无论如何，我并不同情她。自己做的事情，也要自己去承担相应的后果。

我收回视线，缓缓走下桥。

桥上的孩子们嬉笑着念起了诗："一去二三里，烟村四五家……"

是邵雍的《山村咏怀》啊。我淡淡地想。

如五年来一直做的那般，我给阿致带了一坛女儿红。

我放下坛子，颇有些絮絮叨叨地说："已经过去这么久了，还是没有'男儿红'，阿致，你应该不会怪我吧？"

他只静静的，不说话。干净的坟，纤尘不染。

我微微笑着，将酒轻轻放在旁边。

"很快就是你的生日了，阿致，你今年想要什么？今年你就……

二十一岁了。"

我掰着手指，眼睛一亮，抬起头来："阿致，要不然，等你二十五的时候，就娶我吧？婚礼的话……我想要安安静静地办着。这个要求是不是有点难？不过谁让我们只有一次婚礼呢？"

我的声音，在这片静悄悄的天地中回荡着。

沉默片刻，我低下头，一滴泪缓缓坠在手背上。

"阿致。"

我眨了眨眼，又抬起头，向他挤出一抹笑来："刚刚有孩子在念诗，是你也很喜欢的一首诗，只不过你小时候总是背错呢。"

"一去二三里，一去二三里……烟村四五家……"

念到这里，我的睫毛微微颤了颤，缓缓笑着："我背错了，你应该是会直接说……'八九十枝花'。"

当年的小姑娘心里总是想着，这首诗才不是送花的意思呢。

可小少年却只想着，走那么多路，便是要送给小茴香豆八九十枝花啊。

只是现如今，无论小茴香豆走多少"二三里"，也再见不到阿致的"八九十枝花"了。

耳边忽然响起了谁的声音，好像在喊我，小茴香豆。

我模模糊糊地睁开眼睛，望见了一个身影。

好眼熟啊，我想。

于是，我挣扎着起身，想要抓住那身影。

明明这身影是如此模糊，但他的笑容却比阳光还要温柔，他像是在看我，又像是透过我看到了过往。

周围的一切都开始变得虚幻，只有这个人，在我的眼中都闪闪发光。

他转身背对着我，好像要走了。

我踉跄着，想要跟上他，一步，两步，周围的景象忽然转变。

我看见了少年手上的兔子灯，看见了从天上掉落下来的"小太阳"，看见崔致温柔地看着……另一个我。

我看见他温柔地摸着另一个我的头，说："小茴香豆，能够见到你，真是太好了。"

那身影就像风一样，轻飘飘的，所经之地，变幻着我与阿致走过的曾经。

他又停下了，我看见十八岁那年的七夕节。场景里的那个"我"转过了身，我看着桥上的崔致与云霓慢慢靠近。

一阵风忽然吹来，我看见崔致如惊醒一般蓦然回过神，拉开了与云霓的距离。

如果没有那阵风，这个世界的结局会不会改变？

那身影渐渐透明，他终于转过身，看着我，唇畔的梨涡如同远去缥缈的山茶花，慢慢散了。

我似乎听见了他的声音。

他说："如果我从你身边走过，就能算作一次拥抱，那么风会将我的思念，永远留在你的身边。

"无论重来多少次……能够再次和你相见，真是太好了。"

我好像做了一场梦。

我颤了颤睫毛,终于从梦中醒来,睁开双眼,发现脸上早已落了泪。

"小茴香豆,小茴香豆,醒醒。"

身边的一切突然安静了下来,我被拥进了一个温暖的怀抱,有谁在轻轻抚着我的脸,然后无奈地低声叹气:"早知道就不让你喝这么多了。"

这个人身上的味道,和崔致好像,是清甜的橘子香。

他将什么东西塞在了我的手里,又将我轻轻背了起来,鼻尖是酸甜的橘子味,耳边是他絮絮叨叨的话语。

"我在无量山的时候,冬樱开得很好看,邻家人见我俊俏,便送了我一枝。我想起你之前说想来无量山看看,可惜你的阿致不是愚公,搬不动山,便只能带了这枝樱花回来。"

不知为何,我总觉得这人在笑,我想,他笑的时候,眼眸必然弯弯如月,唇角会绽放一朵梨涡。

我听着听着,忽然哭了起来,趴在这人的肩上,想着那一场梦,直摇头:"不,我不要花,我要阿致。"我伸出手捶着他的肩膀,哭着说,"你快把我的阿致还给我……"

今日下了雪,雪色皎洁。

身后背着的人胡乱捶打,实在不听话。

崔致停了脚步,将人小心翼翼地放在地上,站在她面前,轻轻戳了戳仍在哭着的人的脸,突然觉得有些可爱。

本来还在哭着的人忽然停了哭声,呆呆愣愣地盯着他看。

崔致微微一笑，他看着雪落在眼前人的头上，说："小茴香豆，你看，我们白头了。"

　　头顶忽然绽开一朵烟花，漫天霓虹，绚烂如锦。

　　烟花之下，崔致按住眼前人的手，看着她呆怔的模样，轻笑着俯身落下一个吻。

　　"小茴香豆，我回来了。"

　　即便相隔千千万万里，我们终会相见。

　　（全文完）

图书在版编目（CIP）数据

春日偶成 / 桥上小菩著. -- 成都：四川文艺出版社，2023.8
ISBN 978-7-5411-6697-6

Ⅰ.①春… Ⅱ.①桥… Ⅲ.①长篇小说－中国－当代 Ⅳ.①I247.5

中国国家版本馆CIP数据核字(2023)第129993号

CHUN RI OU CHENG
春日偶成
桥上小菩　著

出 品 人	谭清洁
出版统筹	刘运东
特约监制	王兰颖　代琳琳
责任编辑	苟婉莹
特约策划	马春雪
特约编辑	马春雪　李　晶　刘雪华　宋艳薇
封面设计	白砚川
责任校对	段　敏

出版发行	四川文艺出版社（成都市锦江区三色路238号）		
网　　址	www.scwys.com		
电　　话	010-85526620		
印　　刷	天津旭丰源印刷有限公司		
成品尺寸	145mm×210mm	开　本	32开
印　　张	10.5	字　数	224千字
版　　次	2023年8月第一版	印　次	2023年8月第一次印刷
书　　号	ISBN 978-7-5411-6697-6		
定　　价	42.80元		

版权所有·侵权必究。如有质量问题，请与本公司图书销售中心联系更换。010-85526620